# 岸上流年

王孝玲 著

献给我的家乡——古镇皂河

北方联合出版传媒（集团）股份有限公司
春风文艺出版社
·沈阳·

**图书在版编目（CIP）数据**

岸上流年／王孝玲著 . —沈阳：春风文艺出版社，
2023. 5

ISBN 978-7-5313-6414-6

Ⅰ．①岸… Ⅱ．①王… Ⅲ．①散文集—中国—当代

Ⅳ．①I267

中国国家版本馆 CIP 数据核字（2023）第 050286 号

北方联合出版传媒（集团）股份有限公司
春风文艺出版社出版发行
沈阳市和平区十一纬路 25 号　邮编：110003
成都兴怡包装装潢有限公司印刷

| | | | |
|---|---|---|---|
| 责任编辑：韩　喆　平青立 | | 责任校对：陈　杰 | |
| 装帧设计：力扬文化 | | 幅面尺寸：150mm×210mm | |
| 字　　数：230 千字 | | 印　　张：9.25 | |
| 版　　次：2023 年 5 月第 1 版 | | 印　　次：2023 年 5 月第 1 次 | |
| 书　　号：ISBN 978-7-5313-6414-6 | | 定　　价：58.00 元 | |

# 序一

# 清明运河图

### 胡继风

我曾经跟孝玲学姐开玩笑说："你是我发现和培养的作者。"

没错，王孝玲是我的学姐，跟我同是淮阴师范专科学校（即如今的淮阴师范学院）中文专业毕业，只不过我比她晚几届。

但是，知道她是我的学姐也只是最近几年的事，在此之前，我只知道她是一所重点高中的校长，卸任之后继续从事教育工作。但是我与她从未谋面，更没有读过她写的文学作品。

所以，当有一天接到她的一篇关于家乡皂河的散文投稿时，我当时的感受简直可以用震惊来形容。

我并不震惊于她会写散文，要知道我可是教师出身，太知道学校是人才济济、藏龙卧虎之地了，谁在遣词造句、表情达意上没有两把刷子？写篇叙事、写景、抒情、说理的千字短文，对于很多教师，特别是中文专业出身的语文教师来说，那不是探囊取物的事情吗？

我震惊于她一出手就写得那么自然，那么朴实，那么干净，与生活和人心的距离那么近——而且火候掌握得刚刚好，就像一坛窖藏很久的老酒，绵软醇厚，回味无穷，完全没有一个刚"出道"的写作者冲、稚、浅、躁的通病，倒像是一位与文字相濡以沫几十年的老作家……

接下来，我的这种感受被接连证实了。

首先是我的一位女同事，她配合我工作，负责我们报纸文学副刊的排版和校对。她看了我签发的这篇文章之后说："胡老师，这位王老师写得太好了，比很多作家写得还要好。"

我听了真是意外，因为我和这位同事配合好多年了，对一篇本地作者写的文章有如此高的评价，对她来说还真的并不多见。

还没完，稿件发出后，我又陆续获得了一些关于这篇稿件的反馈信息：先是我的报社同事，他们是最先阅读报纸的人，因为报纸最先送达的就是报社各部门；然后还是我的报社同事——评报老师，他们应该是阅读报纸最认真的一群人，因为评报的目的之一就是发现问题，哪怕是一个标点符号的问题。

他们都说王孝玲的散文非常好，率真、朴实、醇厚、感人，写的都是大家记忆中似曾相识的风土人情、悲欢离合，情感拿捏得非常好，看起来淡，品起来浓，会让人产生一种洗尽铅华的岁月感和一种细水长流的亲切感。

接下来，随着报纸发行量和阅读面的逐渐扩大，我又收到了来自一些文友和热心读者的相似评价。

而就在这个时候，恰好王孝玲的另外两篇投稿也不期而至，写的依旧是她心中的家乡——皂河街上的人和事。

依旧和第一篇一样好。

读完之后，我的脑海里不由得冒出一个滚烫的词语：大运河文化带建设。千里大运河，半部中华史。而皂河古镇就是这半部史中不可或缺的一页：它因大运河而生，因大运河而兴；它有绵延四百年的悠久记忆；它有璀璨的物质和非物质的文化遗存；它有一代代古镇人绵远不断的悲欢离合、阴晴圆缺……

如果能通过文学的方式把这些挖掘出来，在我们报纸文学副刊上开设专栏陆续发表，不也是一件为大运河文化带建设添砖加瓦的好事吗？

而根据我的判断，王孝玲应该是可以担当此任的，原因如下：她是土生土长的皂河本地人，是喝着大运河水、在皂河街头长大的；她的文笔非常好，用力均匀不施粉黛，悲无热泪，喜无欢笑，好像经过岁月发酵过，与大运河和古镇的气质非常搭；她的年龄在这里，应该有很多独特的阅历和积淀，她的文学创作虽起步比较晚，但极有可能厚积而薄发。

基于这样的初衷，我马上和她建立起了联系。

也就是在此时，我才知道她是我的学姐，而且有几位共同的老师。同时，我对她有了更多的、更深入的了解。而所有这些了解，都更加坚定了我要为她，或者说是为皂河，为大运河开一个专栏的信心。

事实证明我的判断没有错。在最近一年多一点的时间里，孝玲学姐一点也没有让我和我们的读者失望——甚至带给我和我们的读者意外的惊喜：她在人生起点的街巷里苦苦寻觅着，她在奔流不息的河水里苦苦打捞着，她在工作之余的时光里苦苦耕耘着。

她以井喷之势，给我和我们，捧出了那么多和星星一样闪光的文字，以及那么多鲜活的人物，那么多曲折的故事，那么多美好的风物，那么多独特的习俗……

她就像很久很久以前那个叫作张择端的画师一样，用情用力、一笔一画地描绘着，然后，给我们捧出一幅属于她自己，也属于皂河，属于宿迁，属于我们大家的——"清明运河图"。

（胡继风，全国优秀儿童文学奖获得者，江苏省宣传文化系统"五个一批"人才，宿迁市金鼎文艺名家）

岸
上
流
年

# 序二

## 孝玲的人生版图

王清平

临近退休才有空重拾文学创作的王孝玲，居然出手不凡，作品发表后好评如潮，这大大出乎我的意料。

仅仅一年多时间，孝玲一发不可收，创作出数十篇作品，并且很快结集成了《岸上流年》。

拜读《岸上流年》之前，我已在报刊上陆续读了孝玲的部分散文。始终在想，孝玲的文学感绝佳，嗯，该写小说。

那生活，她观察得多细，烟火味多浓；那人物，她拿捏得多准，人情味多浓；那语言，她操练得多熟，小说味多浓。不写小说，可惜。

我设想，一旦转向小说，她肯定又将开创一片文学的新天地。

转念一想，《岸上流年》毕竟还是散文居多。说真的，比起普通散文来，她的散文有大家气象，算得上大手笔。她创作态度真诚，散文品质纯正，见人、见事、见风骨。选材新奇，内容真实，人物鲜活。结构紧凑，却又纵横捭阖，收放自如。语言长短参差，张力十足。文字金声玉振，节奏明快，不失诙谐幽默。比一般散文读起来更有味道，更有嚼头。

阅读孝玲的散文，嗅得到流年的芳香，嚼得出生活的艰辛，咂得出人生的况味。伴着孝玲从古镇皂河一路走来，我们穿越了半个多世纪的运河岸上时空，品味了至今弥漫在她家乡的那浓淡相宜的人间烟火，领略了一个个活跃在孝玲记忆里的市井凡人的新奇人生，《岸上流年》带给读者独特的人生体验和阅读享受。

一个在运河里汲水、古镇上打酒的小女孩从芸芸众生中向我们走来，她历经世间风雨，阅尽人间沧桑，却依然洒脱地书写人间烟火、岸上流年。原来她早已储备了生活的富矿，打造了文学的挖机，一有闲暇便开掘出只属于她的文学宝藏。

于是，我便对她的文学创作刮目相看了，更对她依然保持一颗纯真的文学之心增添了许多敬服！

《岸上流年》其实就是孝玲用真诚和智慧建构起来的文学人生版图。这个版图里弥漫着岁月风尘，充满着人情世故，荡漾着人间真情，跳跃着成长音符，散发着她为人处世的通达和真诚。

孝玲的文学人生版图先有一个空间底色。她生长在大运河边、骆马湖畔一个千年古镇——皂河。全书的绝大部分篇什故事发生在皂河。皂河，应当就是她人生版图的空间底色。

皂河的乾隆行宫是全国文物保护单位，留下了许多美丽传说和特殊风情。皂河东有运河码头，西有皂河中学，南有乾隆行宫，北有陈家大院。街上有叶家烧饼、赵家糁汤，还有孝玲经常打酒打酱油的供销社和曾经卖过猪的食品站，"四个大众"——大众饭店、大众旅社、大众浴池、大众理发分别分布在东西南北的街道上。

在这个空间版图上，家，无疑是核心。只有三间土墙草屋的家在运河南岸，坐在老屋后的防洪石墙上可以看运河上樯帆飘过，翻过石墙可以去运河汲水、洗衣、淘菜。

以家为中心向外辐射，孝玲在本书中的文学空间聚焦在皂河古镇的几平方千米范围的运河两岸。

皂河人的年俗、婚丧嫁娶、生老病死，与其他地方也没有多少不同。所不同的是，一年一度的庙会成为方圆百里百姓的盛会。古镇各种风情投射在孝玲记忆里的新奇感受成为她建构文学人生版图的基本肌理。

在皂河这个空间版图上，当地百姓并没有因为皂河闻名遐迩而给生活带来荣耀和富贵。生活在古镇上的百姓虽然或做着生意，或操着手艺，但绝大多数还是种地的农民，依然沿袭祖辈的命运，艰辛地讨着各自的生活。

古镇上的王英（其实是大姑母）像阿庆嫂一样能干，一生以经营茶馆维持生计；市井街头偶尔发生老陈头和老关头打起来的事情；仲二奎为一拃地界而丧了命；而拿牙的老赵和剃头的老谢随着岁月流逝而命运不同。

古镇上的社会风情和社会关系基本上是由街坊邻居和亲友编织起来的。他们也许是孝玲挑水时遇到的刚走下舞台的柳琴戏演员，也许是孝玲下地干活时遇到的耍旱船的男演员，也许是孝玲多年后还认得出的叶家大姐，或是孝玲羡慕的供销社里的"明星"营业员，又或是奢侈到一天吃一只鸡的医院护士。

如果说这个版图可以分层的话，那就可以分为亲人亲戚和街坊邻居两层。在这个人际关系的版图上，孝玲是一个冷静的观察者，更是一个经历过或正在经历着悲欢离合的剧中人。

孝玲建构的文学人生版图上除了空间和社会版图，还有一条时间轴线，不妨称之为孝玲的文学流年版图。不舍昼夜的时间长河里，

序二

孝玲选取自己出生前后加之成长的近半个世纪作为散文的时间维度。

其实，复活在《岸上流年》里的许多人都已作古。无论是乾隆皇帝，还是卢举人；无论是父母、大伯，还是老实巴交的二姑母，统统消失在了时间长河里。但是，正是因为时间不可倒流，所以那些留在孝玲记忆中的古镇和古镇人物才显得弥足珍贵，成为她精神世界的宝贵财富。

古今中外作家大都有一个文学原乡盘踞在其作品里。皂河无疑就是孝玲的文学原乡，就是她文学人生版图上永远抹不去的底色和背景。

孝玲在不同的篇什从不同的角度描写了自己的父母。虽有那么一点点贫贱夫妻百事哀的淡淡味道，但更多的却是客观地反映出父母心地善良、吃苦耐劳的品格。忠厚传家远，父母是人生的第一任老师。孝玲从父母那里继承了自立自强，继承了吃苦耐劳，继承了宽以待人和严于律己。

孝玲以通达善良的心态记述成长道路上对自己有过影响的人物的同时，也以悲悯情怀记述了一些有着特殊个性和悲剧命运的人物：虐待姑母的姑父；用半瓶烈酒结束生命的嘴笨手脚笨的二舅母；争到死不瞑目的仲二奎；卖肉一直缺斤短两，后来幡然悔悟的屠夫冯五……孝玲的心地是善良的，也是敏感的，因此，她的臧否也是鲜明的。如果说她从亲人身上继承了优秀的品质，激励着她奋勇向前，那么，这些或多或少带有缺点的人和事，不时提醒她该如何做人，不断校正着她的前进方向。当她功成名就后，她以优秀的品质衡量这些人和事，她就不能不以"哀其不幸，怒其不争"的同情之心和批判精神去审视人生版图中的这些过往人物。

那一个个鲜活的平凡人物，那一段段有趣的故事，那一个个精彩的文学细节，构成了一幅淳朴的乡村社会图景。而她那用生动幽默文字编织起来的一篇篇散文，让读者身临其境般感受到乡村社会图景的同时，更在心目中构建起一幅孝玲的人生版图。

（王清平，现为中国作家协会会员，宿迁市作家协会名誉主席，文学创作一级，宿迁市首批金鼎文艺名家，宿迁市关工委副主任兼秘书长）

# 目录 Contents

岸上流年

目录

第一辑

# 古镇风情

岸　上　流　年

# 留在心底的乡愁

我这人没什么出息，出门总爱想家。

我不像习惯迁徙的新生代，同一单元的邻居都还没认全，就从一个小区搬到另一个小区，或从城南头搬到城北边。长大后，适应力极强的他们，外出读大学，说走就走，仿佛鸟儿出笼；移居海外也不含糊，甚至乐不思蜀。

我不行。从出生到现在，很少挪窝儿。在一个小镇里长大，又将在离它几十里地的小城里终老，没想着走太远。

多年前，我获得过一次出远门的机会，随宿迁市名师团赴英国学习。国际航班从上海浦东机场起飞，一路西行。途中漂亮的空姐送完咖啡送餐食，送完餐食递毛毯，亲切而又周到。可新奇劲儿一过，枯燥感顿生，加之黏黏糊糊的土豆泥、酸不拉叽的意大利面和甜到齁人的小蛋糕，让我完全倒了胃口。经过十多个小时的长途飞行，飞机终于安全降落在伦敦的希斯罗机场，望着舷窗外陌生国度的天空，还没下飞机，我就开始想家了。

说不清想家里什么，反正就是想。

年少时在县中读书，每逢周末，我是班里跑得最快的那一个。

其他同学还在教室里看书或在宿舍里磨蹭的时候，我已乘上了回皂河的班车。

想着火炉旁，妈妈将我的头放在她的膝盖上，用篦子为我清除辫子里养了一个星期的虱子家族。

想着饭桌旁，一家人围坐，吃着妈妈刚烙好的煎饼、刚熬稠的大米粥和才出锅的小杂鱼。

想着出门时，一并装入行囊的换洗好了的衣裳和散发香味的煎饼、咸菜以及妈妈温柔的叮咛。

成年后在县中教书，每逢节假日，我是学校里往老家跑得最勤的那一个。

惦记父母灶头快要干了的油壶和床头快要空了的药瓶子。

担心旱田里被杂草覆盖的豆秧和水田里被虫子蚕食殆尽的稻禾。

当其他同事偕家人公园散步、影院观影的时候，我要么在老家父母的床前，端茶倒水、侍奉医药，要么就是在父母的责任田里埋头除草、打药驱虫。

多年后父母相继离世，每逢传统祭日，我是家里往墓地跑得最准时的那一个。

每逢清明、农历七月十五、农历十月初一和冬至，一年至少四次，我会准时带上思念和纸钱，到父母坟上拔一拔草，添两锹土，烧一把纸，磕几个头，风雨无阻。

父母长眠之地，是我永远的牵念。

想去看看当年种下的那株柏树是不是又长高了一些，长壮了一些。

想去跟九泉之下的父母聊聊生活上的得与失、工作上的顺与逆。

或者只是静静地坐在坟边，看着焚化纸钱时冒出的火苗和升腾的烟雾，什么都不想……

而今，父母的坟茔从他们耕耘和长眠的地方迁入万林公墓，与他们熟悉的或不熟悉的人，挨挨挤挤地住在占地一平方米左右的水泥墓穴里，从此过上了从农家院到单元房的日子。

至此，在老家皂河，我一无老宅可访，二无老陵可祭，亲朋也或进城落户或因拆迁而星散。我似乎一下子失去了想家和回家的理由。

每逢假期，当其他人选择南下看海或北上登山的时候，我习惯性地选择去皂河看看。家人问，去皂河看谁？

是呀，去皂河看谁呢？我说不清，就是想去看看。

去码头上看看上行下行的船只，去集市上看看熙来攘往的乡邻。

去街北的商店里打瓶酱油，去街南的邮局里寄封家书。

去电影院里看一场电影，去戏园子里听一出柳琴戏。

去赵家喝一碗热乎乎的牛肉糁汤，去叶家吃一个香喷喷的乾隆贡酥。

去皂河小学聆听我的恩师教我怎样刻苦向学、争取走出去，去皂河中学告诫我的学生走得再远也别忘了桑梓……

在梦里，在文字里，我曾经一次又一次地回到皂河看看。

眼前的皂河，左边是塔吊林立、热火朝天的大工地，右边是静谧安详、古色古香的龙王庙。

我选择了右边。我像一个游客一样买了门票，请了导游，随着人流步入庙门。

驻足御碑亭，听九〇后导游介绍康熙、雍正皇帝建庙的缘由和修建的经过。

仰望钟鼓楼，想象着每当洪水来临之时，龙王庙内钟鼓齐鸣，声震数里，警醒人们撤离险境。

登上禹王殿，俯瞰院内柏、柿、桐、椿、槐、杨六树，虽经三百年风雨，仍苍劲挺拔，枝翠叶绿。

我又跟其他游客不同，他们看的是古迹，听的是文化。我找的是童年，想的是过往。

我曾在另一篇文章里这样回忆：

夕阳余晖笼罩下的龙王庙，不时有黄狼、野猫在殿外草丛中出没，也会有燕子、麻雀在殿内屋檐下做窝。偶尔还会有像我这样的半大孩子，傍晚割猪草回来，为了抄近道从庙里穿过，看看天色还早，就和小伙伴在大殿前台阶上拾拾羊窝、踢踢毽子，或是爬到石狮子身上，去数狮子头上那永远也数不清的石疙瘩……

不知是哪一年，空旷寂静的龙王庙传来了隆隆的机器声，镇粮管所搬了进来，并在古戏楼的附近建起了厂房，开始了粮食加工。自此，夏秋麦稻两季，这里便成为购进、储藏、加工、售出的所在，平板车、三轮车、拖拉机和大货车络绎不绝。北面大殿依然像个老者，站在后院平静地注视着儿孙们在前院进进出出、忙忙碌碌，为生计奔波。而我也曾和父亲一起，用平板车将刚打下的粮食送到这里售卖，然后从这里买麦麸回家喂猪，买稻壳回家烧火……

一阵悠扬的柳琴声打断了我的沉思，古戏楼上的好戏开演了，台上的男女演员清一色的新面孔，可那质朴的演唱、诙谐的表演，一点都不输他们的前辈，再想到刚才为我做解说的年轻漂亮的女导游，这才明白，皂河的过去属于我，皂河的现在和未来属于他们。

返回之前，我再一次站在高处，远眺左边的施工现场，我知道，皂河古镇正经历着一次革故鼎新，一次凤凰涅槃，我期待着她的新生……

（又名《百看不厌》，原载于2022年2月28日《宿迁日报》，3月2日"学习强国"转发）

【阅读手札】这是一篇纯感受性的散文，想家的感觉时刻萦绕在每个人的心头，作者从自己的感受出发，出国时想家，挪窝时想家，一个个排比段落告诉我们，有什么可想的？可想的早已不存在了。但是，为什么偏偏还想，还想那些记忆中的人、景、事、情？百看不厌的是老家，因为老家留在心底的是乡愁。（王清平）

# 龙祠建皂河

乾隆二十二年（1757）农历四月的某个清晨或午后，河面上舟船绵延数里，首尾不能相望，河岸上旌旗招展，杖钺森森，銮驾车辂，逶迤而陈。皂河古镇的运河码头上迎来了乾隆皇帝的豪华船队。

两百多年前的皂河古镇以何种魅力，让乾隆皇帝停下了第二次南巡返回途中匆匆北上的脚步，驻跸宿顿于此？

因为皂河是水旱码头，有水乡美景，抑或有特色美食？

从京城到杭州，运河沿岸，码头众多，论繁华阜盛，皂河码头虽不能与其他码头比肩，却也商船穿梭如织，漕运异常繁忙。

烟花三月的扬州、堪比天堂的苏杭固然令人向往，但皂河是苏北水乡，有湖光水色可供欣赏，运河岸边杨柳依依，骆马湖上烟波浩渺。

皂河有地方美食，牛肉汤和酥烧饼远近闻名。吃腻了宫廷御膳的乾隆皇帝，或许动了换换口味的心思，喝了呈上来的牛肉汤，皇帝好奇一问："啥汤？"因谐音此汤得名"糁汤"。尝了刚出炉的酥烧饼，皇帝很感兴趣，责成专供，此饼便成了"乾隆贡酥"。

再说那日乾隆皇帝一众弃舟登岸后，未来得及欣赏水乡美景，也未顾得上品尝小镇美食，便直奔龙王庙"诣庙瞻礼"，礼毕又亲自为龙王庙题写庙名，曰"敕建安澜龙王庙"；题写匾额，曰"福佑荣河"；题写楹联，曰"惠泽澄涵资利涉，神功普应叶安澜"。

乾隆皇帝为何如此看重这个苏北小镇和这座庙宇？

因为皇祖顺治、康熙和皇考雍正都很看重。

顺治三年（1646），顺治帝曾下旨庙祀宿迁，重建皂河龙王庙专祠供奉。

康熙帝曾銮舆驾临此庙，并对黄河水患治理和运河漕运情况做了指示，有史为证："皇祖圣祖仁皇帝，廑念河槽，銮舆临幸，神谟指授，万世永赖。"

雍正五年（1727），雍正帝采纳河道总督齐苏勒建议，重修宿迁县西皂河之庙，"特发帑金鼎新神庙"，即从中央财政资金中拨付专款，用于重修龙王庙。

以皇祖之心为心的乾隆皇帝，立志像其祖父康熙那样六次南巡，乾隆十六年（1751），他带着皇太后、皇后嫔妃、随从大臣和侍卫人员数千人，浩浩荡荡渡黄河后乘船沿大运河南下，开启了他六次南巡的首秀。

南巡目的包括蠲赋恩赏、巡视河工、观民察吏、加恩士绅、培植士族。其中重要一项就是巡视河工。六次南巡，乾隆对黄河、淮河的河工及江苏、浙江的海塘，下达了数以百计的上谕，动用了几千万两帑银，完成了多项河防和海防工程。

他说："南巡之事，莫大于河工。""六巡江浙，计民生之最要，莫如河工海防。"

乾隆为什么如此重视河工？

因为黄河河防涉及百姓安危和国家安全，运河漕粮被称为"天庾正供""朝廷血脉"。

而"宿迁县之皂河……其地前控大河（黄河），后临运道（运河），洪流湍波，远近奔汇，号为最险"。

中河开通以后，黄河失去了漕运功能，然地处黄河和运河中间地带的皂河，前有黄河洪水之滔滔，后临漕运必经之要道，其咽喉重地之地位不容忽视，所以六次南巡，乾隆皇帝五次弃舟登岸，驻跸宿顿，诣庙瞻礼，巡视河工，且每次都慨然赋诗，现辑录其中三首以为证：

乾隆二十二年（1757）春二月第二次南巡，夏四月初一日回銮至皂河安澜龙王庙，驻跸庙中，虔诚祭祀龙王，祈愿河神能够福佑苍生，作五言诗《安澜龙王庙六韵》：

皇考勤民瘼，龙祠建皂河。

层甍临笋坝，峻宇镇迥涡。

祗祀精诚达，安澜永佑歌。

彭城将往阅，宿顿此经过。

捍御方多事，平成竟若何。

所希神贶显，沙刷辑洪波。

乾隆四十五年（1780）春二月，再次南巡至皂河，当他看到多年的河道治理收到了明显的功效，赋诗颂神灵之护佑，歌圣祖之伟业，作《安澜龙王庙三叠旧作韵》：

欲勘流归壑，暂教舻叙河。

万年资普济，一气达洪涡。
清浦才申悃，宣防竟蕆歌。
由来叨一佑，敢不谢斯过。
继志励无忝，答庥曰若何。
惠民敷化雨，克己息心波。

乾隆四十五年（1780）至乾隆四十七年（1782），黄河连续三年决口，多处决堤，大运河与骆马湖连成一片。山东微山湖地区兰山县，引水分流，减轻洪水压力，使得皂河地区免于灾难。乾隆四十九年（1784）春二月，第六次南巡至此，为谢河神之佑护，歌治水之功绩，作《安澜龙王庙四叠旧作韵》：

子丑寅之岁，连年三决河。
溃南轻下壑，夺北重停涡。
幸得兰阳引，稍纾瓠子歌。
总缘叨惠贶，谨以谢经过。
祖考胥勤是，觐扬当若何。
奎文昭殿额，永佑愿安波。

乾隆皇帝六次南巡，五次宿顿皂河龙王庙，诣庙瞻礼，巡视河工，意在抚慰推恩，因为只有黄河安澜息波，运河漕运畅通，黎民百姓才能安居乐业，天朝上国才会长治久安。

南巡前，乾隆虽告诫地方“力屏浮华”“时时思物力之维艰，事事惟奢靡之是戒”，但乾隆每次南巡，均历时四五个月，随驾当差的官兵和役夫上万人，用马六千余匹，用船四五百只，花费白银上百万两，可谓开支浩繁，劳民伤财。乾隆晚年对此做了深刻反思："朕临御六十年，并无失德，唯六次南巡，劳民伤财。"

乾隆六次南巡的得失与功过，自有史家和后人评说。乾隆皇帝五次宿顿的皂河古镇，如今河湖波平，百姓安居，历经数百年风雨的乾隆行宫、御马路、御码头等名胜古迹连同它们背后的故事，将供后人世代瞻顾和长久传颂。

（原载于 2021 年 10 月 24 日《宿迁日报》，10 月 27 日"学习强国"转发。文中部分史料来自地方志）

【阅读手札】此文描写乾隆皇帝南巡途中盛况，步步推进，连续设问，写出五次驻跸皂河的过程。文笔雄奇。（王清平）

第一辑　古镇风情

# 乡贤卢举人的人生抉择

提到"举人"，或许会想到《儒林外史》中吴敬梓笔下的范进，穷困潦倒的他，中举后高兴得发了疯，被发跣足，蓬头垢面，胡言乱语，狼狈不堪，直至被老丈人胡屠户一掌掴醒，这才消停；或许还会想到《孔乙己》中鲁迅笔下的丁举人，对同为读书人的孔乙己痛下狠手，指使家奴将其打成残废，仅仅是因为孔乙己偷了他家里几本书。

曾经，范举人的迂腐懦弱、丁举人的凶狠冷漠成为我对举人——这个封建时代特殊群体的刻板印象。

一次偶然机会，读到清末举人卢瀚荫的生平事迹，完全颠覆了我此前的认知。

1892年，也就是清光绪十八年，秋闱的桂榜上赫然题写着卢瀚荫的大名。那时江苏省只有几十人至多百人能有机会获此殊荣，且这些人多出自富庶的江南。苏北宿迁皂河镇的一户蓬门，居然出了个贵子，寒窗苦读十余载的卢瀚荫从万千学子中脱颖而出，中了举人，可以想见，此事在当地所产生的轰动效应。

但中举后卢瀚荫的轰动效应，更多来自他不同寻常的人生抉择。

第一个人生抉择是辞县官不就。

岸上流年

"学而优则仕""朝为田舍郎，暮登天子堂"。读书做官，是封建时代绝大多数知识分子实现人生理想的正途，也可能是坦途，可他却坚辞山西省大同县知县一职，不去赴任。知县虽为七品，却是平步青云的阶梯，不知卢举人敲开了通往封妻荫子的人生之门后，为何又临其门而不入。

第二个人生抉择是经商办教育。

士农工商，在商人地位相对低下的年代，卢举人却选择了经商。他根据皂河水陆交通便利、运河漕运发达之地理优势，向政府商办注册开办了"卢庆升布庄"和"陆陈载运行"。是母亲曾做过炸油条小买卖的遗传，抑或是皂河水旱码头经商之风的濡染？卢举人表现出卓然的经商才干，不管是布匹生意还是粮食贸易均异常红火，一度获利颇丰，为兴办教育奠定坚实的物质基础。

富起来的卢举人搞免费教育。他亲自设馆，亲自任教，不收学费，不领薪水，一时间学生遍及宿、邳、睢三县，考中秀才的多达四十余人。

在教育极度落后的苏北地区，他用自己的广博学识播撒文化的种子，用自己的经济实力鼎力兴学。

民国成立后，废科举，兴学堂。卢举人将自己的六千亩田大部分捐献给书院，作为兴办学堂的"学田"。又在黄河故道种树万余株，作为嘉惠后学的资金。

除此，他还在皂河创立崇本小学，亲自编写教材，亲任讲师。他开风气之先，创议招收女生，让自己的两个女儿不缠足，到学校读书，谓男女都有平等受教育的权利，对破除重男轻女的封建思想，起到了重要作用。

为了扫除文盲，他创办平民识字班，编写平民千字文作为课本，大大地提高了当地普通百姓的文化水平。

他更心系黎民。在任皂河乡董以及十七乡镇联合会长期间，由于连年灾荒，每年冬天，他都带头捐粮放赈，救济生活困难的百姓。

1931年夏，也就是他去世的前一年，黄河故道、大运河洪水泛滥，不少百姓流离失所。他不顾年老体衰，以十七乡镇联合会长的身份，一面向上级政府报告灾情，申请救灾；一面召开会议，动员客商停止将夏粮转运出境。不料奸商乘机套购平价卖给灾民的粮食，暗中加价出售。他不但没收了奸商囤积的粮食，还处以罚款，并将没收的粮食和罚款用来发放赈灾粥，一天两次，直至新麦登场之后才结束。此举活人无数。

第三个人生抉择是投身革命。

辛亥革命前，他远赴上海政法学堂深造，在那里秘密地参加了同盟会，受同盟会的派遣，任宿、邳、沭、睢、铜五县同盟会的组织部部长。辛亥革命来临之际，他率先在皂河树立义旗，并带头剪辫，策应南方革命政府。

晚年，他目睹新旧军阀争权夺利、鱼肉人民的现状，对"国民革命"渐渐失去了信心。1927年冬，他的一个学生是宿迁县地下党县委书记处秘书，介绍四名共产党员到他家，请他帮忙掩护，他不仅一口应允，还不顾危险，让子女送饭，长达数月之久。

他曾任钟吾学堂（今天的马陵中学）堂长、宿迁县教育会会长、江苏省第三届议会参议员。

作为省参议员，他对宿迁乃至全省应兴应革之事也建议颇多，经常在议会上侃侃而谈，据理力争。他曾积极建议省府修筑从连云港经阜宁、盐城、东台、如皋到达南通的铁路，并倡办宿迁玻璃厂，以振兴苏北实业，皆因连年战乱未能实现，抱憾终身。

省议员们私下评论："苏北与会议员皆系哑铃，敢于争论者，唯瀚荫一人而已。"他从此有了"大金刚"之称。

回望卢瀚荫六十五年的人生历程：寒窗苦读，奋发自强；弃官从商，风生水起；兴办教育，卓有成效；赈济灾民，心系百姓；关心时事，与时偕行。他既有谦谦君子的仁爱情怀，又有豪杰义士的金刚怒目。

是怎样的生活经历铸就了他刚柔并济的品格，影响了他非同寻常的人生抉择？

江西省卢套地区连年灾荒，卢举人的先祖被迫背井离乡，逃荒来到宿迁，在皂河镇定居下来，是皂河这片热土接纳了卢姓一家。

他出生不久，因母亲营养差，缺少奶水，两个姐姐抱着他到处讨奶吃，是百家乳汁哺育他长大的。

四岁时，母亲因操劳过度病故，两个姐姐又先后出嫁，他与老父相依过活。

所幸老父是塾师，从四岁入学那一天起，卢瀚荫就爱书如命，手不释卷，连吃饭时也不肯放下书本。早晨，鸡一叫就起床，苦读诗书；晚上，家里点不起油灯，就默默记诵，故学业大进，十六岁考中了秀才。

考中秀才之后，他拜名师，求益友，专心致志，苦读不辍。这时家境更加困难，以至于时常断炊，他便仿效宋代文学家范仲淹"断齑划粥"，节衣缩食，埋头苦读，并经常向书院送文稿，用稿费来补贴家用，直至考中举人。

中举后，人曾送"烟熏火燎门第，翻身打滚人家"一联，来形容他的寒苦出身。

古镇百家乳汁，哺育了他长大成人；十余载寒窗苦读，改变了他多舛命运。他用创办实业、兴办教育来回馈桑梓的养育之恩，他用拯救黎民百姓于水深火热来践行作为知识分子的人生理想。

贤哉，卢举人！壮哉，卢瀚荫！

（原载于 2022 年 2 月 1 日《宿迁日报》。文中部分史料由马陵中学提供）

**【阅读手札】** 此文记述了卢举人卢瀚荫的三次人生选择，然后分析他为什么做出这样的选择。条分缕析，事理结合，一个乡绅贤达跃然纸上。（王清平）

岸上流年

# 赶庙会

赶庙会，赶庙会，"庙会"的确得"赶"：得赶制，得赶排，得赶路。

庙会开始前，卖家得赶制器物、玩物和食物。

锄头、钊钩、镰刀，笸斗、簸箕、铁锹，烟袋嘴、烟袋锅等，都得提前赶制出来；木刀、木剑、桃猴、玉兔，泥哨、青竹蟒、拨浪鼓、小花棒等，也得提前赶制出来；三刀、桃酥、羊角蜜，花生、瓜子、糖葫芦等，更得提前赶制。至于镇上赵家的糁汤要多熬几锅，叶家的烧饼得多打几炉。

玩家得赶排。赶排旱船、花车和高跷，舞龙、耍狮和杂技。老玩家，新玩家，个个得玩出新花样，人人得展示真功夫。

路远的得赶路。河南、安徽、山东等周边省份方圆百里的人们，得提前带着赶制好的器物、玩物、食物，赶排好的旱船、花车、高跷，或乘船坐车，或挑担步行，川流不息，络绎不绝，都往庙会赶。正月初八，皂河龙王庙西侧的南北大街，一夜之间被大大小小的摊点围得水泄不通。

我不用"赶"会，我家和龙王庙是近邻，推开门，我就在"庙会"里。

龙王庙，全名敕建安澜龙王庙，又名乾隆行宫，但当地百姓都叫它大（读作"代"）皇庙或大（读作"代"）王庙。据传早年间，当地百姓为求风调雨顺，在镇东首建了座大王老爷庙。清康熙南下巡视，发现皂河地区水患依然严重，为了安澜息波，造福百姓，康熙帝宣旨兴建神庙，以抚慰民心。后乾隆南巡，驻跸于此，御笔题写"敕建安澜龙王庙"。又因乾隆六次南巡，五次宿顿庙里，故又名乾隆行宫。但当地百姓依旧习惯叫它大王庙或大皇庙。

据传，早年龙王庙香客云集、香火鼎盛。但打我记事时起，龙王庙就是寂寞的。就像常年孤独地生活在老屋里的老人，室内室外，寂静无声，极少有人光顾。冷不丁还会有不肖儿孙，不知什么原因，跑到老屋里犯浑撒泼。龙王庙一度遭受厄运。庙里的文物古迹，能毁的尽被毁，能砸的全被砸。只有大殿、石碑和石狮子等，搬不动，砸不烂，还孤独地站在那里，就像老人仅剩的一把老骨头。

夕阳余晖笼罩下的龙王庙，不时有黄狼、野猫在殿外草丛中出没，也会有燕子、麻雀在殿内屋檐下做窝。偶尔还会有像我这样的半大孩子，傍晚割猪草回来，为了抄近道从庙里穿过，看看天色还早，就和小伙伴在台阶上拾拾羊窝，在大殿前踢踢毽子，或是爬到石狮子身上，去数狮子头上那永远也数不清的石疙瘩，一直到天快黑了才回去。除此，再无半点声息。

不知是哪一年，空旷寂静的龙王庙传来了隆隆的机器声，镇粮管所搬了进来，并在古戏楼的附近建起了厂房，开始了粮食加工。自此，夏秋麦稻两季，这里便成为购进、储藏、加工、售出的所在，平板车、三轮车、拖拉机和大货车络绎不绝。北面大殿依然像个老者，站在后院平静地注视着儿孙们在前院进进出出，忙忙碌碌，为

岸上流年

生计奔波。而我也曾和父亲一起，用平板车将刚打下的粮食送到这里售卖，然后从这里买麦麸回家喂猪，买稻壳回家烧火。

只有正月初八、初九、初十，特别是初九这一天，龙王庙才会热闹一阵。像是儿孙忽然回过味来，觉得"家有一老，如有一宝"，于是拿着香烛焰火，带着干鲜果品，献上旱船花车，为老人过寿，祈求他老人家保佑一方风调雨顺、海晏河清，子民五谷丰登、福寿绵长。老人家也不计前嫌，享用了祭品、送上了祝福，接下来便静静地看着儿孙们狂欢。

我虽然不用"赶"会，但我得做"向导"。

当时，兴正月里接人。每到正月初二，乡下大舅一准让表哥来皂河街接他三姑（我母亲行三）。母亲多数因家中事多，去不了，就让我代为前往。初二一大早，我便穿上新衣服，随表哥走亲戚去了。我虽为孩子，但舅舅、姨姨如对待大人一样招待我，一是母亲一直很照顾娘家人，再者我的确像个小大人。到了舅舅家，这家吃过，到那家吃，一直到初八，有的还没排上。但初九庙会在即，我就领着姨表兄弟、姨表姊妹一大帮子，浩浩荡荡来皂河街上赶会。

临行前，舅舅交代，正月一过，便是开春，开春之后，农活变多，家里的农具该添置了，表哥们便买了钊钩、铁锨、粪箕、犁耙，顺便还买了一把菜种，留撒在小园地；姨姨嘱咐，家里随手用的也该换了，姨姐们便买了针筐、簸箕、蒸笼、锅盖，顺便还要买了护袖、围裙。小姨弟、小表妹，手里有点压岁钱，不花出去心里难受，手里摇着拨浪鼓，嘴里吹着哩噜哩噜，这也想买，那也想买，从街南头逛到街北头，逛到北头还是觉得南头的好。庙会仿佛如今"双十一"，胜过现在"六一八"。

满大街都散发着诱人的甜香和焦香，有削甘蔗、削菠萝、榨果汁的，有卖糖葫芦、芝麻糖、花生糖、棉花糖的，还有卖烤鸡翅、烤鱿鱼、烤面筋以及炸臭豆腐的。摊主边卖边吆喝，忙得不亦乐乎。人们或在摊位前驻足品尝，或呼朋引伴，边走边吃。未到晌午，镇上老字号里，赵家的糁汤锅已见了底，叶家的烧饼摊也只剩一些芝麻碎。

我一边吃着，一边还不时提醒他们，少吃点，我妈在家已经做了好饭好菜等着呢。

我妈没空赶会，她正在家里忙着煎炒烹炸，款待来镇上赶会的娘家人。

妈妈除了操心赶会的娘家人吃喝，还操心到了谈婚论嫁的年龄可婚事还没有着落的侄男伯女，张罗着给他们说亲。这不，趁赶会的时候，又准备给她的大外甥，也就是我大姨哥怀陵说亲。女方是邻居徐大娘娘家侄女，叫友莲，一个皮肤白皙、一笑有着两个小小酒窝的姑娘。大姨哥是现役军人，刚好来家探亲，妈就安排两人见了面，见面地点就在我家。几年没见，大姨哥高了很多，身穿军装，精神、帅气！女方一见，就看上了，还没聊多一会儿，主动站起来邀请大姨哥一起出去看会。

正月里，空气清冽，阳光和暖，房顶白雪还未化尽，路旁柳枝已然绽青。街上大姑娘们衣着光鲜，小伙子们油头粉面。咚咚锵咚咚锵，旱船队已拉开了场子，跑起了旱船，只见那船心姑娘一会儿"驾"着"船儿"水上漂，一会儿"驾"着"船儿"浪中摇，那帮"船"的"老婆子"舞着扇子扭着腰，"老头子"挂着拐杖胡子翘，插科打诨、打情骂俏，博得场边观众一片掌声和叫好。瞧热闹的小伙子，眼睛不往场里瞧，直往身旁漂亮的姑娘身上瞄。庙会俨然为青年男女提供了结识的契机、定情的场所。

男追女，隔座山；女追男，隔层纱。一年后，怀陵转业，和友莲喜结连理。尽管女方父母也曾嫌弃怀陵家境，说弟兄几个，还都住在一起，但架不住女儿友莲态度坚、主意正，说图的是"猪"，不是"圈"。女方父母也奈何不得。几年后，怀陵夫妻再来赶会时，还带来了"小猪"，笑着跟我母亲说，怀陵转业后，夫妻俩齐心协力，攒了些钱，另选了宅子，正准备盖"圈"呢！

现如今，政府斥巨资打造皂河古镇，定名"龙运城"，取龙王庙、大运河中各一个字。衷心祝愿：古镇皂河永远安澜息波、海晏河清，父老乡亲始终"龙"马精神、好"运"连连！

（原载于 2021 年 8 月 15 日《宿迁日报》）

**【阅读手札】**皂河庙会，绵延千年，方圆百里有名。别人赶会，而"我"却就在"会"里。作者描绘的庙会盛景，仿佛一部电影的全景镜头。但热闹中的特殊镜头才更有意思。春节后的乡下舅舅接人，"我"代母亲到舅舅家。节后庙会上，母亲闹中取静，为赶会的乡下亲戚张罗一桌好饭菜，又为外甥怀陵张罗相亲。前后这些家庭特写般的情景更具烟火味、人情味。（王清平）

# 古镇"阿庆嫂"

上了点年纪的人都知道，现代京剧《沙家浜》中有个机智能干的阿庆嫂。大运河边上的古镇——皂河街上也有个"阿庆嫂"，之所以这么称呼，一是她像阿庆嫂那样开一家茶馆，二是她像阿庆嫂那样仗义能干。

在女孩子大都被叫大丫头、二丫头的年代，她却有一个响亮的大号——王英。这个名字是家族中识文断字的长辈给起的。王英爹妈没这个能耐，他们是一对大字不识、胆小怕事的老实人。恰恰就是这对老实人生养出了一个能说会道、精明强干的闺女。

在学针线、做家务的年龄，王英横不拈针，竖不理线，却对做生意表现出极大的兴趣和极高的天赋。无奈家贫，没有本钱，她就找到家境殷实的本家大爷，说借点本钱做小生意，并保证很快就还上。大爷将信将疑，认为丫头片子一个，能做什么生意？可架不住小丫头软磨硬泡，又碍于本家兄弟的面子，再说借的钱也不算多，就答应了。

王英拿到启动资金后，一大早从乡下卖菜人手里买进整捆连根带泥的毛豆、大葱、韭菜、小白菜等，拿到家里，让爸妈进行粗加工，不大会儿工夫，剪了角或剥成粒的毛豆和除去了根、洗净了泥的大葱、韭菜、小白菜就送到了镇上大大小小的食堂和饭馆的后厨。到晚上一算，扣除借来的本钱，所赚差价足够全家一天吃喝嚼用，还略有剩余。等到归还本钱的时候，本家大爷对眼前的这个小丫头格外高看。自此爹妈也将家中大小事情都交给闺女去办。

王英到了出嫁的年龄，老实的爹妈担心能干的女儿嫁到大户人家会被夫家辖制，于是相中了出身小门小户的陈家老三。陈老三是个挎糖篮子沿街叫卖糖板儿的小贩，虽是小本生意，却也吃喝不愁。王英一过门就成了当家的陈三娘。

皂河古镇，地处中运河、古黄河、骆马湖、黄墩湖交会之地，自古就是漕运重镇和商贾云集之地，人口稠密，店铺林立，有开酱园、槽坊、粮行、盐行的，有卖布匹、茶叶、日杂的，也有打铁、掌鞋、修理钢笔的，唯独没有开茶馆的。陈三娘看准了商机，说服公婆，与丈夫凑了点本钱，在皂河街上盘了三间门面房，开了陈家茶馆。

茶馆坐落在南北大街的东侧。门脸三间，中间起了个老虎灶，两边用屏风隔出东西两间，室内摆上八仙桌、长条凳，门前摆上长桌、矮凳，后院放着两口硕大的水缸。每天灶上三口大锅，沸腾翻滚、热气氤氲，灶下，头顶毛巾烧火的老头，是陈三娘的老父。灶上，提壶倒水、招呼进进出出茶客的，是陈三夫妻。

每到逢集，周边乡镇甚至邻县的乡人都来皂河街赶集。一大早，一担担新鲜的蔬菜瓜果，一筐筐活蹦乱跳的鱼虾螃蟹，铺排在街北，人们或卖或买。一过晌午，做买卖的便会抽个空儿到茶馆歇歇脚，要一碗大碗茶，坐在门前长桌边，一边看着熙来攘往的街景，一边吃着自带的干粮，与茶客聊聊年景收成、生活日常，茶足饭饱后，再接着各忙各的。

开店坐铺的老板，手头宽裕，有时会邀上一二老友，缓步踱至里间，泡上一壶好茶，让茶馆伙计代为打半斤老酒，到熟食摊上买点熏肉、熏鸡、炸虾、蚕豆、花生米，悠闲地坐于八仙桌旁，边喝边聊，交流交流行情信息，沟通沟通兄弟感情。

日久天长，那些老茶客觉得，一天没到茶馆里坐坐，这一天就没着没落的。小小陈家茶馆，成了信息集散地、百姓社交场。

那时，各单位还没有开水房，镇上各机关单位茶水也由茶馆供应。每天上午陈三娘按时准点将开水送至各个办公室。因其眼头活，善言谈，不长时间，便与上至镇长、下至办事员都熟悉了。陈三娘也绝不眼睛只往上翻，乡邻亲朋遇大事会找她商量，有难事会求她帮忙，她大多都能帮助出出主意或帮忙疏通关系。有人一时手上缺着了，求到陈三娘，陈三娘从来不会让求着的人空手而归。一来二去，陈三娘成了皂河街上的能人和好人。

皂河街上曾有"三个不得了"之说，其中之一是陈三娘要是个男人不得了。

那时镇上还没通自来水，家家户户吃水都到大运河里挑。茶馆也如此，煮运河清水，供往来茶客。每天一大早，伙计先将茶馆里外打扫干净，接着将院内的两口大缸挑满，在缸内散入适量的明矾，用两丈来长、胳膊粗细的木棍在缸内用力画圈搅动，直到水中杂质全都旋至中间，再用舀子舀去杂质。满满两大缸清澈的运河水，足够一天茶炉所用。

挑水的伙计，人称陆二。这陆二祖上是个大财主，那时陆财主家大业大，听说他家的房子占了半条街。一日家中又建新房子，陆财主坐在院内藤椅上悠闲地看着工匠们忙活。院内小孙子们在旁边玩耍，用一根小木棍、两小截绳子，一头拴着一块砖，学着做买卖人的腔调，高声吆喝道："卖砖嘞，卖砖嘞，有人买砖吗？"财主一听，心头咯噔一下，眉头皱了起来，急赤白脸地对工匠们说："都给我听着，砖墙厚度一律从二十四改为十八，砌成空心斗子（一种砌墙法，墙内不砌实，留空）——房子还没盖好，孙子就开始卖砖了。这叫什么事！"

传说这个"卖砖"的孩子就是陆二的父亲。果真到了陆二父亲这一辈，家道败落，最后卖光了家产。等到了陆二这一辈，家中更是一贫如洗。陆二从小到大，娇生惯养，手不提篮，肩不挑担，农活做不来，买卖不会做，整日在街上游手好闲，靠蹭吃蹭喝为生。

陆二这天又蹭到陈三娘茶馆门前，陈三娘买来好酒好菜，款待了陆二，说："老二，你人高马大，整天混吃混喝，哪天是个头？争口气，靠力气吃饭，好不好？"陆二说："陈三娘，我没干过活，能做什么？"陈三娘说："听三娘一句劝，给我挑水，我给工钱，还管饭。"自此，皂河街上少了个破衣烂衫的流浪汉，多了个不管春夏秋冬肩上搭一条毛巾的挑水伙计——陆二。

后来陈家茶馆因为使用了帮工陆二，有剥削嫌疑，加之所有私营都合营或取缔，陈家茶馆便从皂河街上彻底消失。陈三娘也离开皂河街，远走异地他乡，成为外流人员。

改革开放后，陈三娘从外地回来了，茶馆已不再时兴。她便在茶馆原址附近租了房子，改做其他生意。她先后卖过估衣、布匹、被胎，一度生意做得很大。但因不善于成本核算，处世为人又一如既往地阔绰大方，终究没能攒下多少家产。随着年纪越来越大，生意也越做越小，小到仅售盆盆罐罐、针头线脑，赚的块儿八角只够一天吃喝。家人多次劝她不要再做了，回家养老，可她不愿意离开，说回家待着会憋屈死，天天在街上跟人说话拉呱，日子过得安逸；又说老了也不想靠儿女，再少的钱只要是自己赚的，花得气势仗义。

八十一岁那年，一场感冒引发的肺炎将一辈子不服输的陈三娘打倒了。但她坚持不去医院，说一辈子有病都是自己养好的，从来没进过医院，老了更没必要去，不想遗累人。不久后她便没有任何痛苦地安然离世。去世后，店里还有她没卖完的盆盆罐罐、针头线脑，街上老一辈人口中还流传着关于她的种种传说。

（原载于 2021 年 8 月 8 日《宿迁日报》）

**【阅读手札】** 王英——陈三娘——阿庆嫂，小本生意，衣食无忧，而且乐于助人，雇用游手好闲的陆二帮工，不料时局变化，陈三娘从古镇上消失，改革开放后重回古镇，惨淡经营，终老古镇。这是古镇上的能干妇女的一生。令人心生敬意，且伴唏嘘。（王清平）

# 看 戏

开场锣鼓过后，大幕徐徐拉开，伴随着一阵悠扬的柳琴声，侧幕传来了男主角高亢嘹亮的演唱："大路上来了我陈士铎——"未见其人，先闻其声。紧接着"陈士铎"登场亮相，台下一片叫好之声！

大路上来了我陈士铎，赶会赶了三天多。
想起来东庄上唱的那台戏哟，有几个唱得还真不错。
头一天唱的是"三国戏"，赵子龙大战《长坂坡》。
第二天唱的是《七月七》，牛郎织女会天河。
黑头的嗓子实在大，十里路以外都听得着。
有个小旦装得好，外号就叫个"人人学"。
小丑出来惹人笑，看得我士铎笑呵呵。
看罢了戏，饭馆进，我要了四两老酒喝。
炒了一荤一个素，还吃了五个大馍馍。
酒足饭饱心高兴，赌博场里带几合。
头一回输了一吊五，二回输了三吊多。
一吊五，三吊多，心疼得我士铎直跺脚。

回家吧，回家吧，老婆在家等着我……

这是柳琴戏《喝面叶》的开场唱段。剧中陈士铎好吃懒做、浪荡逍遥，妻子梅翠娥面对一身毛病的丈夫，决意趁他赶会回来，自己装病卧床，让丈夫亲手做一碗面叶（面片）汤给她喝，感受一下做妻子的不易。舞台上陈士铎笨手笨脚，出丑搞怪，费尽九牛二虎之力终于做成了一碗面叶汤，送至妻子面前，梅翠娥借机巧妙地开导丈夫，将他引入了正途。

这出戏，古镇百姓看了不止一遍，以至于演员一张口"大路上来了我陈士铎——"下面不少观众便能跟着哼唱。尽管如此，每次看，依旧兴味盎然。原因很简单，淳朴浓郁的生活气息、风趣幽默的舞台表演，简直就是他们日常生活的再现、喜怒哀乐的翻版。

再说那舞台上的演员，多是本镇人熟悉的近邻。我到河边洗衣时，就曾遇到过"陈士铎"来河边挑水，我住街东，他住街西，我们都吃运河里的水；我割猪草时，也曾碰到过"梅翠娥"在小园地里除草，我们两家小园地只隔着一道窄窄的水渠。

柳琴戏又叫拉魂腔，是风靡于苏鲁豫皖四省交界的地方戏。名为柳琴戏，是因为伴奏以柳叶琴为主；名为拉魂腔，意思是可把观众的魂勾了去。

据传，早年柳琴戏班子行走于乡野，每到一处村镇，常常拉魂。大姑娘、小伙子沉迷于此不能自拔，有的竟跟随戏班子走村穿镇，一跟十天半月，甚而相中了戏里扮相俊俏的小生或小旦，悄悄与之私奔也未可知。俗话说："不听拉魂腔，吃饭也不香。""一听柳叶琴声响，绣楼小姐要跳墙。"足见柳琴戏在当时百姓心目中的分量和魅力。

古镇有自己的戏班子。二十世纪五六十年代，鼎盛时期的皂河国营柳琴剧团，一年演出达一百多场，可谓盛况空前。几年后，剧团因故解散，演职员回家务农。到了七十年代，公社成立业余文艺宣传队，将部分演员召回，重整旗鼓，重续戏脉。昔日耕田种地的"泥腿子"，今朝放下了锄头镰刀，彩妆一化，大幕一拉，舞台之上、聚光灯下，兰花指、小碎步，身段婀娜，衣袂飘飘，普通百姓的喜怒哀乐、才子佳人的爱恨情仇被他们演绎得淋漓尽致、荡气回肠。

古镇有自己的戏园子。戏园子坐落在南北大街的西南角，中间一个小岛，四面绿水环绕，仅有一条两丈来宽的小路与外界相通，可谓闹中取静。新中国成立前这里曾是运河伪区团长曹四易守难攻的小圩子，新中国成立后，曹四被人民政府镇压，曹四小圩子成了镇里的戏园子。

这个曾让本地乃至周遭百姓避之唯恐不及的地方，新中国成立后竟成了古镇百姓业余文化生活的最高殿堂。

每到逢集或年节，戏园子里常有好戏上演，除了《喝面叶》，还有《拾棉花》《秦香莲》《打金枝》《泪洒相思地》等。

戏园子是我儿时最神往的地方，看戏是我儿时最热衷的事情。

小学离戏园子很近。放学后，一听说晚上戏园子里有好戏上演，我便回家缠着父亲要钱买票。那时鸡蛋二分钱一个，咸盐一毛四一斤，猪肉才卖七毛一。花上一两毛钱，熬夜看一场戏，在终年只知劳作、不懂文化娱乐为何物的父亲看来，纯属吃饱了撑的，何况有时还吃不饱呢，因此很少答应。无奈转而去求母亲。母亲心软，偶尔会塞给我一两毛钱，但多数情况下，也只答应忙清了带我去"拔戏根儿"。

所谓"拔戏根儿"，就是戏演到接近尾声的时候，把门人放开栅栏，让还等候在门前的人进去看个结尾，过一过戏瘾，聊慰焦渴之心。

夜色渐浓，母亲忙完家务，哄睡了妹妹，带着我去"拔戏根儿"。

那时镇上人歇得早，九点一过，家家关门闭户，店铺大多打烊。只有戏园子外面小路旁，昏黄的马灯下，几个卖花生、瓜子、青萝卜的小贩在等待散场后的最后生意。

当然还有三三两两无钱买票的戏迷在戏园门口徘徊，像我一样焦急地等待着把门人放开栅栏的那一刻。那时我觉得，在戏园子里把门，是世上最美的差事。

夜色中，勾魂摄魄的悠扬琴声从水面上飘了过来，接着便是一阵紧锣密鼓，戏怕是已到了高潮。

戏园子大门忽地打开，妈领着我随着人流蜂拥而入。剧场内，一股熟悉而温暖的气息迅速将我包围。只见观众席上人人如痴、个个如醉，聚光灯下，华服翩然、锣鼓喧天。陈世美已被开铡问斩，窦娥的冤屈在她父亲的主持下得以昭雪，总之，善已扬、恶已惩。后排有的观众陆续从座位上站了起来，准备提前离开，免得结束后拥挤难行。我和妈趁机找到一个空位坐下来，一直看到演员集体谢幕，把"戏根儿"彻底拔净，才不舍地离开了戏园子。

当时现代京剧《红灯记》家喻户晓，其中的精彩唱段，多数人张嘴就来。我小小年纪，有时也会在大人们的鼓动下，来一段李铁梅的"我家的表叔数不清……"

一次县里某剧团送戏下基层，到镇上演出现代京剧《红灯记》。巧的是，小伙伴她爸是剧团里的大厨，我沾了小伙伴的光，可以跟她一起到后台看演出。如此近距离看演出还是第一次，我俩特别兴奋。你瞧，刚才还在后台抻腰踢腿、喝水谈笑的男女演员，轮到上场，出了侧幕，立马身姿挺拔、精神抖擞、字正腔圆、有板有眼，令人叹然。

古镇百姓敝帚自珍，但绝不闭关自守。他们除了爱看柳琴戏，对外地送到家门口的京剧、黄梅戏、吕剧甚至杂技魔术也不排斥，大都欣欣然前往观看。

如果路旁有几个小小子比"胡传魁"或"刁德一"谁学得更像，那一定是某京剧团来过；如果街角有几个小丫头比谁的腰下得低、谁的叉劈得直，那一定是某杂技团来过。至于古镇街头巷尾、饭后茶余，人们聊一聊《秦香莲》，哼两句《喝面叶》，更是司空见惯。

在文化生活极度匮乏的年代，戏园子曾以其独特的文化符号记录了古镇的一段历史，柳琴戏也以其丰厚的文化养分滋养过这一方水土和这一方人。

（原载于 2021 年 11 月 15 日《宿迁日报》，同日"学习强国"转发）

【阅读手札】古镇柳琴戏出名，也不排斥外来剧种。当年人演当年事，与出戏后的演员一起打水拔草，模仿戏里人物和台词，唤起读者熟悉的记忆，但"拔戏根儿"只属于作者自己。（王清平）

# 打 酒

那时喝酒要打，不像现在整瓶整箱买。喝酒的是大人，可打酒的多是半大孩子。打酒这种轻省的事轮不到大孩子，有更重的活等着他去做；太小的孩子也不会让去打酒，账算不清不说，一不小心把酒碗摔了，把酒洒了，岂不可惜！打酒只适合我这样半大不小的孩子。

古镇大街南边的那一片，有三个孩子经常在傍晚被家里大人差去供销社里打酒。

一个是和尚，一个是三北，一个是我。

和尚不是真和尚，他有大号。听他娘（他家叫娘，不叫妈，不知什么原因）说，和尚生下来比大老鼠大点，比小猫咪小点，不哭，接生婆说养不活。他娘看还有一丝游气，舍不得扔，没想到过了两天，还真活了。命大的和尚，在地上爬了五年，不会走路，他娘怕他成瘫子，就抱着他到庙里烧香许愿，说只要让孩子能走路，长大了就让他来庙里做和尚。不知是许愿奏了效，还是终于到了会走路的时候，没过多长时间，和尚竟然颤颤巍巍地站起来走路了。从此，他就叫和尚。和尚长大了也没真去庙里做和尚，那时想做也没地方要，更何况和尚他娘也舍不得。

和尚他爹是粮管所里扛大包的，常年肩上搭着一块青色粗布，从车上扛起百把斤重的水稻或小麦，送到仓库，到了仓库，沿着跳板，攒起一股劲儿，登上高高的粮囤，一耸肩头，猛地一甩，粮包就稳稳地落在合适的位置，然后用青色粗布擦擦汗，接着再扛。扛这样沉的大包，晚上不喝二两解解乏，怎么行？

三北他爸是搬运站里拉板车的，拉那种车把特别长、车厢特别高的特制平板车。一般家用板车一次只能拉几百斤，他爸的板车一次可拉上千斤。他爸用这种专用板车从运河码头拉煤炭、拉沙子，船上运来什么，他爸就拉什么。经常会看到八九个车夫组成的长蛇车阵，沿着码头向南，经过龙王庙东侧，再上一个高坡，运到东面的搬运站卸下。到了坡上，车夫们便俯下身子，抻长脖颈，喊着号子，一步一步地往前挣。拉这样重的板车，晚上不喝二两解解乏，怎么行？

我爸是弹棉花的。这活不重，但脏。爸常年在棉花机前面续入又脏又板的棉花，几个妇女在棉花机两侧拉动摇把带动机器运转，蓬松平整的棉花便从另一侧送了出来，再用一根柳条将它打成捆，就可以拿回家做出柔软暖和的棉袄和棉裤。一天下来，弹棉花的人，满头满脸都是尘土和棉絮，连眉毛和睫毛上都挂着灰色的"雪"。即使戴着双层口罩，皱纹里、鼻孔里也满是灰尘，一洗脸，满盆皆黑。干这样脏的活，晚上不喝二两解解乏，怎么行？

和尚走路慢，深一脚浅一脚的，两条腿像两条软面剂子，老是蹚路边。每次打酒，他总是先出家门，拿着他娘出门子时的陪嫁——一个锡酒壶。

和尚他娘是家里的独生女，出门子时陪了不少好东西。一次，我眼皮上长了个麦粒肿，妈听人说，用独女粉一擦就好，带我找和尚他娘要点独女粉擦擦。和尚他娘从雕刻精美的箱子里，拿出更为精美的梳妆匣，再拿出一盒香喷喷的粉来，从缵里抽出一根针，在灯上烤了烤，一下子挑破了我眼皮上的麦粒肿，再为我擦上独女粉。过几天，麦粒肿还真消了。

扯远了，还说打酒。

和尚虽然五岁以后会走路了，可到底先天不足，比我大三岁，个子还没我这个女孩子高。每次看到和尚出门了，我也拿起茶缸跟着出家门，不一会儿就追上了和尚。三北总是最后出门，他拿着一个盐水瓶。原先是拿碗的，但经常是二两酒端到家，只剩一两，还有一次直接连碗也砸了。三北他姐跟在医院做护士的好友要来了空的盐水瓶，刷洗干净，让她弟给他爸打酒。黑瘦的三北，猴子一样跑得快，一溜烟就蹿到我们前面了。

镇上供销社在街的北首，到供销社要路过邮政所门前、小学门前、信用社门前、大众饭店门前和大众旅社门前。我们三人边走边玩。邮差正从门前的邮筒里往外拿信件。小学放学了，大门已经关上。信用社的职工也都下了班，我的同学夏宾她妈在信用社里上班，这会儿她正跟她妹妹在门前玩。大众饭店炸油条的老头，正在饭店门前的炉子上用小铝锅咕嘟豆腐，准备喝晚酒。大众旅社门口，穿着白色工作服的一胖一瘦的两个中年妇女坐在凳子上摇着扇子，天南地北地聊天……

供销社到了。走上三个台阶，进了店内，一股混合香肥皂和油盐酱醋的味道扑面而来，我们喜欢闻这个味道，一进来都用鼻子深深地吸一口，然后沿着布匹柜、日用品柜，来到油盐酱醋柜。酒水没有单独的柜台，大酒坛子跟酱油老醋坛子摆在一起。卖酒的是个面相温和的妇女，叫她姐姐太老，叫她阿姨又太小，她虽然没有布柜上的姐姐好看，但她比布柜上的姐姐和气。当我们仨把酒壶、茶缸和盐水瓶举到高高的柜台上的时候，她总是微笑着问，都是打二两？我们齐声说"是"。她就掀开酒坛子上的软垫，一股酒香飘了过来，三个打酒的孩子又都深深地用鼻子吸了一口气。只见她不紧不慢地把漏斗放在壶、缸和瓶子口上，再从柜台上并排摆着的一斤、半斤、二两、一两的四个铁皮制成的酒端子中，拿出二两端子，从酒坛子里舀出满满的一端子酒倒入漏斗内，有时还会再添一点，然后把酒坛子盖严实。

酒一打回来，妈就将一小碟熏肉、花生米，或是炒豆腐、豆芽、萝卜粉丝摆到饭桌上。爸将满头满脸的灰尘棉絮洗净，坐在桌前，开始了自斟自饮。我和妹妹边吃花生米，边听爸妈聊天。爸说，以后你舅爹（爸爸的舅舅）上门一定得给酒喝。有一次你舅爹来皂河赶集，中饭时来到俺家，碗筷摆好，让舅爹上桌吃饭，可舅爹只是抽烟，就是不肯上桌。舅爹不上桌，谁敢动筷？过了一会儿，你奶奶说，去集上打半斤酒来。酒一打来，你舅爹就上桌了。我中晌不喝酒，你舅爹一人喝，喝了二两多，剩下的二两多，你舅爹带回家喝了。

难怪现在人们常说，你看你，跟老舅爹似的，可见老舅爹很早就知道摆谱。

后来，喝酒的人老了，扛不动大包，也拉不动板车；打酒的人也大了，上班的上班，打工的打工。

一次，我从城里回皂河，吃饭的时候聊到和尚。妈说，昨天和尚还过来串门拉呱的。和尚侄子结婚，和尚喝过了喜酒，顺道过来坐坐，说今儿高兴，侄子都娶媳妇了，多喝了两杯。可说着说着就哭了，还哭得很伤心。妈劝了好久才好。过一会儿，妈叹息道："和尚的侄子都娶亲了，和尚自己还打着光棍，心里能好受吗？"

现如今喝酒的人大多作古，打酒的人也快奔六。和尚、三北，你们的孙子也该能打酒了吧？

（原载于 2021 年 10 月 10 日《宿迁日报》）

**【阅读手札】**记述三个小孩子为大人打酒的趣事，三个孩子父亲都是底层平民，一个扛大包，一个拉板车，一个弹棉花，但有一个共同点：晚上喝二两。大人喝酒解乏，孩子打酒得趣，读者读来心酸眼涩。（王清平）

岸上流年

# 年　俗

年味浓淡与贫富无关，跟年龄和心境有关。到了一定年龄，怀旧多于憧憬，每逢年跟前，儿时年俗记忆便由淡而浓，才下眉头，又上心头，丝丝缕缕，挥之不去。

## 杀年猪

一到腊月，家家户户便着手张罗年货，猪肉是年货中的主角。那时一年难得见几次荤腥，过年才舍得买点猪肉犒劳犒劳一家老小。镇上食品站有熟人的，能买到板整厚实的肋条肉，一咬满嘴流油的那种；一般人家只能买到松松垮垮的猪拖泥或精瘦精瘦的腿子肉，吃着一点不解馋。

有时，村人会把自家养肥的猪杀了，派点肉给乡邻，收点钱，大人小孩添置衣帽；猪头、猪下水、猪大油不卖，留着过个肥年。

杀年猪是一家人的大事，也是一村人的盛事。

天刚蒙蒙亮，村中便传来猪的号叫声，惊醒了还在睡梦中的半大小子，他们腾地从被窝中爬起，套上棉衣，循着声音奔向杀猪现场。我禁不住好奇的驱使，也跟在男孩子后面疯跑。到了现场，钻入人群，只见一头被吹得鼓鼓的肥猪，四脚朝天地躺在装满热水的长木桶内，屠夫呼哧呼哧地刮猪毛，清水鼻涕吊在鼻尖，似坠非坠。寒冷的空气中弥漫着腾腾的热气和小伙伴们说不出的兴奋。

有一年腊月，父亲打算把养了一年的肥猪杀了。头天晚上，请来了队长和几个亲邻来商量这事。母亲备了几样下酒菜，他们边吃边聊，昏黄的灯光下氤氲着酒和菜的香气。

"送到食品站卖了太不划算。"一个说。

"可不是，杀了过个肥年。"另一个说。

"还得求队长帮忙挨家派点猪肉。"爸说。

"别操心，一切包在俺身上！"队长说。

…………

我蒙头躺在床上，听着他们断断续续地聊。想到割了一年猪草，眼看着一天天养肥的猪，明天就要性命不保，鼻子酸酸的。翻来覆去很长时间，睡意才如漆黑的夜幕渐渐地覆盖了全身。

凌晨，一阵凄厉的猪叫声惊醒了睡梦中的我，纷沓的脚步声和嘈杂的说话声时断时续，猪的最后时刻到了。我连忙用被子蒙住头，紧紧捂住耳朵，可那号叫声还是一阵紧似一阵，由高到低，直至逐渐消失。我的泪禁不住从眼眶滑落。妹妹哭出了声。

不知过了多长时间，天渐渐亮了。我从床上爬了起来，红肿着眼睛看着空空如也的猪圈。院子里一片狼藉，分割后的猪肉摊在案板上，冒着热气。爸和几个人正忙着收拾猪血和下水，只是不见了妈的踪影。我问，妈哪儿去了。爸说，烧过水就不见人影了。过了好一会儿，妈才从外面回来，想必是跑到远远的地方躲起来了。猪的惨叫声，她也听不得。

岸上流年

那年猪肉一点都不香，全家人都这么觉得。

## 送节礼

农村小伙子对姑娘表达情意的方法有多种，年前送节礼是最直接的一种。

有对象的小伙子年前一定要送节礼，这是规矩。因事关亲事成败，送什么很有讲究。有经验的长辈给出参考：带骨肋条肉一方，大鲤鱼两条，红公鸡两只，洋河普曲四或六瓶，号称"老四样"。至于粉条金菜、干鲜果品，多少不拘。怎么送也有讲究。那时的交通工具是自行车，崭新的永久、凤凰不输现在的宝马、奔驰。

一到腊月，衣着光鲜的小伙子，带着掩饰不住的激动，满载情意，骑行在前往未来丈母娘家的乡村路上。节礼一送，亲事就成了一大半，来年开春选个好日子，便可成亲。

当然也有差点搞砸了的。

部队转业的四叔，见过些世面，偏偏不愿循规蹈矩送"老四样"，说那太土气。洋气的他托熟人从食品站买来一条猪后腿，夹在自行车后座上，潇洒地跨上车子，哼着歌翩然而去。俗话说，得意容易忘形，乐极容易生悲。因车速太快，猪腿从后座滑落，他浑然不知。等到他发觉时，已经冲出去几里地。他连忙掉转车头，沿途寻找。好在那时民风淳厚，猪腿被拉板车的一位大爷捡到，一路打听失主，直至遇到四叔，才物归原主。

四叔有惊无险的送节礼之旅，在多年后的一次聚会时被提起，博得满桌亲友哈哈一笑。

# 接新人

年前送节礼，年后接新人。

正月初二是家家户户接新人的日子。父母接刚出嫁的女儿，小伙子接已相中的对象。接女儿比较随意，只需打发家里小辈儿去姐姐婆家，将其接回即可。姐姐、姐夫一定大包小包地带些礼物来孝敬父母，进门后也立马挽起袖子下厨。

接对象要隆重得多。一大早，小伙子梳洗穿戴整齐，在长辈的反复叮嘱中出了门。一路上还盘算着，见到未来老丈人和丈母娘怎么说话，若人家留饭席间如何表现，等等。如此谨慎，不为别的，只因有前车之鉴。

据说有的小伙子因说错一个词或有一个不当的举动，就致使婚事告吹。

一个小伙子信心满满地上门接对象，左邻右舍大姑娘小伙子都凑过来看热闹。油头粉面的他故作轻松站起身，一手敬烟，一手递糖，笑嘻嘻地说："会抽烟的抽烟，不会抽烟的搞块糖。"看热闹的人哄然大笑，姑娘们也都羞红了脸跑开了。未来老丈人脸唰地冷了下来，"搞"是农村忌讳的词。一字之失，黄了婚事，都是轻浮惹的祸。

还有一个小伙子，在未来老丈人留饭时，喝到兴奋处，忘乎所以，挥起膀子，与未来老丈人划拳，高声称"哥俩好"，婚事就此告吹。种种传说，无法考证。但宁可信其有，不可信其无。农村小伙儿娶上媳妇不容易，若因小失大，岂不可惜！

当然大多数小伙子运气没有这么差，一般都能顺利地接来对象。对象一接到家，家中八个凉菜摆上桌，四样大菜在锅里或蒸或炖，

岸上流年

六个热炒待举杯时开始下锅，比年夜饭还要丰盛。

可如此丰盛的饭菜，接来的对象一般不会放开吃，大多点到为止。

表哥接对象时，十岁左右的我荣幸作陪。未来表嫂人高马大，席间表现却斯文至极。轻声慢语、细嚼慢咽，只吃一小碗面条、半个馒头，就放下碗筷，声称已经饱了，饭量居然没我大。表哥窃喜，找个饭量小的，省口粮。可自从有了孩子，表嫂便"原形毕露"，边奶孩子边吃饭，一心二用的情况下，还能吃两碗面条、两个馒头，比男人饭量还大。表哥笑着说，早知这么能吃，就不娶你了，把家都吃穷了……

（原载于 2021 年 1 月 17 日《宿迁日报》）

【阅读手札】年俗里，杀年猪，母女不忍听到喂了一年的肥猪惨叫，或哭或躲，后来吃着猪肉居然觉得不香，真实感人。送节礼，丢了礼物猪腿，差点黄了亲事。接新人，表嫂刚进门，饭量很小，婚后边奶孩子边吃饭，一顿居然吃下两碗面条两个馒头，露出庐山真面目，有趣。（王清平）

# 生意经

老陈头和老关头当街打起来了！一街人都跑来瞧热闹。

老陈头块头大，白胖；老关头个头小，黑瘦。两个人先在各自的摊子前指天画地叫骂，接着走到当街相互挑衅，老陈头趁机一把薅住老关头，两人就此撕扯在一起，你给我一拳头，我抽你一巴掌。

几个回合过后，老陈头脚底一打滑，摔倒在地，老关头没来得及撤回封住老陈头领口的双手，一下子被带倒，也重重地摔在地上。这还没完，两人再次交手，仍在地上滚打，从路南旁滚到路北旁，一直滚到看热闹人的脚下。这时，人群中几个壮汉，上前连拉带拽，硬是将他俩拉扯开来。

毕竟都是六十大几的人了，经过这番带着怒气的撕扯，两人都喘作一堆，无力再打，在众人的劝说和推搡下，各自回到自己的摊子上。老陈头被扯破了衣服领子，老关头的眼眶被打得乌青，可两人仍骂骂咧咧，对着瞧热闹的人群，数说对方的不是。

同行是冤家，此话一点不假。老陈头和老关头都做干货生意，一个在路北摆摊，一个在路南设点。两家摊子的规模和品种，旗鼓相当。因此，陈关两家一直都是暗中较劲儿：你家摊子上进了新货，我家摊子第二天也会有新品种上市，你家某种干货卖三块一斤，我

岸上流年

家两块九毛五就卖。

老陈头是土生土长的本地人，做干货生意已经很多年了，原来这街上，数他家的摊子最大。老关头是外地人，年轻时娶了街上的小大姐为妻，就在此地落了户。起先为了生计，老关头从乡下人的手里倒腾点青菜、萝卜，赚点差价。渐渐地，精明的他看到干货利润空间大，又不像青菜那样易损耗，于是转而经营干货，品种从起初十几种到几十种甚至上百种，货色有粉丝、干豆角、干茶豆皮、干海带、花生米、咸鱼、虾米皮、香肠、变蛋、鱿鱼干，等等。当然某种鲜货紧俏，也会进点配着卖，比如鲜带鱼什么的。

今年韭黄就很走俏。年关将至，家家都要置办年货，韭黄几乎是家家必备的年货之一，炒豆干、炒皮子、炒肉丝、炒长鱼，韭黄都可做配菜；拌饺子馅儿、调丸子馅儿，放点韭黄，提鲜；炖鸡汤、鱼汤、牛肉汤、羊肉汤，开锅后撒点韭黄，去腥。

因为需求量大，韭黄价格持续坚挺。两家干货摊子看准了这个商机，都进了几筐，没想到，当天就卖个精光。

第二天，两家都多进了一些。渐渐地，老陈头发现，自己的韭黄只有问价的，极少成交的，一打听，发现对面的老关头的韭黄比他家每斤便宜五分钱。于是老陈头也便宜五分，可还是不行，再一问，对面又便宜五分钱，无奈老陈头只得再次下调价格。可对面老关头直接按进价卖出，老陈头一狠心也按进价卖出。一来二去，这批韭黄两家压根儿没赚到什么钱。

第三天，老陈头减少了进货，没想到，老关头正常进货且以低于进价卖出。老陈头这下傻了眼，做生意怎么能贴钱赚吆喝？不得已，他只好将两筐蔫巴了的韭黄，三文不值二文卖给了隔壁的小吃店，不再进韭黄。

整条街上，老关头家韭黄成了独一份，价格又回到了最高点。顾客别无选择，只好到老关头家买。看着对面老关头称重收钱，忙得不亦乐乎，老陈头终于爆发了，于是就发生了开头的那一幕。

财神庙门前的东西大街与镇政府门前的南北大街在陈家大院门前垂直相交，形成了大写的L，这是镇上最繁华热闹的地方。东西大街为商贸街区，南北大街为行政服务街区。

商贸街区，大小摊位鳞次栉比，从日用百货到干鲜果品菜品，应有尽有。平日里，车水马龙、熙来攘往，逢集的时候，更是人声鼎沸、热闹非常。买进卖出，秩序井然，买卖双方偶尔因讨价还价，争得面红耳赤，也在情理之中，可从未发生过因争生意而大打出手的事，更何况是两个年逾六旬的大老爷们儿。

几天后的一个晚上，陈家茶馆的八仙桌上，摆着四个冷盘、一壶老酒、一壶浓茶，桌旁列坐着四个人，上首是退了休的老杨老师，东首坐着老陈头，西首坐着老关头，茶馆老板陈三娘在下首作陪。

四个人心里都明白，这桌席的目的是——劝和。陈三娘做东，老杨老师主劝。

退休多年的老杨老师是个老资格，在镇上小学教了一辈子的书，上至镇政府里的镇长，下至集上挑筐买菜的小贩，都曾经是他的学生，有的甚至父子两代都受过他的教诲。深眼窝、薄嘴唇的他，最喜帮人和事。谁家盖房子为地界发生争执，谁家儿女不孝敬老人，只要老杨老师出面调解，没有不服气的。

这不，老杨老师出面邀请，老陈头和老关头都来赴宴了。

酒盅斟满，老杨老师开了话："今天借陈三娘的酒，我先敬各位一杯。"说完，酒到杯干，三娘跟着也将杯中酒喝干，老陈头和老关头都还憋着一肚子气，别着头，犹豫了一下，也都一仰头喝干了杯

岸上流年

中的酒。

陈三娘拿起酒壶将每个人的杯又斟满。老杨老师接着说："你们生意人有生意经，讲求将本求利、薄利多销、见利就走。可讲'利'的同时，还得讲个'和'字和'义'字，你们两个老家伙真是豁得出去，居然当街表演全武行？"

老关头刚想张口辩解，老杨老师就打断了他，接着说："老关头，亏你跟财神庙里武财神关帝爷一个姓，你做的事，愧对你这个姓！"

"就是，是个人就不能够做出这样缺德的事！"老陈头看老杨老师帮他说话，气哼哼地补了一句。

陈三娘看老陈头又要来火，忙给他茶盅里续上热茶，说："喝口茶，消消气。"

老杨老师端起酒杯，对老陈头说："老陈，我先跟你喝一杯，有话要对你说道说道。"说完，一下子干了。老陈头端起酒杯说："我敬您老！"也喝干了酒。

老杨老师接着说："老陈，你跟街北头陈家大院陈永茂陈老板怕是一个陈。我可听老一辈人说，他能挣下这么大的家业，靠的是和气生财。你都六十大几的人了，儿孙一大窝，怎么还拢不住火、先动手打人？"

老陈头忙辩白："他不把事做得那么绝，我会动手打他？"

老杨老师说："他那么做，是他的错，你先动手打人，你也不对。打人要能解决问题，我赞成你打！"

老陈头闻言，仰头不语。

老杨老师端起一杯酒对老关头说："老关，我再跟你喝一杯。"老关头赶忙端起酒杯，站起来喝干了杯中酒。

老杨老师接着说："老关，你知道乡下人是怎么称呼我们街上人的吗？叫我们'街滑子'。什么叫'街滑子'？是说街上有些人奸诈、滑头、不厚道。你为了点小钱，不惜代价、不择手段，想挤垮老陈，说你是个'街滑子'一点也不屈。你也不想想，这么做，老脸不要了？老味也不讲了？再说天下的生意都给你一个人做，你做得过来吗？"

　　老关头听后，低头默然。

　　过了一会儿，老杨老师看火候差不多了，对老关头说："老关，你比老陈小两岁，你先端起杯子，给老陈道个歉！"

　　陈三娘看老关头还在迟疑，忙给他斟上酒，轻轻地推了推他的胳膊。老关头自知理亏在先，深深地吸了一口气，端起酒杯，站起了身，对老陈头说了声："老哥，对不住！"一口喝干。

　　老杨老师瞟了瞟老陈头，使了个眼色，老陈头抬眼看到老关头乌青的眼眶，也站起了身子，举起酒杯，一口喝干，回了句："我不该先动手！"

　　一桌子人都松了口气。

　　月亮穿过云层，将柔和的光洒进了茶馆，氤氲的酒香随着月光飘散开来。古镇街头一片宁静……

（原载于 2021 年 12 月 12 日《宿迁日报》，12 月 14 日"学习强国"转发）

　　**【阅读手札】**老陈头与老关头为争生意打起来了，平地起了波澜。生意有道，各遵其道，相安无事，有人背道，就有争执。幸亏老杨老师把两人邀到陈三娘茶馆调解，两人才重归于好。"街滑子"身上的小事折射出大道理。（王清平）

岸上流年

# 坐　席

不管是喝喜酒，还是"扒干饭"（吃丧宴），我们那儿都叫坐席。

席分两种，以男宾为主的这桌叫客席，以女眷为主的那桌叫堂席。我喜欢坐堂席。

那时农村婚丧嫁娶，大多选择在家里宴客，一来热闹，二来实惠。主家提前几天，请来当地有头有脸的人做大执，商议邀请哪些亲友，操办几桌合适，让谁做礼柜，请谁为大厨。

大厨一经确定，便可开列菜单，主家和大执分头布置场地、张罗采买。侄男伯女前来帮忙，在院内搭起棚子，支起锅灶，挑水劈柴，剥葱扒蒜；柴火灶内火苗熊熊，大铁锅里肉香扑鼻；大执在院子里招呼来宾，礼柜在屋檐下执笔收银。活色生香的乡村宴席正式开启！

家邦亲邻接到主家邀请，男男女女，拖家带眷，全都欣然前往，凑个份子，凑个热闹，顺便解解馋。

宾客落座，八个或十个冷菜上桌，客席上的男人们还在你推我让，按辈分和年龄，谁坐上席，谁居下首；堂席上嘴馋的孩子早已蠢蠢欲动，嚷嚷着吃这吃那，有的不待允许，直接上手，迅即遭母亲喝止或筷子惩戒后老实下来。旁边立即有人出来打圆场："孩子想吃什么，叨给吃，怕什么，孩子还小！"孩子的母亲红了红脸说："客席那边还没举杯，堂席这里怎好先动筷子？"

客席上，坐上席的长辈举杯，众人一齐跟着举杯。两盅门杯过后，上席长辈逐一介绍，这是你表叔，那是你二大爷，先敬你表叔，再敬你二大爷。于是乎分头敬酒开始，一轮又一轮，一波又一波，渐次将婚宴气氛推向高潮。

堂席这边，在客席举杯的同时即刻动筷，无须预热，无须过渡，立马进入白热化状态。桌边似繁忙的运输线，妈妈如勤快的搬运工，筷子、汤匙不停地往怀里和身旁孩子嘴里投喂美味，那孩子便如巢里待哺的小鸟，张开小嘴，应接不暇。不大会儿工夫，如狂风卷残云，似秋风扫落叶，冷盘先去了一大半。

院子外面，人群中一阵骚动，谁说了声："新娘子来了！"唢呐之声由远而近，一会儿工夫，众人簇拥之下，穿红的新娘、着绿的伴娘，在面带春光的新郎官引领下进了院门，小伙子、大姑娘挨挨挤挤将一对新人送进了新房。

肚中有食，心中不慌，席上的孩子见状，也坐不住了，挣脱母亲怀抱，一个看一个，跑出去瞧热闹去了。"才吃多一点，就不吃了，快把孩子喊回来再吃点。"席上有人说。"俺家孩子，猫肚子，吃不了多少，随他去！"孩子母亲不无遗憾地说。"就是就是！"另几个母亲随即附和。待炒肉片、炒乌贼、炒长鱼等热炒一上桌，母亲们又开始呼儿唤女，让接茬再吃。实在唤不回来，只好作罢。等到红炖肉、红烧鱼等大菜上桌时，孩子们早已跑得没了影，母亲们只能徒唤奈何了。

十岁以后，妈常因家里有事走不开，让我代替她去坐席，说是让历练历练，学着叫人，学着敬酒。席上，婶子大娘对我关怀备至，怕我拘束，帮我夹菜。我也小大人一般以水代酒，回敬长辈。

一次，不知是堂席上人多了，还是客席少了一位，小小的我被大执安排坐上了客席。客席之上，男人们最爱搅酒，他们为喝不喝、跟谁喝、喝几杯纠缠不清，酒越喝越多，声越来越大。

宴席尾声，一壮汉一时兴起，跟一干瘦老头打起赌来，说自己一碗酒，对方一块肉，结果瘦老头一大碗红炖肉下肚，壮汉不胜酒力，出溜到了桌底下，被人叫醒后，醉眼蒙眬地走出复杂的曲线，在众人善意的笑声中，跟跟跄跄地回了家。

"喜酒喜酒，歪歪扭扭。"喝喜酒不喝到歪歪扭扭，不能算尽兴。客席上的男人们都这么说。

俗话说，接喜奔忧。喝喜酒要主家邀请，"扒干饭"则是闻讯前往。谁家有老人去世，除了娘家舅舅和几个重要的长辈需要孝子上门报丧，其他沾亲带故往往不待知会，大多主动前往。

男人们照例到棺前行叩头礼，按辈分戴上颜色各异的孝帽子；女人们照例到棺旁痛哭几声，按辈分披上长短不一的孝布。戴上孝帽子、披好孝布的男男女女，依从大执安排，陆续落座入席。

虽然主家一再劝客人吃好喝好，客席和堂席上，少了觥筹交错和大呼小叫，不约而同，轻声说话，小口啜饮，慢慢咀嚼，斯文至极。

酒水点到为止，干饭立马上桌，一律用黑色粗瓷小碗盛着（现在改为白瓷小碗），饭毕，黑瓷或白瓷碗可以带回去，给家里孩子使用，据说可保孩子长命百岁。

丧宴进行的时候，孝子依礼逐桌谢吊，对前来吊唁的亲朋故旧表达感谢之情。胡子邋遢、容颜憔悴的孝子手捧哭丧棒，低眉弯腰，在凄厉的哀乐声和大执的"孝子谢吊——"声中，倒地跪拜，席上众人，连忙放下手中碗筷，一齐起身还礼。

礼毕，孝子起身离去，众人缓缓落座。我将口中没来得及咽下的那口饭和着眼泪咽了下去，仿佛不是咽到肚子里，而是堵在了心口上，沉沉的、坠坠的，为逝去的，也为活着的。

现在城里甚或农村，办喜事无须主家操心，婚庆公司一条龙服务。当婚礼主持人用浮夸和煽情走完婚礼的所有流程时，时间已来到晚上八点，多数人热情耗尽，意兴阑珊。音箱中震耳欲聋的音乐声，让你不能与座中人说上一句知心话；舞台上雨点般抛撒的小礼物，又让孩子们纷纷离席哄抢，让他们无法静下心来吃喝，当然孩子们的兴趣本就不在满桌子的鸡鸭鱼肉、鲍鱼海参上，大人们也不是血脂高，就是要瘦身，不敢放开来吃喝，最终整鸡整鱼都被丢进饭店的泔水桶。婚礼往往隆重开始，婚宴多半草草收场。

城里丧宴更是被购物卡取代，让人少了一些现场感和对生命无常的深切感受。

我仍时常想起儿时农村的桌席，如有机会，还想去坐一坐那样的桌席，感受感受那时极其真切的悲与喜……

（原载于 2022 年 7 月 25 日《宿迁日报》）

**【阅读手札】**坐席分喜酒和丧宴两种，现场又分客席和堂席。作者十岁以后经常代大人坐席，亲身感觉真切的人间悲喜，妙趣横生。（王清平）

# 手艺人

俗话说："是手艺强生意。"手艺人收入稳当，不像生意人赚能赚得盆满钵满，赔能赔得倾家荡产。图稳当，学手艺。

老赵是个手艺人，会拿牙，我们那儿管拔牙叫拿牙。管老赵叫拿牙的，不叫他牙医，一是觉得叫牙医太过文绉绉，二是老赵并非安坐于医院的牙科给人拿牙，而是行走于江湖给人拿牙。

老谢也是个手艺人，会剃头。我们当时都叫他剃头的，不叫他理发师、美发师或更高级点叫形象设计师，一是那时不兴这么叫，二是老谢不是安坐于美发沙龙里给人美发，而是挑着剃头挑子穿行在街头巷尾给人剃头。

那时十天四个集，皂河是农历二四六八逢集。每当逢集的时候，老赵和老谢就收拾得头整脚俏，到集上摆摊子。不知什么原因，剃头摊子爱与拿牙摊子为伍。老赵和老谢的摊子都摆在大街西侧信用社门前的廊下，一是廊檐宽大，再者这儿安静，农村人进出信用社办事的不多。有活儿时，他俩就各忙各的，闲下来时，则天南地北地侃大山。

瞧，老赵来活儿了，一粗壮汉子捂着腮帮子来到拿牙摊子前。

老赵把折叠椅打开，安排那汉子坐稳当，然后从药箱里拿出家伙什儿，让他张大嘴巴，一番探查后，给出结论："保不了，坏到根里了。怎么说？拿不拿？"那汉子迟疑了一下，下了很大决心似的，说："拿！"老赵就给他系上围布，打了麻药，过了几分钟，拿出钳子，一带劲儿，病人不觉为意，坏牙就当的一声落在白瓷托盘里了。老赵用棉球塞住其牙根，让那汉子多咬一会儿。那汉子看了看白瓷托盘里的坏牙，接过老赵递来的小马扎，坐了约莫一袋烟工夫，待心神稳定后，从怀里掏出钱，递过去，说了声"谢谢"，捂着腮帮子走了。

老谢也来活儿了。一胡子拉碴的老头走来，不待老谢招呼，就一屁股坐到了椅子上。如果说老赵是快刀斩乱麻，老谢则慢工出细活。老谢不紧不慢，一边问是板寸、分头还是背头，一边抖开围布妥帖地为其围上，慢慢地剪，细细地洗，修修面、采采耳、捏捏肩、捶捶背，全套活儿下来，没有一两个小时不能行。那老头在椅子上舒舒服服地眯了一觉。老谢在他身后很响地击了一声空掌，说声："好了！"那老头慢慢地睁开眼，伸了个大大的懒腰，顿觉头轻面净、耳聪目明，结了账，道声："有累！"摸摸头缓缓而去。

老赵学拿牙，不是在医学院，而是跟拿牙师傅学的；也不是打小学起，而是二十啷当岁才开始学；不是特别爱好，实在是眼看年岁渐长，衣食无着，偶尔机会，在集上闲逛时发现，拿牙是个好营生，活儿不累，又干净，钱也不少挣，就跟集上的拿牙师傅拜了师。

老谢的剃头手艺则是童子功。八九岁时，他爹就领着他拜了师，先在师傅家烧水、扫地、擦桌子，一年后师傅才让他在旁边打打下手。

有这么一个故事，说某小徒弟拜师后，按约定先得听师娘使唤，师娘随叫，小徒弟要随到。日久天长，小徒弟实在想学手艺，跟师傅提起，师傅就拿了个大冬瓜，让先在冬瓜上练习刮脸。小徒弟一看，虽不满意，强过没有。可刚练几下，师娘就让小徒弟帮忙抱会儿孩子，小徒弟答应一声，把刮刀插在冬瓜上，过一会儿，师娘回来了，小徒弟再接着在冬瓜上练手。不一会儿，师娘又让小徒弟跑腿买点东西，小徒弟又将刮刀插在冬瓜上，忙完再接着在冬瓜上练手。师傅看小徒弟做事勤谨，在冬瓜上刮脸有模有样，破例让小徒弟给自己刮脸，看看徒弟手艺。正刮着，师娘又有事叫小徒弟，小徒弟答应一声，把刮刀随手插到师傅的头上，急忙跑了过去。师傅哎哟一声，头上顿时血流如注，吓得小徒弟瘫坐在地。

大约老谢的师傅也听说过这个故事，为保住自己的头，没让徒弟在大冬瓜上练手，一年后直接传授如何剃、修、掏、捏、捶，老谢五年后出师。

老赵个高，面黑，长脸、高鼻梁、大背头，夏天常穿白衬衫、灰裤子、青布鞋，高谈阔论时时隐时露的大金牙，举手投足间若隐若现的全钢手表，有派。

老谢矮瘦，背驼，方脸，面黄，唇青，大概是常年弯腰弓背给人剃头和吹喇叭缺氧所致。那时剃头匠大多还会吹喇叭，红白喜事，有人寻响手班子，也会找到老谢师徒。主家除了烟酒供着，还另给一份酬劳。艺多不压身，老谢早年跟师傅学剃头时，还跟师傅学了吹喇叭和推拿正骨。

那时小毛小病，不一定要上医院去打针挂水。上火牙疼，本身就不是病，实在疼得要命，找个拿牙的看看，不需要拿的，就含口凉水或嚼点花椒，实在不行，一拿了之。如果清晨醒来落了枕或白天做活扭了腰，找个剃头匠扳扳脖子，正正筋骨，顿觉轻松不少。

所以有那么几年，老赵和老谢活儿挺多。

后来上面禁止个体经营和私自摆摊设点，手艺人就此断了生计。

在家闲了一些日子，眼看坐吃山空，活人不能让尿憋死，老赵外流去了。那时我们把外流的人又叫闯江湖的，这里说的闯江湖不是影视剧里的黑社会、青洪帮，而是把常年外出、不在生产队安分守己做农活的人，统称为外流的或闯江湖的。外流人员一般到大城市的车站、码头等人群密集场所，选择做点小生意或小手艺谋生。之所以只能选择小，不是因为他们不想大，除了本钱有限，更主要的是在遇到抓投机倒把的时候，能快速收摊和奔逃。

老赵在外闯江湖，很少回家。有一次偷偷摸摸地回到了家，不知是赵妻出来进去有了笑脸露了馅儿，还是他家二小子拿着小麦煎饼出来吃，炫耀于小伙伴面前走漏了风声，反正让生产队队长知道了。

第二天一大早，老赵就跟在一群妇女和孩子后面，到大田地里打坷头去了。手扶拖拉机耕过的田地，会留下一些大的土坷垃，不利于小麦发芽出苗，需要人工将大土坷垃打散、摊平，叫打坷头。这是妇女和孩子做的活，不安排男劳力。

老赵双手扶着后腰、愁容满面地对队长说："昨儿腰疼病又犯了，直不起腰，找老谢推拿过了，还是不能行。"老赵就这样被安排跟妇女孩子一起打坷头。

整整一上午，老赵崴窝打铺，只打了小桌面那么一小片坷头，而跟妇女们说的笑话却有一大箩筐。队长实在拿他没办法，只能睁只眼闭只眼。没干两天农活，老赵又悄悄外流去了。

老赵这次学精明了，索性不回来了，但隔三岔五往家里寄钱。家里用他寄来的钱，把土墙草屋翻盖成砖墙瓦屋，不久又盖了偏屋

岸上流年

和过道屋，还拉了院墙。又过了几年，两房儿媳妇也先后娶进了门。

老谢没有像老赵那样外出闯江湖，而是在自己家里偷摸着给人剃头。牙疼可以忍着不拿，头发长了却不能不剃。再说到了腊月，有钱无钱，剃头洗澡过年，老谢挣的钱虽然没有在集上的多，但尚能维持生计。

一晃四十多年过去了，现在没人再在街头给人拿牙，再说这活儿也需要执业资格，况且老赵让做也做不动了，早已在家安享晚年。老谢的儿子继承父亲的老手艺，还在给人剃头，生意好时一天剃七八个，生意差时一天剃三五个，不管生意好赖，他都像他父亲一样，不紧不慢地精雕细刻，不过不是挑挑子出摊，而是在街上租了间小小的门面，门头上有个小小的招牌：理发修面。

（《手艺人》又名《老赵和老谢》，原载于 2021 年 12 月 5 日《宿迁日报》，12 月 6 日"学习强国"转发）

【阅读手札】老赵拿牙，老谢剃头，本不相干，只是摊子挨头，两人命运却有差别，老赵外流，老谢留守，转眼一辈子就过去了，手艺人的人生就这么波澜不惊，但很有趣。（王清平）

# 小镇上的 "铁拐李"

"铁拐李"是镇上陈三娘茶馆的常客。

早晌饭一过（那时兴吃两顿饭，早晌饭都在上午九点来钟），已在自家店里忙了一阵的"铁拐李"，照例拄着双拐来茶馆闲坐一会儿，看看街景，聊聊家常，歇会儿再回自己店里接着忙活。

每天一早，茶馆内外便弥漫着蒸腾的雾气，陈三娘茶馆的老虎灶上几口大锅里，大大小小白色水泡，活蹦乱跳的，像池塘里待收网的鱼。陈三娘在这"云雾"里忙进忙出。长条茶桌和长条茶凳列放在茶馆门前两侧，茶桌上整齐摆放的茶壶和茶碗，静候第一拨茶客的到来。

拉板车的，推土车的，挑担子的，手提肩背的，赶早集的菜农们头戴草帽，肩搭毛巾，裤腿带着露水，双脚沾着草屑和泥土，将水灵灵、鲜嫩嫩的萝卜、茄子、大白菜、青红辣椒从田间地头运了来，在茶馆以北的一溜沿街空地上铺排开来。

时候尚早，街上还没怎么上人。卖菜人赶了老远的路，饥又饥、渴又渴，有的到豆浆油条摊子上去过早，有的到陈三娘的茶桌前，要一大碗热茶，拿出随身干粮、咸菜，吃饱了再开秤。

岸上流年

茶馆伙计陆二用茶桶一趟一趟往各机关单位送开水。陈三娘则在店里忙着沏茶续水收茶钱，招呼店里店外的茶客。

"三娘忙呢！""铁拐李"高声跟陈三娘打招呼。

这个点儿，茶客略微少了些，陈三娘得空喘口气。抬眼看到"铁拐李"从街对面过来，忙上前招呼："李大哥屋里坐。"拿过一个茶盅，提起冲泡好留自家喝的一壶茶，斟了一杯，放在茶桌上。

每次"铁拐李"有空来茶馆闲坐，三娘都是好茶招待，从不收茶钱。"铁拐李"也不客气，照喝不误。新小麦下来了，"铁拐李"会让老伴烙一摞新煎饼给三娘送来；新豆子下来了，"铁拐李"让儿媳做一坛盐豆子，让三娘尝尝鲜。三娘生意忙，没空做。

"今年，这天似乎热得早，昨儿还穿棉袄，今儿就穿不住了。""铁拐李"坐下来，把拐杖靠在桌边，端起茶盅呷了一口，用手抹了抹浓密花白的络腮胡子，缓慢悠闲地说道。

"可不吗，跟一下子到了三伏天似的。不过棉袄还不能撂，说不定还会呼呼刮一阵凉风，噼里啪啦下一阵冷雨，老话不是说，吃了端午粽，才把棉袄横（扔）。"陈三娘边收拾店内外的茶碗边说。

"俺师娘的夹袄得让孩子他妈做了。""铁拐李"说道。

"还是年年都做？"三娘问。

"年年都做。尽着师娘过，还能过几年？换季时，得让她老人家身上见见新。""铁拐李"说。

"铁拐李"大号李贤刚，打小跟着师傅赵铁匠在镇上的铁匠铺打铁，师徒二人整日穿着皮围裙，围着熊熊的炉火，汗流浃背地打着钢叉、镰刀、锄头、钌钩、斧头等。后来他参了军，抗美援朝时，奉命开赴朝鲜战场，在一次增援途中，把左腿留在了异国他乡。

当李贤刚复员回到阔别多年的家乡时，一家人望着他的双拐和空荡荡的裤管痛哭失声，其中哭得最凶的是贤刚的妈和贤刚的媳妇，还有贤刚的师娘——赵老婆子。师傅和师娘无儿无女，一直把贤刚当成自己的孩子一样疼。

李贤刚回到家乡时，师傅早在两年前因病去世，铁匠铺也关了张，赵家只剩下师娘一个孤老婆子。贤刚心里很不是滋味，安慰师娘说："师娘放心，我给你养老送终。"师娘说："别担心我，我有生产队了，再说你师傅活着的时候，还给我留了点老本儿。倒是你，腿脚不灵便，往后可怎么办？"说完，眼睛一红。贤刚沉默了一会儿，说："师娘别担心，我有政府呢。"

贤刚的父亲是个鞋匠，贤刚十来岁时，父亲让他学绱鞋手艺，贤刚死活不肯，宁愿跑到街东头的铁匠铺里，磕头拜赵师傅为师，也不愿意一天到晚像个娘们儿似的，坐在鞋店里飞针走线。

"如今看来，命中注定该吃绱鞋这行饭，躲也躲不过。"贤刚想。复员后贤刚便跟老父一起，天天坐在鞋匠店里绱鞋。

老鞋匠过世后，"铁拐李"独自支撑门面，因是家传手艺，针脚细密，楦得到家，鞋穿起来可脚，价钱又公道，李鞋匠的生意还算不错。

鞋匠铺在茶馆的斜对面，忙过一阵子，吃了早晌饭，"铁拐李"会到对门的茶馆里坐一坐。他有时也会抽空到师娘家去看看，去时很少空手，有时提包茶食点心，有时送双新绱好的鞋，有时给师娘做身单衣或棉衣，复员之后，一直这样。

贤刚不想成为只靠政府奉养、家人伺候的废人，再说，他还有未了的心事。

今早他来到茶馆，想找陈三娘合计这事，请她帮忙拿拿主意。陈三娘虽为女流，但在街上，她算最热心、有能耐、肯帮人的人，

"铁拐李"信得过她。

正聊着，只见赵老婆子拄着拐杖，打茶馆门前经过，"铁拐李"站起来打招呼："师娘来赶集了？"

赵老婆子看到茶馆里的贤刚，笑着踮着小脚进了门。陈三娘递上板凳，赵老婆子说："不坐了，我站站就走。"说着，从篮子里拿出用手绢包着的十来个鸡蛋，放到茶桌上，对"铁拐李"说："我就不往你家跑了，自家鸡下的。""铁拐李"笑着说："师娘留着自己吃。"赵老婆子说："我一个人，吃不了这么多，家里几只老母鸡，天天下。"说着跟陈三娘说声"你忙"，又拄着拐杖颤颤巍巍地走了。

"赵大娘快有八十了吧？"陈三娘问。

"铁拐李"看着差不多弯成了一张弓、又瘦又小的师娘背影，说："快了，到秋就七十九了，正琢磨给她过个八十整寿。"

"铁拐李"转过头接着对陈三娘说："正好有件事想听听三娘的意思。"

"李大哥您说。"三娘给"铁拐李"的茶盅里又续了热茶。

"过去话说，七十不留宿，八十不留饭。师娘眼瞅着八十了，身子骨一天不如一天。我有一笔安置费，想拿出一部分，打口寿材，给师娘提前预备上。""铁拐李"说。

"我跟师傅学打铁手艺时，认师傅做干爹。师傅教我手艺，还把他的远房侄女介绍给我做媳妇，师娘待我如同亲生。我曾答应过师傅，今后给他们养老送终。师傅去世时，我在部队上。现如今，师娘年龄越来越大，身体越来越不好，我想趁早给师娘备下，到时候不着慌。我打听了，今年木料价格也合适。""铁拐李"接着说。

陈三娘听后，颇感意外。

"铁拐李"居然想动用那笔抚恤金，给一个毫无血缘关系的孤老婆子准备寿材。但一想到"铁拐李"平时为人，也在情理之中。

"铁拐李"的名号源于李贤刚曾用拐杖"修理"过一个叫夏三儿的"浑不吝"。

一次晚饭后，东院夏三儿，灌了两杯"猫尿"，又打起了老婆。

夏三儿父母四十多岁时才生的他，上头有两个姐姐，从小到大，姐姐疼，父母宠，好吃好喝都尽着他，要天也得取半个。成年后，跟着一帮臭味相投的狐朋狗友，打架斗殴，喝酒闹事，像个没有笼头的野马。老父老母和两个姐姐都认为该给他找个老婆，让老婆收服收服他。谁承想，结了婚，只安生了一两年，有了孩子后，故态复萌，身上有点钱，就趔摸买酒喝，一喝就喝个烂醉，发酒疯，打老婆。

这不，晚饭后，又闹起事来。

只见夏三儿用脚狠命地踢他的老婆，边踢边骂道："臭娘们儿，整天管着老子，我叫你管！"夏三儿老婆披头散发，在院子里地上边打滚边哭骂："这日子没法过了，孩子的学费都让你拿去灌了黄汤，说你几句，你就打我。反正我也不想过了，我让你打，打死我算了！"说着爬起来拿头往夏三儿怀里撞。夏三儿一把薅过老婆的头发，抬起手又要打老婆。

老父老母边骂边上前去拉夏三儿，被夏三儿一个胳膊肘甩出去老远，孩子吓得哇哇大哭。周围看热闹的人不敢上前，都知道夏三儿浑起来不认人，拉架的都吃过亏。

眼看夏三儿抡起蒲扇似的大手又要抽下去，只听一声断喝："混账！"一拐下去，夏三儿腿一软，险些跪倒，转过头来刚要发作，只见李贤刚圆睁双眼，高举拐杖，冲夏三儿的小腿又是一下，夏三儿单膝跪地，直不起身子，愤愤地说："你他妈算老几，多管闲事！"说着要站起来挥拳打向李贤刚，说时迟，那时快，李贤刚的拐杖冲

岸上流年

着夏三儿的另一条腿又是一下，夏三儿当场双膝跪地。贤刚怒斥："你家的闲事我管定了，下次再见你打妻骂娘，喝酒犯浑，我见一次打一次！"不知怎的，夏三儿一下子蔫了。周围人这才一齐上前，扶起夏三儿老父老母，连同夏三儿老婆孩子一起回了屋。

第二天，李贤刚叫老婆拿了钱，说让夏三儿老婆先给孩子把学费交上，别耽误孩子念书。夏三儿羞愧，还在床上装睡未起。

李贤刚一"战"成"名"，"铁拐李"代替了"李瘸腿"成了李贤刚的新绰号。

三娘对"铁拐李"格外敬重，更是在了解"铁拐李"负伤的来龙去脉之后。

那是一个阴雨天，茶馆茶客稀少。"铁拐李"在茶馆闲坐，望着外面淅淅沥沥的雨，捶打着伤腿，说："一到阴雨天，这条伤腿还是会发木发麻。"在座的一位老者，顺势打听他受伤截肢的事。

那是李贤刚到达朝鲜的两个月之后，他奉命带领一个班，赶往另一高地增援。正当他们快速穿插到一处路口，敌军据点里火力挡住了去路。距离指定到达的时间，只有不到一个小时，时间不等人，硬闯的话，伤亡又太大。正在无计可施时，贤刚发现，敌人只在发现有动静时才会火力全开，不然，就是死一般的静默。李贤刚跟战友们商量，由他用枪尖挑着军帽迷惑敌人，趁间歇，其他同志快速通过。这样一试，敌人果然上当。军帽一晃，一梭子子弹密集射来，随后就是静默。当只剩下贤刚自己的时候，他用枪尖举起军帽晃了晃，待一梭子子弹过后，猛地起身冲过封锁线，可狡猾的敌军似乎发现了什么，紧接着又来了一梭子，一颗子弹打中了贤刚的左腿。李贤刚应声倒地，他焦急地对转头来试图救助他的战友说："不要停下来，快！快走！"

战友们的增援非常及时，但李贤刚被卫生员用担架辗转送到后方医疗救助站时，已是几天之后。由于天气炎热，加上医药短缺，贤刚腿部伤口化脓坏死，不得已截了肢。

现在"铁拐李"竟然要用血肉之躯换来的安置费给赵老婆子置办寿材，陈三娘觉得这事不妥。

"政府给的钱，是为了解决你将来的生活问题，拿去给赵大娘打寿材，这事家里人能想通？"陈三娘说。

"政府给的钱，我分文未动。我腿脚不行，手还有用，绱鞋虽然挣得不多，但天天见钱。老婆孩子那边，我都打了'预防针'。我这么做，为自己心安。不然，总觉着亏欠师傅、师娘。""铁拐李"似乎打定了主意。

陈三娘见"铁拐李"已经说到这个份儿上，也就不好再添什么言，只说了句："赵大娘有你这个干儿子，是她前世修来的福分。赵大娘过寿时，你通知我一声，我也去贺贺！"

赵老婆子八十大寿那天，家中堂屋里挤满了祝寿的李家人和街坊邻居，夏三儿也过来凑热闹。乡邻们看到贤刚师娘偏屋里的那口枣红二四杉木寿材，都夸好。

（原载于 2022 年 5 月 26 日中国作家网，后刊于 2022 年第一期《骆马湖》）

**【阅读手札】**小镇上的"铁拐李"，让人想起小镇上的将军，这个在朝鲜战场上丢了一条腿的英雄，回到小镇上自食其力，因用拐杖惩罚了不孝之子夏三儿获称"铁拐李"，长期是"古镇阿庆嫂"陈三娘的座上宾，在一次喝茶时与陈三娘商量着为师母打制寿材。如此一个凡人善举，让孝玲写得生动逼真，全靠深厚的生活积淀。（王清平）

第二辑

枕河人家

# 老屋记忆

临河的老屋是三间土墙草屋。老屋东西各一个卧房，中间是过道屋。穿过过道屋，是个不大的院子，院子里有一口水缸，一盘石磨，一间锅屋，一个柴草垛，还有一棵枝叶荫蔽大半个院子的老楝树。

我是在老屋里出生的，刚会说话时，祖父就去世了。

祖父曾找人算过命，算命先生说他见不得第三代人。当时没有人把这话当真，直到祖父去世后，家人才又想起这话，感慨万分，第三代人刚能开口叫"爷爷"，他就去世了。

我记不清祖父的模样。听姑母说，祖父常年头上顶着一条毛巾，在街上茶馆里烧茶炉，低着头忙里忙外，不言不语，生怕走路踩死地上的蚂蚁。后来每每看到路上有顶着毛巾、低头缓缓而行的老人，我就想，祖父大概就是这个样子。

祖父弥留之际，家人将他挪到过道屋的席子上，地方风俗叫移床易箦。父亲将买来的木料一根一根地运到院子里，穿过过道屋时，气息微弱的祖父睁开了眼，对父亲说："木料买多了，打一口二四的棺材都剩——"说完，阖目而逝。棺材打好后，果真剩下一整根很粗的木料。

祖父四十多岁才得一子，就是父亲，从小很娇惯，取名"守柱"。本想"守住"，可差点没"守住"。父亲七岁那年，曾被绑匪绑过票。绑匪声言，拿二百大洋来换，不然就撕票。一家人急得不行。曾祖母是个能干的女人，早年给不少人看过病，她多方托人说情，最终花了一百多块大洋才赎回来。那时一百多块大洋能买一百袋白面。

母亲刚嫁过来时，亲邻都叫她"新大姐"。婚后她一直没有孩子，人们便一直叫她新大姐。九年后，母亲生了我，小辈都叫她"新大娘"。似乎她姓"新"，其实她姓"武"，没有人知道她的姓，都叫"新大姐"或"新大娘"。

"新大姐，还没做饭呢!"一大早，打门前路过的刘大娘问。

"新大娘，水桶借给我用用。"隔壁的陈家二小子一大早就来我家借水桶去河边挑水。那时亲邻之间没有不能借的，借铁锨挖地，借镰刀割草，借石磨使使，借鏊子用用，偶尔家里来亲戚了，还有拿着碗借面、拿着酒盅借油的。

河边人家，都吃运河里的水。

雾气迷蒙的清晨，河面上波光粼粼，河岸边水清见底，沉睡了一夜的运河渐渐苏醒。河边人家起床后，头一件事就是把水缸挑满。晨雾中，男人们挑着木桶，来到河边，他们通常扁担不离肩，将水桶口倾斜入水，猛地一翻转，便拎起满满一桶水，另一侧也照此办理。待两个桶都装满了水，顺手从石坡的小树上，扯两片树叶放在桶里，稍稍调整扁担在肩上的位置，随即挺直腰板，迈开步子，和着扁担颤颤悠悠的节奏，满满两桶清水，有树叶漂在上头，几乎一滴不洒地挑回了家。

还有人家会打发半大孩子去挑水。身小力薄的他们总想挑多些，回家博父母夸奖，无奈个子太矮，腰杆又太软，摇摇晃晃的水桶不听使唤，不是水桶底部把脚后跟刮得生疼，就是桶里水咣里咣当，挑到家里只剩下小半桶水。

太阳出来了，河面铺上了一层金色。女人们把头晚上换下的衣服拿到河边青石板上捶洗，趁着阳光和暖，洗好后就一件一件地晾晒在石坡上。不一会儿，石坡上便四仰八叉地躺着各色衣裤，仿佛干了一天活躺在坡上休息的农人。

停靠在河边码头上的船上人家，这时也都陆续从船舱里钻出来。女人蓬着头在船头生火做饭，一阵柴草味混合着饭菜香从河面上飘了过来。男人光着膀子用拖把蘸着河里的水，一趟一趟地擦船，从船头一直擦到船尾。船家的孩子光着脚，在他们父母身边乱跑。

一天中午放学，进屋一看，家里多了个小男孩，妈正端着一碗稀饭喂他。小家伙乌黑的小脸上，一对乌溜溜的大眼睛。看来是饿坏了，只见小男孩小手抓着碗边大口大口地喝着稀饭，生怕碗随时会被拿走。我惊奇地问："哪儿来的小孩?"妈说："门口捡的，不知谁家孩子，站在门口哭。问了半天，孩子说不清家在哪儿、大人是谁，喊了半天，问谁家丢了孩子，都说不知道。只好先领回来喂点饭，再慢慢打听。"

一顿饭工夫，一对皮肤黝黑的中年夫妇进了门，看到孩子，那女人眼泪就下来了，对我母亲说："我下船去集上买点东西，心想一会儿就回来；他爸擦完船，去舱里忙一阵，再出来，孩子就不见了，把我们吓死了。听人说你家捡个孩子，我们就找来了。谢谢，太谢谢了!"妈用毛巾把孩子的小嘴擦了擦，夫妻俩千恩万谢，眼里含着泪，抱着孩子离开了。

岸上流年

我和妈既欣慰，又有点不舍，我家黑子摇着尾巴跟着我们一起把他们送出去好远。

　　一次，妈熬了满满一陶罐猪大油，打算放凉了再端，先把一碟油渣送到堂屋。不知什么事耽误了，等再到灶前端油的时候，只见黑子正舔着嘴从锅屋出来，妈想坏了，到灶前一看，一罐子油被黑子喝得精光。妈气不过，抄起笤帚追打黑子，一笤帚疙瘩砸中了黑子的后腿，黑子嗷的一声，一瘸一拐地跑了出去。够吃一个月的一罐子猪油就这么没了，妈坐在桌边叹气流泪。隔壁二北气喘吁吁跑来说："新大娘，不好了，你家黑子被车撞了，躺在路上呢，快去看看吧！"

　　妈连忙擦擦眼泪跑出去，我也跟着跑出去。只见黑子瘫在地上，闭着眼睛。听到有人说话，黑子微微睁开了眼，可怜巴巴地看着我们，不一会儿就又闭了眼。妈痛悔地说，喝了一肚子油，肯定不好受，又挨了一笤帚，晕头晕脑，到处乱闯，这才一头撞到车轱辘底下。

　　杀羊的姚老三把黑子拖回了家，剥了皮，煮了肉，还送一碗狗肉给我们家。我们家不吃狗肉，那碗狗肉一直放着，没人动筷。从那以后，我家再没养过狗。

　　夏天雨水变多，河边老屋最怕风雨。可怕什么来什么。

　　一天午后，突然狂风大作，那风先跟我家院子里的老楝树开战，几个回合下来，也没将老楝树扳倒，转而拿我家草垛和房顶撒气，扯起草垛和房顶的草，大把大把地抛向空中，还不解气，又哐当一声推开后门，闯进屋内，脚跟没站稳，又嗖地从前门冲了出去。爸妈赶紧用铁锨、扁担将前后门死死地顶住，可狂风还是从外面狠命地摇晃整个屋子，似乎是想把房顶掀起来，抛出去。过了一会儿，骤雨倾盆，屋里漏得不成样子，床上、桌子上、衣箱上都摆上接水的盆盆罐罐，屋当间（中间）的水瞬间没过脚踝。

连续数天的大雨终于停了，上游洪水下泄，运河水位几乎与石墙齐平。河边已不宜再住，接到上面通知，河边人家陆续搬迁。一个夏日的傍晚，我们举家搬离老屋，那年我十一岁。

一晃几十年过去了。昨夜，老屋又来入梦。梦中，老屋的轮廓还是那么清晰，父母的音容还是那么亲切。醒来，窗外秋风萧瑟、秋雨淅沥。

搬家多次，何以每次入梦的还是运河边上的那三间老屋？

（原载于 2021 年 10 月 31 日《宿迁日报》，11 月 1 日"学习强国"转发）

**【阅读手札】** 运河边上，三间老屋，早已不在，但频繁入梦，全因留在老屋里的记忆。老屋什么样？"三间土墙草屋。老屋东西各一个卧房，中间是过道屋。穿过过道屋，是个不大的院子，院子里有一口水缸，一盘石磨，一间锅屋，一个柴草垛，还有一棵枝叶荫蔽大半个院子的老楝树。"几个"一"，概括为一贫如洗，但速写一般画面感极强。（王清平）

# 夜半笛声到客船

"月落乌啼霜满天，江枫渔火对愁眠。姑苏城外寒山寺，夜半钟声到客船。"

漂泊在外的游子张继，将船停泊在上塘河（古运河）的枫桥边，愁绪满怀的他，夜半时分听到寒山寺里传来的阵阵钟声，心有所动，吟出传唱千年的《枫桥夜泊》。

每当读到此诗，我便会联想起儿时睡梦里的那声声汽笛，因为运河，因为客船……

家住古镇皂河，与大运河一墙之隔。那一米来高、半米来厚的石墙，是我家的围墙，也是我春日的观景台。

当柳枝鼓苞、河水解冻时，我和小伙伴们便爬上高高的石墙向河面眺望。

此时家家户户的女人把大人孩子的冬衣拿到河边捶洗，捣衣声、欢笑声传得很远。耐不住行船寂寞的过往船员，站在船舷上大声地和岸上女人搭讪，招致一阵笑骂后偃旗息鼓。

有时远远的石坡上过来一行黝黑的汉子，他们是运河上的纤夫，穿着草鞋或打着赤脚，头顶太阳，肩背纤绳，脚踏青石，弯腰弓背，几与坡平，嘿哟嘿哟拉着载满货物的又高又大的木船，由远而近，又由近而远，精瘦的身形和沉雄的号子渐渐在眼前和耳畔出现后又渐渐消失。我小小的心灵常常被如此场面触动。多年后看到列宾的油画《伏尔加河上的纤夫》，两画面重合，产生强烈的情感共鸣。

夏夜，石墙又成了我和小伙伴纳凉的床。只需端盆水泼洒在上面，一阵白烟过后，石墙瞬间干燥，我们便可躺在上面享受习习清风和满天星斗。

夜幕降临，躺在石墙上纳凉的我们，一听到深沉悠长的汽笛声传来，便从石墙上跳下，飞也似的向码头跑去。

码头上已有三三两两的乘客和卖瓜子、花生、青萝卜的小贩。客船冒着白烟，喘着粗气缓慢地向岸边靠拢，荡起一波又一波的白色浪花。客船拢岸，舱门打开，岸上的人便都骚动起来，尽管人不多，但都拥挤着向前，生怕被客船丢下，小贩叫卖得更欢了。我和小伙伴好奇地瞧着船上穿着制服忙忙碌碌的乘务员和缓步走下船来形形色色的乘客，直到客船鸣笛数声渐渐消失在我们的视线中，我们今晚的"功课"才算结束。

那时的我，梦想有一天能坐一回客船，去看看外面的世界。这一念头在听了外出归来的父亲讲述他的一段乘船经历后，变得愈发强烈。

父亲曾与姑母乘船南下至杭州办事，带了一摞煎饼作为路上干粮。到了饭点，他俩接来开水，拿出煎饼，卷上咸菜和大葱，正准备开吃，一群年轻的船员见状好奇地围拢过来，操着南方口音，七嘴八舌，议论开了：

"这是什么东西，像纸一样？"

"啥子味道，好吃吗？"

"我们从未见过，有意思。"

走南闯北的姑母一听，就猜透了他们的心思，打开笼布，拿出煎饼，你一张他一张地分给了他们，边分边说："都尝尝俺宿迁煎饼的味道！"不一会儿，面前就剩下一块笼布。等船员们陆陆续续拿着煎饼离开后，父亲埋怨姑母太大方，将干粮都分给了外人，路上吃什么时，姑母笑了笑，没说什么。

此后两天的行程中，每到饭点，不是船员小张送来阳春面，就是船员小李送来盖浇饭，一路上老姐弟俩压根儿没饿着。

父亲回到家中，聊起此行的见闻，对这一段奇遇很是感慨，自此我对客船越发神往。

直到上了高中，这一心愿才算达成。

那时到县城读书，乘车要五毛钱，坐船只要三毛。为节省两毛钱，也为圆乘坐客船的梦，开学时，其他同学选择乘车前往，而我独自背着干粮带着换洗衣裳来到运河码头，随着人流登上了向往已久的客船。初次登船，一切都很新奇，舱内座椅和装饰，窗外风景和行人，着实让我兴奋了好一阵子。可新奇劲儿一过，便是漫长而单调的旅途。两个小时的车程，在船上足足需要四个多小时。有时河上起雾，船还会停下来等待雾散，常常是傍晚登船，直到深夜才能到达，下船后还要从码头步行一个多小时赶往学校。尽管如此，高中期间我大多选择坐船往返。

有时学业紧，来不及回家拿干粮，家里人也会及时送来补给。

一次下晚自习，回到宿舍，不常出门的母亲竟笑眯眯地坐在我的床上，清瘦的脸上带着倦容。我惊讶地问："妈，您怎么有空来了？"妈说想我了，看我周末没回家，担心我干粮差不多吃完了，就乘晚班船来给我送干粮。妈说干完农活，傍晚上船，还好船没塌班

（误点），明天一早赶回去，不耽误家里的活。

这一夜，我和妈挤在一床，妈摸着被褥问我夜里睡觉冷不冷、平时学习紧不紧、煎饼咸菜够不够，母女俩讲了半宿的话。天刚亮，妈塞给我两块钱后，就乘车回家了，我上课没来得及送。

几天后才猛然想起，妈乘船来看我，长达十几个小时的团聚，我光顾着兴奋，竟然没问她渴不渴、饿不饿，就这么让她滴水未沾、粒米未进地回去了。真是儿行千里母担忧，母行千里儿不愁！

此后我考入另一座城市读大学，为节省开支，也曾多次乘坐客船往返，直到通了高速，运河上的客船才因乘客越来越少而渐至消失。而今通了高铁，人们对客船的印象渐渐模糊甚至了然不知，但悠悠运河、声声汽笛却是我永远的回忆……

（原载于 2021 年 7 月 10 日《宿迁晚报》）

**【阅读手札】**读书时乘坐轮船的经历，母女在学校同住的场面，感人至深。（王清平）

岸上流年

# 暖暖的

记忆中，南北大街上的"大众饭店""大众旅社""大众理发"和"大众浴池"，像古镇一母所生的四胞胎兄弟。

大众饭店和大众旅社"住"在大街的西侧，大众浴池和大众理发"住"在大街的东侧，比邻而居，或隔街相望。

我跟大众旅社没有交道，家在街上，想住也没有机会，更没有必要；跟大众理发交道也不多，那时女人和孩子头发长了，就在院子里，用旧衣裳围着脖子，娘儿们姊妹们拿出做针线活的剪刀，你替我剪剪辫梢，我给你修修刘海，剪完拿镜子照照，干净利索就行，很少正经八百地去理发店理发。

打交道最多的是大众饭店，其次是大众浴池。

冬日清晨，是我往大众饭店跑得最勤的时候，拿上妈给的零钱，手捧大洋瓷缸子，去大众饭店门前买粥和油条。爸妈早起熬夜网被套，吃点垫垫，天亮后再接着干活。

大众饭店的粥是一绝。这种用大米和黄豆加工研磨煮出的粥，混合着米香和豆香，喝起来极细腻，入喉无渣；又极浓稠，喝一口一个窝。一碗粥下肚，暖心暖胃。

油条锅边围着一圈人。不怕烫的，站在锅跟前，拈起一根刚出锅的油条，咬上一口，酥脆焦香。有的用细麻绳扎着几根油条，去瞧病人，或走亲戚访朋友。缺油水的年月，油条算得上营养品，拿得出手，送人不推板（方言，指差）。

上午十点一过，顾客渐稀，剩在筐里的油条变得软塌塌的，没了精神。街西张老头便把卖相差的老油条都趸了去，挎上油渍斑斑的篮子沿街叫卖："油鬼——油鬼——"旁边的人笑着说："老头儿，大白天的，哪儿来的鬼？别老有鬼有鬼的！"张老头笑而不答，照旧边走边喊："油鬼——油鬼——"

大众饭店也卖煎包，是韭菜粉丝鸡蛋馅儿的，韭菜多，粉丝少，鸡蛋更少。一大盆馅儿，只在最上边铺一层鸡蛋碎，跟打广告似的。包包子的陈老爹手艺高，包了一筐箩又一筐箩的包子，可那鸡蛋碎还堆在馅儿的塔尖，不见减少。

包子馅儿里一般不放油，只在出锅前，在包子表皮溜一圈油，看上去油汪汪的，其实不大实惠，父母一般不让买，除非家里来了亲戚。

一早，大姨披一身风尘，来到我家棉花店里，说是来赶集。妈一看大姨耷着脑袋、脸色蜡黄，就知道准在家里惹了闲气，借故出来散心的。

大姨有五个儿子，老大成了亲，还没分家，下面四个儿子也都到了吃壮饭的年纪。一大家子在一个锅里抹勺子，难免磕磕碰碰、言高语低的。

妈估摸着大姨还没吃早饭，连忙从口袋里拿出几毛钱，让我去大众饭店端碗粥、买几个包子，给大姨过早。

早点买来，妈对大姨说："没娶儿媳妇时，你天天盼，夜夜盼，吃不香，睡不好，现在儿媳妇娶进门，又添了孙子，你怎么还愁眉苦脸的？先喝碗粥暖暖再说！"

喝粥的空当，妈跟大姨聊聊小孙子怎么样了，会走路了吧？能叫奶奶了吧？再不就是力劝大姨把热粥喝完、把煎包吃光。

只一顿饭的工夫，大姨耷拉着的脑袋就立了起来，脸上也泛了点血色，仿佛蔫巴的禾苗得了甘露一般。

大姨走后，我说："妈，你一碗粥就劝好了大姨！"

妈说："婆媳哪有什么深仇大恨，都是些鸡毛蒜皮的小事，惹点闲气罢了。你大姨这人一生气，就不吃饭，一早从家里走到我这儿，几里地，饥又饥渴又渴，前胸贴后背的。一碗暖粥，几个包子，肚里有点饭食，再跟她唠唠她命根子似的小孙子，不用劝，自己就好了。"

妈用这法子，还"暖"过我有着这样那样烦恼的七大姑和八大姨们。

印象中大众饭店店堂内有几张八仙桌，十几张条凳。中午，来镇上办事的外地人，三三两两走到店堂里，坐在桌旁要酒要菜。

本地没几个人有那个闲钱，只有一个人例外，就是"花老贵"。老贵不姓花，因年轻时有过些花边传闻，人称"花老贵"。十天四个集，老贵集集来赶皂河，下馆子，次次都喝得满脸通红、步履不稳，街上人都说，"花老贵"这辈子，最对得起他自己那张嘴。

"花老贵"不只对得起他那张嘴，下完馆子，他还会去大众浴池舒舒服服泡把澡。

大众浴池，只在逢集时开放。农村人，洗澡没那么勤。夏天，大运河，天然大浴场；天凉，在家里烧点热水，凑合着擦一把。

过年时除外。"有钱无钱，洗澡剃头过年。"过了腊月二十，男女浴池天天开放。十里八乡的男女老幼蜂拥而至，到集上置办点年货，顺便剪个头，洗把澡。

浴池外间是几张简易的小床和两排柜子，里间一个大大的通池和一个小小的锅池，两个池子中间有两个圆孔相通，用来调节水温。一池水洗一天，中间不换水，到了下午，一池清水变成了一池"酱油汤"。为了能洗上把清水澡，后半夜就要起来排队。

鸡叫三遍，母亲催促我和妹妹快点起床。仗着家在街上，得地利之便，我和妹妹在床上磨蹭了一会儿。等娘儿仨到浴池门前一看，傻了眼，黑压压排成一条长龙，挨挨挤挤，吵吵嚷嚷。

好不容易排到跟前，天已大亮。

随人流进入室内，腾腾的热气混合着汗味、肥皂味，瞬间将我们包围；大通池里早已人山肉海，简直没有下脚的空儿。我人瘦小，贴着池壁，见缝插针，钻入池中，冰凉的脚不小心碰到身边一个胖女人滑腻的背，她惊觉地尖叫了起来，引起池中一阵小小的骚动。我吐吐舌头，怯生生地汇入热火朝天的洗澡大军中。

温热的水渐渐包裹全身，慢慢化开我心中的寒气，惬意舒坦。妈见再无空隙可钻，用盆从池中舀水给自己和妹妹洗，小孩怕热，洗一下，妹妹就跳一下，哭闹不止。有的孩子打死也不下池子，被她妈追着捉进了池子。

当我们洗罢冲出浴池重围时，已是日上三竿。室外暖暖的日光、习习的清风拂过我们母女红红的暖暖的脸庞。

（原载于 2022 年 3 月 20 日《宿迁日报》）

【阅读手札】皂河街上有四个"大众"名字的公共场所，重点写与"大众饭店"和"大众浴室"的交道。煎包油条稀粥，暖胃贴心。大姨受儿媳的气不吃饭，妈用粥"暖"了她。这样暖心的事情还很多。虽是亲戚，却见人格。（王清平）

岸上流年

# 安 居

1974 年，12 号台风导致华东地区 8 月 11—13 日发生一次大面积暴雨，暴雨波及江苏、山东、河南、安徽四省，造成部分地区遭遇百年未遇特大洪灾。

——摘自《水文》1988 年 2 期

多年后，我偶然在网上看到一段关于 1974 年夏天那场洪灾的记述。那场洪灾，也曾波及皂河及周边地区，与运河一墙之隔的我家，首当其冲。

持续了两天两夜的倾盆大雨，将世界变成了汪洋。天空被厚厚的云层遮盖得密不透风，空中忽明忽暗的闪电和随之而来的声声闷雷，仿佛提醒着人们，还没完。大街小巷一条条或粗或细的浑浊的河，裹挟着路边的杂物向着各自的方向奔涌。运河水位已接近极限，几乎与石墙齐平。男人们都被叫去轮流巡视河堤，随时准备抢险。

暴雨刚下不长时间，我家就进了水。我家地势低，平时就潮湿不堪，现在更成了泽国。妈不停地用舀子往门外舀水，可瞬间水又没过了脚踝。屋顶也漏得不成样子，床上、桌子上、柜子上、箱子上摆满了接雨水的盆盆罐罐。我和妹妹蜷缩在床上，无助地望着窗外，院子里肆虐的狂风夹杂着暴雨把那棵老楝树打得东倒西歪，不得消停。

爸头戴席斗篷，身披塑料布，浑身湿淋淋地回来了。一进家门，他就对妈说："这儿不能住了，听说沿运河边的人家，雨一住，就得搬走，赶紧拾掇拾掇吧。"妈突然间慌了神，愣了一下，问："搬走？往哪儿搬？"爸说："哪儿，现在还不清楚，估计得搬。"

暴雨又下了一天一夜，终于停了。可眼前的世界已面目全非。昔日熟悉的运河，没有了波平如镜，也没有了波光粼粼，变得异常陌生：河面变得很宽，码头不见了，石坡不见了，不时有枯树桩、动物的尸体和不知道什么东西随着黄色的浊流向下游漂去。

雨住后，路面的水渐渐地退下去了，大街上已有了三三两两的行人。太阳慢吞吞地从云层中露出脸来，又羞愧似的时隐时现。女人们把屋里湿漉漉的东西都拿出来，放到太阳下晾晒，似乎恨不得连同自己也放在太阳下一并晾晾干。

高音喇叭里又传来搬迁的动员令，沿河人家不得不拖家带口离开生活了几十年的老屋。妈边收拾边问我爸："大水退了以后，还能再搬回来吗？"爸说："估计难了，听说运河河道要加宽，石墙要加高，老宅会被围在石墙里，成为河道的一部分。"妈听后眼圈红了，她嫁过来就住在这里，与运河为邻差不多有二十年了，就像院子里的那棵老楝树那样，恋土难移。我比爸妈更不舍，从今往后，再也不能坐在石墙上看船来船往、听声声汽笛了。

家中桌椅板凳、锅碗瓢盆，能搬走的都搬上平板车，望着蝉蜕般被丢在运河边的老屋，全家人的心空落落的。爸拉着板车在前面缓缓地走，妈在车旁默默地推，我和妹妹赶着猪在后面慢慢地跟。这是我家养了差不多快有一年的肥猪，那猪仿佛不愿意走似的，一会儿在路旁的坡上啃啃青草，一会儿又躺在水洼里滚滚烂泥，我和妹妹连轰带赶，它才哼哼着慢慢腾腾地往前挪。

政府动员亲帮亲、邻帮邻，一家帮一家，安排龙王庙北面高坡上的费家，作为我家的结对户。当我们带着辎重、拖家带口赶到的时候，费家已将一间房子腾了出来，给我家暂住，直到我家盖了新房为止。两家合用一个锅屋，轮流做饭。费家有两个和我差不多大的孩子，不管谁家做了好吃的，总是先盛一碗给孩子们尝尝。人多热闹，隔锅饭香，不长时间，我就忘了辞别老家的忧伤，跟他们玩到了一起，吃到了一起。可我家的猪却没这么乖，居然喧宾夺主，跟一个圈里的费家的猪经常因争食掐架，真是"一圈容不得二猪"。妈说，过些日子把猪卖了。

救灾物资到了，各家各户都领到了塑料布、木棒、芦席、钢丝和绳子。花了一天时间，费家夫妻帮爸妈合力在院子里搭起了 A 字形的芦席棚。芦席棚是我家的临时居所，更是两家孩子的乐园。我们白天钻进钻出做游戏，晚上并排躺在席子上玩闹唱歌，直到夜深了，才在席棚里沉沉睡去。

暴雨过后，空气潮湿，加上蚊虫叮咬，妹妹全身都生了疮。先是红肿瘙痒，抓挠后便冒出一个一个米粒样的大脓疱。睡前，妈要给她用盐水擦洗才能止痒，可盐水擦在挠破了的皮肤上又腌得慌，那段时间，妹妹的哭闹声牵动着两家大人的心。脓疱逐渐从腿上蔓延到了全身，甚至到了头皮，头上的虱子趁机在脓疱里做窝，一个一个撅着屁股钻进疮里。

听说上头派了部队医务人员来灾区义诊，妈便带着妹妹急匆匆地找到了他们。两个军医正在街北镇政府门前设点，为前来就诊的乡亲们诊治。那个漂亮的女军医仔细地检查了妹妹身上的脓疱，从药箱里拿出一瓶药片和两瓶紫药水交到妈的手里，轻声细语地嘱咐怎么服用和如何涂抹。隔壁的陈小二从人群中钻出来凑热闹，伸出他擦破了点皮的黑黑的胳膊，请漂亮的军医姐姐帮他治治，那女军医笑了笑，给他涂了点紫药水，拍了拍他的头，说："涂过药水，别沾水呀。"旁边的人说："小二，什么时候变得恁娇气了？"凑热闹的都笑了。

秋风渐起，秋意渐浓。妹妹身上的脓疮渐渐结了痂。可另一件事又让人惊出了一身冷汗。

各家房子搬空后，需要自行拆除，拆下来可用的东西带走，留着建新房时使用。我家老房子，年代久远，可用的不多，但拆一点是一点，爸找来两个人帮忙，选了个合适的日子动手拆除。正当三个人站在梁上，用叉子揭掉覆盖屋顶的麦草时，爸一脚踏空，从房顶上摔了下来，所幸地面是烂泥和麦草，爸并无大碍。

又一批救灾物资到了，有棉衣和棉被，连盖新房的砖瓦也陆续被分到动迁户的手里，家家户户着手在新的宅基地上建新房，争取赶在大雪铺下来之前，在新房里过冬。

养"兵"千日，用在一时。我家养了一年的肥猪这时候派上了用场，爸妈盘算着卖了它，建房的人工钱就不用愁了。我要跟爸一起去食品站磅猪，临行前，妈用了最好的饲料——麦麸和玉米面，馇了一盆稠稠的猪食端到了猪的面前，猪吃得很欢，殊不知这是它在我家的最后大餐。

到食品站的门前，不知什么原因，猪死活不肯进去，兴许是闻到了危险的气味。我和爸费了很大的劲儿才把猪折腾到磅秤上过了秤。食品站工作人员用大剪子在猪身上三下两下剪了个等级，随后一脚把猪踹到了临时圈舍。结完猪款，我和爸又到圈里跟它做最后告别，可它竟然哼哼着在地上拱来拱去，头都没抬一下，一副没心

岸上流年

没肺的样子！

　　龙王庙西侧的我家新房，从嘿哟嘿哟地夯地基，到砖墙一天一天长高，终于开始上梁了。上梁鞭炮声引来了左邻右舍的大人孩子，他们挨挨挤挤，在下面等着接"福"。木工师傅骑在梁上，抓起笆斗里的馒头、花生、糖果，边撒边唱：

　　我拿馒头白如玉，鲁班令我敬龙珠。
　　东南西北我不撒，先敬主家万年柱。
　　馒头落地滚元宝，四邻八舍都来抢。
　　小伙抢到配鸳鸯，姑娘抢到配情郎。
　　中年抢到富贵长，老人抢到寿无疆。
　　撒了馒头撒喜糖，主家福禄万年长……

　　梁上的人唱一句，下面的人跟着一齐道声"好"，"福"气便如天女散花般从空中落下，众人纷纷俯首争抢。爸妈也一扫受灾以来的愁容和倦容，舒展了眉头，望着深秋阳光下快要竣工的新房，想着一家人即将安居于此，禁不住眼圈又红了。

（原载于 2021 年 8 月 29 日《宿迁日报》）

　　**【阅读手札】**运河发大水搬家，拆了老屋，盖了新房，这个过程充满恐惧、担心、病痛、辛劳和欣慰。搬家路上的前后一家人，费家暂住时的妹妹害疮，为盖新房卖猪，一件件经历都写得真切生动。动荡之后的安居是欣慰的，更是辛酸的。因此，一家人在上梁歌的憧憬中红了眼眶。（王清平）

# 河水与井水

搬家前，我家吃的是运河水，搬家后，吃的是洋井水。

那时，日常用品多有个"洋"名：洋钉（铁钉）、洋油（煤油）、洋锹（铁锹）、洋铁桶。洋井其实就是深水机井，一压就出水的那种。深井水清亮不说，还冬暖夏凉，跟家前屋后掘地三尺的浅水土井比起来，好不知多少倍。

镇卫生院坐落在南北大街的南首，一个大院，三排起脊青砖红瓦房，第一排是门诊部，第二排是病房，第三排是职工宿舍。三排瓦房将医院分割成前后两个区域，前院是诊疗区，后院是生活区。东西两侧还有几间矮小的平房，作为电工房和太平间。

乡下人，尊医敬医，不大愿意近医用医，除非万不得已。所以周遭的乡邻和医院医生少有来往。

镇卫生院有一口洋井，自打从运河边搬到卫生院附近之后，我家跟那一片的村民一样，都到卫生院里挑水吃，卫生院也敞开大门任村民自由出入。

吃河水时，我还太小，是父亲挑水；吃井水时，先是我和妹妹抬水，后是我挑水，挑半桶，直至挑整桶。

再后来，妹妹也能挑半桶水了。一次妹妹挑水回来，妈心疼地说："少挑点，前院跟平说看到你挑水的样子，耸着肩，缩着头，压得都不长个了。"妹妹反唇相讥："你没看见她挑水的样子，脸憋得跟下蛋鸡一样红，眼睛睁得跟鸡蛋一样大！"妈听后，扑哧一笑。

因常去抬水或挑水，对穿白大褂的医护人员们生活日常、喜怒忧乐便有些了解，发现他们和我们有诸多不同。

最大的不同就是男人也淘米，洗菜，甚至洗衣，洗碗。

下班后，三三两两的医护人员，端着米、菜来井边淘洗，有女人，也有男人；晚饭后来井边洗碗，洗衣，有女人，也有男人。平时拿手术刀或听诊器的男人的手，淘米洗菜，洗衣洗碗也很溜欢（灵活），一点不笨拙。

我大为惊奇。我爸别说洗碗，连饭都没盛过，都是吃一碗，我妈给他盛一碗；别说洗衣，都是穿一件，我妈给他找一件。

凡有井水处，皆有家长里短。有时挑水用水的人多，得排很长的队。

一三十来岁白胖的护士一边洗着宝宝的小衣服，一边跟旁边的四十来岁的女同事聊她月子坐得如何好。听口音，那胖护士是个"蛮子"（我们那时把南方口音的人都叫"蛮子"）。

"张姐，我一个月子里，吃了三十只鸡，一天吃一只，都没吃够，我顶喜欢吃鸡。"胖护士说。

"蛮子"都会吃，而且吃得都很奇怪，这是我知道的。

生产队里年底起汪分鱼，分到鲤鱼、白鲢、花鲢、鲫鱼就高兴，觉得这才算鱼，来人能待客；分到甲鱼、黄鳝、螃蟹就生气，觉得这哪算鱼，多数拿去卖掉。而蛮子却把甲鱼、黄鳝、螃蟹当成宝贝买了去。别说，经他们巧手一收拾，立马变成美味。我还见过他们把鸭肠都做成菜，还吃得津津有味！

那个叫张姐的笑道："你的奶水应该多，吃了这么多只鸡。"

胖护士说："哪里？没有奶水，宝宝吃奶粉。"

"天哪！一天一只鸡吃着，还没有奶水，这鸡都吃哪儿去了？"张姐打趣地问。

我暗想，我妈生我妹妹时，别说吃鸡了，连鸡蛋都不一定吃得上。我妈说，妹妹落地时，让我爸去买点红糖和鸡蛋，我爸大概是嫌弃又生个女孩，没好气地说："要什么红糖鸡蛋，讨饭的人家就不生孩子了？"

前院刘大娘生孩子时，喝稀饭，吃煎饼，没有奶；在碓窝里把黄豆捣碎，加青菜煮粥，一喝，就有奶；用虾兜到河沟里抓些青虾，在碓窝里捣碎，煮汤，奶水直喷。

"嗐，别提了，肉都长我身上了，我胖了二十多斤，愁死了！"胖护士捏了捏自己胳膊上的肉。

"张姐，你听说了吗？陆大夫的爱人黄老师也生了个女孩。"胖护士说。

张姐说："知道，我昨天才去看过她。陆大夫给他爱人接的生，孩子一出生，看是女孩，陆大夫什么话没说，洗了洗手，扭头出了门，也不问产妇怎么吃，怎么喝。"

胖护士说："陆大夫怎么这样！我生女孩，我爱人喜得合不拢嘴。"

张姐说："你是头胎，陆大夫连刚出生这一个，都四个女儿了！我去看黄老师时，她正躺在床上流眼泪，看到我去，说，让我给物色物色有没有合适人家，把孩子送人算了。"

"真的假的，怎么能这样，把自己的孩子送人，亏他们还是大夫和老师。男人都一个德行，重男轻女！"胖护士愤愤地说罢，又觉得跟先前夸自己丈夫有点矛盾，接着说："我家那位例外。"

张姐说："你家那位？借他一个胆儿。"

"我安慰黄老师，千万不能有这个念头，自己的亲骨肉，怎么能舍得送人呢！月子里不能伤心，伤心对身体不好。"张姐又说。

陆大夫和黄老师我都认识。陆大夫是卫生院的一把刀，黄老师是中心小学的老师，教过我，夫妻俩都是南京人。

陆大夫医术高。我母亲有一段时间大腿根疼，疼得直不起腰，走不了路，用膏药贴，用热水敷，折腾了大半个月，不见好，还越来越重。实在撑不住了，到卫生院找陆大夫瞧，他只用手在患处试了试，又问了几句，就断定是"髋窝脓肿"，到手术台上开刀放出半碗脓血，前后不到一顿饭工夫，我妈就能下地走路；半个月以后，我妈就能下地干活。

自那以后，我妈就跟陆大夫一家有了来往，时不时给他家送点鸡蛋、香油什么的。他家不过意，也会给我们家送点平时很难买到的白糖什么的。

东院小珍因为交不上学费，不想去上学，黄老师曾让我带着找上门来，问清原因后，帮小珍垫付了学费，小珍这才又跟我一起上了学。

挑水回到家，我把陆大夫家的事告诉了妈。

第二天一早，妈用竹篮装着一篮鸡蛋，用蛇皮袋装着两只母鸡，送到了陆大夫家。妈在床边跟黄老师聊了几句，告辞出门时，陆大夫拎着鸡和鸡蛋追出来，直往我妈手里塞，说："不能总要你们家的东西，除非花钱买。"我妈说："陆大夫您对我们有恩，黄老师又是孩子的老师，这点东西都是自家的，不值什么钱，您别跟我们见外。"我接过陆大夫递过来的鸡蛋和鸡，往他家院子里一放，拉着妈跑出院门，生怕陆大夫追出来。

后来，陆大夫一家都回了南京，他家差一点送人的小四，听说还考上了南大。

（原载于 2022 年 6 月 10 日中国作家网）

**【阅读手札】** 井水不犯河水。搬家前，吃河水。搬家后，吃井水。洋井在街南头的医院院子里。于是，医生和护士们的生活与百姓生活有了差别。一天吃一只鸡，多么奢侈。陆医生看好了妈妈的病。妈妈感激陆医生和黄老师，给他们送鸡和鸡蛋。人之常情，却有社会缩影和一丝温暖掠过心头。（王清平）

岸上流年

# 吃香喝辣

吃香喝辣，字面意思是吃美食，喝美酒，形容生活富足惬意，还可引申为走时当旺。假如有人说"某人现在是吃香的喝辣的"，不全是指某人有肉吃，有酒喝，话里话外透着点对某人走时当旺的羡慕嫉妒恨。

经济困难时期，有人会做这样的畅想：等我哪天有钱了，天天吃桃酥，或等我哪天有钱了，天天吃油饼。我小时候的梦想就是能天天吃刚出炉的喷香的叶家烧饼，喝刚出锅的热辣的赵家糁汤，正是"吃香的喝辣的"。

叶家烧饼店坐落在皂河街北首，一间两米来宽、四米来深的小小门面，当门是一个桶状炉子，挨着炉子是一个不大的面案，屋内墙角堆放着几袋白面、半口袋白芝麻和其他杂七杂八的东西。印象中叶老爷子每天在面案前揉剂子，上油酥，擀剂子，拍芝麻，在饼坯的背面点上些清水，然后往深深的炉膛里贴烧饼。不大一会儿工夫，炉内烧饼慢慢地鼓起了白白的麻肚皮，麻肚皮由白而黄，烧饼烤好了，叶家老太太或她的女儿就用长长的火钳，从火红的炉膛里，夹出一个个形如满月、色如旭日的油酥烧饼。

烧饼一出炉，你两个，他三个，不一会儿，扁扁的箩筐里，只剩下些碎芝麻。那时最恨买了去瞧人的买主，一炉先去他半炉，其他人只得再等下一炉。好不容易买到烧饼的，掂着两块热烧饼，到陈家茶馆要碗大碗茶，趁热咬上一口烧饼，微微的酥脆声伴着一小团白气，层层叠叠薄如蝉翼的饼皮酥在嘴里、香在心头，再咕噜咕噜喝两口大碗茶，那叫一个痛快！

手头宽裕点的，拿两块烧饼，直奔赵家糁汤店。

赵家糁汤店坐落在街南头，店面开间大，纵深窄，一个大灶占了半盘店，灶上有一大甑锅。灯火昏黄中，甑锅上糁汤翻滚，热气蒸腾，早有三两个糁汤发烧友来到糁店，等待开锅第一碗。那时熬煮糁汤用的是鸡而不是牛骨，牛是生产队里的宝贝，耕田耙地都靠它。鸡则易得。将整只鸡洗净，投入锅中，加生姜大料熬制数小时，捞出鸡，拆下鸡丝，鸡骨与麦仁一同下锅，待麦仁熟透，撒入鸡丝，勾上薄芡，加入盐、胡椒粉、芫荽，淋上几滴醋和香油，一碗香气扑鼻、热气腾腾的鸡糁就端到了你的面前，喝一口热辣鲜美的糁汤，咬一口酥脆喷香的烧饼，给皇帝不换。

儿时这两样美味不能常吃。只有考试得了一百分，或头疼脑热后，母亲会用手绢包两块烧饼作为奖励，或被父亲带到赵家店里喝碗糁汤发发汗。平时则是一天两顿（那时兴两顿饭）煎饼、稀饭，雷打不动。不过顿顿有干有稀，已算不错。大多数人家忙时吃干，闲时喝稀，庄稼收获时吃干，青黄不接时喝稀。

我家人口少，父亲又做点手艺，记忆中没有挨过饿。妈常会用小布袋装着一把米，放在稀饭锅里，稀饭好了，米也熟了，捞出布袋，将米饭倒入碗中，给我和妹妹吃，他们仍是稀饭和山芋干煎饼。山芋干中掺点玉米或小麦烙出的煎饼差不多能待客。

又是青黄不接的时候，人多劳力少的人家就只能喝稀的了。

姚家大栓子、二栓子经常是饿得扶墙进，撑得扶墙出。饿得头晕眼花，扶着墙才能走到饭桌旁，一人捧着一个窑黑大碗，咕咚咕咚喝那能照人影子的稀饭，几大碗下肚，撑得要扶着墙才能出门，感觉好像饱了，可两泡尿一撒，不一会儿又饥肠辘辘。

李家姐弟四个，只有一个弟弟，全家都喝稀的，只给宝贝弟弟吃干的。可有一天，吊在梁上竹篮子里的几张小麦煎饼不翼而飞。李父挨个问，最后从三丫嘴里问出，原来是二丫让三丫望风，爬到板凳上将竹篮取下，拿出煎饼分着吃了。李父听后把二丫拖过来痛打了一顿，二丫被打得鬼哭狼嚎，李母和大丫不但不拦着，还一口一个"死丫头，吃了能上天""饿死鬼托生的"骂了大半天，连晚饭也没给二丫吃。

晚间，二丫恍恍惚惚地爬上床，迷迷瞪瞪地睡了一会儿，家人也没太留意。突然二丫忽地从床上坐了起来，两眼瞪得老大，用沙哑的声音直呼其父的小名，骂道："你个忤逆不孝的，天天给我稀饭喝，稀饭能搪饿？就知道惯你的小祖宗，惯爬头，小祖宗长大也这样待你！"然后脏话骂个不停。一家人见状全都傻了。

李母和几个孩子吓得哭了起来，哭声惊动了左邻右舍，瞧热闹的谢奶奶说以前见到过这种事，李母忙止住了哭，问谢奶奶怎么办。谢奶奶在床边左看看右看看，对李家人说："看二丫这口气，该不是你家死鬼李老爹附体了！"李父一听是自己死了两年的父亲作祟，头皮一麻，浑身一激灵，连忙搬来板凳让谢奶奶坐，讨教应对之策。

三年前，李老爹不小心摔断了腿，一直独自在老宅的一间小屋里住着，一天两顿，二丫给李老爹送饭，每次拎着一小陶罐稀饭，稀饭里放两块咸菜疙瘩。我曾跟二丫一起送过饭。李老爹接了陶罐，把稀饭倒到一个大蓝边碗里，然后用嘴将陶罐边沿上的稀饭舔净，把陶罐交给二丫带回家。一年后，李老爹去世。

没想到他现在居然附在二丫的身上胡言乱语。谢奶奶对焦急万分的李父说："莫慌！我来探探口风。"

谢奶奶跟"李老爹"对话了："老李头，你个死鬼，你想做什么？"

二丫先是不作声，过一会儿含含糊糊、时断时续地说了一通别人听不出所以然的话。谢奶奶厉声地又问了一遍："你想做什么？不好好保佑一家子平平安安，你到底想做什么？"

二丫两眼直直地望着谢奶奶，说："天天喝稀饭，我要天天吃鸡头！"周围人惊诧莫名！谢奶奶还想再问，二丫忽地又躺下，昏昏沉沉睡去，再也不作声了。

谢奶奶对李父说："明天买点纸钱到你爹坟上烧了，念叨念叨，再看看二丫的情况，好了呢就罢，不好，就照你爹说的做。"

第二天，李父买了纸钱去坟上烧了。李母做好了饭，喊二丫起来吃饭。二丫呆呆的，任她妈扶到桌子边坐下，她妈把稀饭端到她嘴边，她就喝一口，不端就不喝；煎饼送到她嘴边，她就吃一口，不送就不吃。接连几天都这样，小脸苍白，两眼无神，要么呆呆傻傻地坐着，要么昏昏沉沉地睡去，不出一声。

李母见不是个头，流着泪对李父说："这样下去，孩子不就毁了？要不，死马当活马，照谢奶奶说的给孩子吃鸡头试试？"

此后，李家三两天杀一只鸡炖汤，让二丫吃肉喝汤，二丫有时拿着鸡头，当着看热闹的人，一点一点啃得干干净净。没多久，家里的鸡就杀光了。左邻右舍谁家偶尔杀只鸡给儿媳妇下奶，也会盛一碗有鸡头的鸡汤给二丫送去。

就这样过了一段时间，李家实在是无鸡可杀，邻里们还想留着母鸡下蛋换点油盐。

正当无可奈何之际，爸的一句话，点醒了李家，街上糁店里有鸡头，何不要点给孩子吃？此后李家每天都会让大丫提着陶罐，到糁店买一碗有鸡头的鸡糁给二丫喝，有时还会顺便带块烧饼。

半年后，二丫面色红润，精神恢复如常。

多年后，从懂医的人那里得知，二丫的病叫癔症，那些容易被暗示的易感人群，在营养不足或遭遇打击挫折后，会得此病，经过饮食医药调养和精神抚慰，或许可以痊愈，压根儿不是什么鬼魂附体。

如今名为"乾隆贡酥"的叶家烧饼在土特产专卖店里随时可以买到，赵家糁汤也在城里开了分店，即使天天吃喷香的烧饼，喝热辣的糁汤，都不算难事，再也不会有人因吃不上、喝不上而大病一场了。

（原载于 2021 年 9 月 26 日《宿迁日报》）

【阅读手札】皂河叶家烧饼、赵家糁汤如今都是文化遗产了。想不到在作者记忆中还有这么一段辛酸过往。考了一百分或者生一场病才有机会吃上叶家烧饼或赵家糁汤。贫穷限制了人们的欲望和想象。李家的二丫因偷吃煎饼遭到责罚，突然鬼魂附体般以祖父之声斥责父亲，终于吃上了鸡头，不久便红光满面。后来知道二丫患的是癔症。但是，当生存面临威胁，人完全可能不顾荣辱和尊卑。（王清平）

# 嫁汉嫁汉，穿衣吃饭

"嫁汉嫁汉，穿衣吃饭"，是淑华她妈的口头禅。

淑华她妈命好，嫁了个厨师，跟着淑华她爸，吃了一辈子好饭。

淑华她爸在城里的国营厂当大厨，每次周末回到家，一头钻到锅屋里，一通煎炒烹炸后，家里随即飘出好饭好菜的香味，饭桌上便摆上一般人家不大常见的鱼和肉。

出了锅屋，淑华她爸解下围裙，擦了擦额头上的汗，笑眯眯地对淑华她妈说："他妈，今天这鱼，咸淡怎么样？入味了没？"

淑华她妈坐到桌边，拿起筷子，夹起一块，送到嘴边，对淑华她爸说："嫁汉嫁汉，穿衣吃饭。这辈子跟了你，挣钱不挣钱，落个肚儿圆。"

淑华她爸胖胖墩墩的，人长得一般般，但有好厨艺，还有好脾气。

有一年正月里，淑华她爸厂里的剧团来皂河演出，淑华他爸就把淑华、我和宝香一起领到后台看演出，演出结束后，架不住淑华苦苦相求，捎带我们乘坐团里装道具的大卡车去他厂里玩。

第二天一早，我们在女工值班室都还没醒，淑华他爸就把好吃的、好喝的端到了我们的床边。长到八九岁，第一次沾小伙伴的光，吃到烧饼夹香肠这样的美味。

岸上流年

有那么一阵子，我挺羡慕小伙伴淑华，羡慕她有一个当厨师的爸，大人孩子都跟着享福，感觉她家的日子才叫日子。

我妈嫁给我爸，没享到什么福。

我曾在另外一篇文章中写道："身小力薄的母亲，年轻时是庄上最俊、性情最好的小大姐。说亲的踏破门槛，爹妈怕她做不来繁重的农活，选中了皂河街上王家，公婆老实巴交，不会难为儿媳；夫婿有弹棉花的手艺，不需要土里刨食儿。

"外公、外婆真是打错了算盘，原本认为嫁到街上手艺人家，女儿可以享福，哪知弹棉花是最差的行当，既苦且脏。白天母亲跟父亲一起弹了一天的棉花，夜晚还要熬夜网被胎……"

我妈跟着我爸，虽说没缺吃，没缺喝，可天天起五更睡半夜，熬的是心血。

姑母瞧着我妈三天两头不是这儿疼，就是那儿酸，老要吃药打针，往医院跑，很为我妈揪心，劝我妈说："你本就是个纸扎的人儿，不能这么没命地干，要学着点'好吃懒做'。"

姑母又说："你学我，要债的堵了门，我该吃吃，该喝喝；活再多，累了，一甩手，纳头就睡。"

可不是，姑母自打嫁给了姑父，无论开茶馆，还是做其他生意，都是主意自拿。做生意，有赚有赔，一度到了全家居无定所的地步，可我从未瞧见姑母慌乱过，真是拿得起，放得下！

姑母又说："实在学不来，你就学宝香妈、银叶妈，饭碗一推，不是东阴凉赶西阴凉，就是西家短东家长！"

妈听了，摇了摇头，说："说是这样说，可我都学不来……"

我爸的营生，属小鸡的，吃一爪刨一爪，一爪不刨，就没得吃。妈她真学不来。

妈非但学不来，也做不到。

学"好吃"，妈做不到。有点好菜好饭，先得省着留给我爸，爸是家里唯一的男劳力。还得想着正在念书的俩闺女，都在长身体，至于她自己，填饱肚子就行。

学"懒做"，更难。爸的棉花店，一个人根本玩不转，长期请人帮忙，又请不起，妈跟着忙前忙后帮衬着，这才勉强维持生计。

印象里，别人家爸妈，下雨下雪可以在家歇着；我家不是，不管阴晴，不是在田里忙，就是在店里忙。

看来，妈这辈子就是劳碌命，她既做不来淑华妈那种小女人，嫁汉吃饭；也成不了我姑母这类大女人，可以任性洒脱到不管不顾。

到了我择偶的年龄，妈说："只要人好就行，别的不重要。"

姑母知道了男方的家境，曾对我的选择做过善意的提醒，她说："女孩子嫁人是第二次投胎，要多看看，多挑挑，别剜到篮子里就是菜！"我知道姑母的意思，但我始终认为："好男不吃分家饭，好女不穿嫁时衣！"

如今大半辈子过去了，回过头来看看，我似乎跟我妈一样是个劳碌命！有时，静下来想一想，也许还有另一种活法，可以轻松一些，舒服一点，不必如此操劳。

不过，假如从头来过，我兴许还会这样选择。

**【阅读手札】**从淑华爸妈写起，淑华爸是大厂厨师，回家做一手好菜好饭，因此淑华妈享福。由此想到自己的妈，想到姑妈。妈劳碌半生，好吃不来，懒做不来。姑妈想得开，做得到。自己出嫁似乎重蹈妈劳碌命的覆辙，但如果再做选择，似乎还只能做此选择。言下之意：嫁汉，岂止穿衣吃饭，还有责任、义务和尊严。（王清平）

# 冬吃萝卜

"冬吃萝卜夏吃姜，不劳医生开药方。"

我说的"冬吃萝卜"，不是冬夏食养之方，而是入冬后女人们巧手腌的萝卜干，拌的萝卜丝，熬的萝卜豆，炸的萝卜丸，炖的猪肉萝卜和包的萝卜馅儿饺子。

花样翻新的萝卜美食，成了我记忆中的年味。

"曹操倒霉遇蒋干，萝卜干倒霉遇稀饭。"

萝卜干是稀饭的绝配。大米粥、小米粥、南瓜粥、红薯粥，有了爽脆的萝卜干加持，喝起来格外适口。

冬日的暖阳下，女人们端出已经腌制一天一夜的萝卜条，仔细地晾晒在竹筛、簸箕和芦席上，不一会儿，占领了农家小院的、齐齐整整的腌萝卜条，列队等候冬阳和清风的检阅。

当萝卜条被晾干了水分，皱缩成红红的萝卜干时，椒盐再来点睛。五香粉、辣椒粉和细盐混合炒制而成的椒盐是萝卜干的灵魂，有了它的裹挟，萝卜干才算形神兼备。

一坛子椒盐萝卜干，可供一年佐粥之用。哪家没这么一坛子萝卜干，说这家女人能干、会操持，根本没有人信。

凉拌萝卜丝，既可日常食用，又能随时待客。刀工好的女人，把萝卜丝切得又匀又细，用细盐稍加腌制，撒上姜丝、葱丝、香菜段，淋上少许香醋和麻油，一盘色香味俱全的凉拌萝卜丝上桌，保管你胃口大开。

说话间到了腊月。一到腊月，女人的心里纷乱得就像长了草，平日没空赶集的她们，一趟一趟地到集上买买买。俗话说："陪不尽闺女，办不尽年。"前脚才提着一篮子菜进家门，刚一放下菜篮子，立马发现还有一样东西忘了买。

这时节，家里的地窖里，红薯陆续迎来了青萝卜、白萝卜、红萝卜、胡萝卜、土豆、大白菜等冬日餐桌上的老朋友，它们在温暖湿润的地窖里猫冬，随时听候女主人的差遣。

女人们信奉一条，就是年前把年货备办得足足的，大雪封门的时候，一家人尽可围坐在温暖的屋内，吃喝不愁。

萝卜豆，主料是萝卜和黄豆，条件好的，可搁点煮熟的猪肉皮，不搁也无伤大雅。

将黄豆炒香，盛起备用，锅里放油，加葱姜蒜和干红椒丝爆香，放入干香的黄豆，加水熬制，待黄豆稍稍变软，放入萝卜丁和肉皮丁一起炖，出锅前加盐、酱油调味即可。

萝卜豆，虽说平日里也做，可腊月里做出的萝卜豆，带着浓浓的年的味道。

将熬好的萝卜豆，置于阴凉处，罩上纱罩，饭时，舀一碗，下锅一热（凉吃风味亦佳），黄豆焦香，萝卜软烂，肉皮筋道，下饭解馋。有时，母亲会差我送一碗给邻居尝尝，分享分享腊月里的头道菜。

当家家户户的锅屋里飘出萝卜丸子的香味时，年已渐入佳境。殷实点的人家会炸些肉丸子、鸡蛋丸子、豆腐丸子、藕丸子等，一般人家只炸萝卜丸子。

天没亮，母亲便起了身，将头天晚上洗净晾干的萝卜放在砧板上叮叮当当地剁了起来，待都剁成小丁，再用纱布把萝卜丁的水分略微挤挤，加入葱姜碎、香菜碎和细盐，撒点五香粉，拌入面粉，调成糊状，静置一会儿。

此时，天已大亮，父亲灶头烧火，母亲灶上炸制，我和妹妹从旁观瞧。只见母亲先往大铁锅里倒入半锅菜籽油，待油六七成热，下入一个试炸，觉得油温适中，再大批量下锅炸制，不一会儿，锅内便浮起黄亮亮、圆溜溜、外焦里嫩的萝卜丸子，用笊篱捞出控油，一顿饭工夫，瓷盆里、竹篮中便堆起尖尖的丸子小山。

母亲选择在清晨炸丸子，是为了让我和妹妹尽可放开肚皮吃，吃过了，跑出去玩儿，不会积食胀肚。不像有的人家，挨到晚上才开始炸丸子，孩子吃一肚子就上床睡觉，第二天消化不良、跑肚拉稀。

炸好的丸子，放在篮子里，用绳子悬在梁头上。萝卜丸子放于高高的梁头，一为通风透气，不至于发黏变味，二是严防嘴馋的孩子拿萝卜丸子当零食，年夜饭还没开始，萝卜丸子就被摸个精光。

到了饭时，放下篮子，取出一碗，与青菜或猪肉炖炖，跟刚炸出的焦香不同，炖出的丸子，带着青菜的清甜或猪肉的滑爽，软糯可口，老少咸宜。

年的高潮在年夜饭，年夜饭的主角是猪肉炖萝卜。

肉要肋条肉，萝卜要个头大、水分足的红萝卜。肋条肉要切成一指厚、三指宽的块，萝卜要切滚刀块。肉下锅煸炒出油，撒入花椒、八角和葱姜末爆香，倒入生抽、老抽，加水慢炖，待八成熟，下入萝卜块，再炖至萝卜变色、软烂，即可出锅。

我家晚饭向来早，年夜饭也不例外。天刚擦黑，四个凉菜、一个红烧鱼已摆上餐桌，母亲一锅能出三样：猪肉烩萝卜丸、猪肉烩鸡蛋糕、猪肉炖萝卜丫，三样菜彼此相容，又各有各的味，和而不同。放罢鞭炮，一家人围坐，父亲举杯，年夜饭正式开始。

莫道君行早，更有早行人。

年夜饭刚进行到一半，邻家小子大民已吃完了饭，来我家串门。闲聊中，大民声言，今年他家猪肉炖萝卜，一人一碗盛着吃，且说，自己借去锅里再添之机，把碗里的萝卜倒到锅里，又盛了半碗肉，解馋！

三十晚上吃猪肉，大年初一吃饺子，饺子馅儿也是萝卜。

母亲头天晚上将萝卜切片，下开水焯，焯至断生后捞出，祛除萝卜上的怪味。沥干水，剁成细丁，加入泡好切碎的粉丝，拌入葱姜末、五香粉、细盐，最后淋上热油，拌匀，一大盆萝卜馅儿就做好了，盖上盖放在阴凉处，只等大年初一早晨，开始和面包饺子。

初一早上，我家不吃饺子，先一人喝一碗热面汤，吃几块羊角蜜、蜜三刀等先垫垫，母亲说，这叫年初一甜甜蜜蜜，开个好头。然后一家人静下心来围坐桌旁包饺子。

大饺子吃馅儿，小饺子吃面。萝卜饺子，不宜包得太小，太小吃不到馅儿。可谢大娘家包的饺子却大得出了格，一个蓝边大碗只能盛三四个。要问为什么，只因包饺子时，弟兄几个早没了影，都

岸上流年

跑去玩了，不到饭时不回家。只有吃的嘴，没有忙的手，老娘一人包，供全家吃，不包大饺子才怪！

又届腊月，萝卜开始大量上市，瞧着一个个连着缨、带着泥、红的白的青的、水灵灵的萝卜，我买些带回了家，学着妈妈，做出年的味道、爱的味道。

（原载于2022年1月10日《宿迁日报》，1月11日"学习强国"转发）

【阅读手札】从萝卜干到萝卜黄豆，再到年关的萝卜饺子。有工艺，有场景，这是年的味道，爱的味道。（王清平）

# 端　午

端午前后吃新小麦。

端午节，常常是麦收季。偶遇端午过后才收麦的年份，算是闲端午。小的时候，母亲会趁着露水未干，到田间地头掐些百草头，在大锅里煮水给我们洗浴，说是可保炎夏不生热疮；采些苇叶盖在糯米上加水煮，带着苇叶清香的糯米饭，拌上点红糖或白糖，吃起来跟粽子一个味。

"换荒咧——换荒——有破布头、长头发、破铜烂铁的拿来换——"货郎的吆喝和拨浪鼓的声音，招来了大姑娘、小媳妇和一群孩子，他们把货郎担子团团围住，用家里的破铜烂铁、碎布头，换小梳子、小镜子、针头线脑和几丈五彩绒线，还有多赏给孩子的小糖块。

身上的新衣、腕上的绒线和胸前的鸡蛋网是母亲给孩子的端午；穿新衣、扣绒线、挂蛋网，是端午给童年的快乐。

多数情况下，端午佳节遇到麦收时节，是个忙端午。收麦，是天大的事，大人腾不出闲空来给孩子过端午。

小麦不像水稻，水稻在田里多站一天两天没事。小麦一成熟，要赶快收割，多晒一个毒日头，麦穗就会朽头掉落；要赶快脱粒，多堆放一两天，麦垛起热上气，麦粒就会发芽；要赶快晾晒，稍不留意，一个云头飘过来，下一阵雨，小麦受潮，就会发黑霉变。

印象深刻的是十来岁时的那年端午和那次麦收。

常言"有福害腿，无福害嘴"，父亲和我算"有福"之人，正是麦收时节，都害起了腿。

父亲多年没犯的腱鞘炎犯了，小腿肿得跟大象腿一样粗。

大忙季节，尚未出征，先损一员"大将"，这可怎么好，母亲只得亲自挂帅出征，我和妹妹在家搞后勤，烧水做饭兼照顾父亲。

烧了一锅开水，灌入暖壶，正要把暖壶从小饭桌上举到高高的八仙桌上的茶盘里。爸坐在堂屋，眼瞅着暖壶发出了咯吱咯吱的异响，急得哎哎直叫唤。砰的一声巨响，我才意识到爸哎的是什么。瓶胆从锈蚀的壶壳中脱落，重重地砸在小饭桌上，瓶胆爆裂，开水迸溅，我的两条腿瞬间像被烈焰扫过一般，火辣辣地疼。

我惊恐地尖叫着，本能地跑到家西边的小河沟里，撩起河水往大腿上浇，手指触碰到的地方，脱了一层白色的皮。不大会儿工夫，腿上鼓起了大大小小的水泡。

傍晚，在田里忙了一天的母亲回到家里，看到一老一小都成了伤病员，瞧这个端午过的！

又届麦收时节。

初夏的麦田，摇曳着金灿灿的波光，空气中弥漫着成熟而迷人的气息，招引着农人情不自禁地奔赴她。

出门时，露重风寒，要穿棉袄；太阳一出，棉袄其重无比，穿不住。到了中午，烈日当空，犹如酷暑，男人脱到只剩裤头和两根筋（一种背心），一日之内，经历四季。

口干了，喝一通水，解解渴；腰酸了，直直身子，喘口气；肚子饿了，中饭在田头解决。黑的白的煎饼，卷上大葱、青椒、黑咸菜，或豆芽、海带、土豆丝，就是一餐好饭。树荫下的农人边望着一垄一垄金黄的麦子，边咀嚼着香甜。饭毕，不敢歇晌，一旦歇了，指定再也爬不起来。男人抽根烟，解解乏，女人则趴在膝盖上眯一小会儿。片刻，抬头看看天，拍拍屁股上的土，接茬投入火热的麦收中，直到日落西山，田野褪去华丽金装，改换粗布家常衣，农人们才拖着疲惫的身子回家。

白天割麦，夜晚打场。

脱粒机是个永远喂不饱的大胃王，吼叫着吞进吐出。在机头续麦子是最脏的活，也是最具技术含量的活，续慢了，跟不上，机器嗷嗷叫；续快了，噎住了，机器闹情绪。只有熟练的壮劳力才能堪此重任。

漫天烟尘和隆隆的轰鸣中，机头壮汉身着长裤长褂、围着大围裙、蒙着青布面罩，披挂上阵。明晃晃的电灯下，只见他瞪着一双熬红了的眼睛，极麻利地接过一捆一捆的麦子，松开、摊平，猛地推入机器张开的大口中，麦草瞬间从脱粒机尾部呼啸着喷出，颗颗饱满的麦粒从机器底部流出，仿佛流淌的金子。

机头的活最脏，机尾的活则最累。机尾，女人吃力地用叉子将不断喷涌出来的麦草赶紧挪走，动作稍微慢一点，麦草立马堆积如山，影响机头续入的进度。此时，机头的男人就会大声地喊着："快！快！男劳力挑草，把妇女换下来，清理机器下的粮食！"

半大的孩子打着下手，给机头递麦捆，跟女人一起给粮食装袋，把麦草运走。浓黑的夜幕，强烈的灯光，整个打麦场，一群人在机头的指挥下，高度紧张，却又井然有序，恍若我长大后看过的一幅表现战争的油画。

割麦子是各干各的，打麦子则需要几家合伙、以工换工。打完你家再打我家。我家劳力少，有时要帮好几家才轮到，等我家的麦子打完了，差不多到了深夜。一次，母亲跑回家拿麻袋装粮食，父亲左等不来、右等不到，气呼呼跑回家找，只见母亲已坐在凳子上睡着了，手里还拿着麻袋。

天公作美，碧空如洗，万里无云，正是晾晒的好时机。夜里打出的麦子，仿佛黎明时新出生的婴儿，舒舒服服地躺在社场上、院子里、路两旁，享受阳光和风的抚摸。农人不时用木锨给麦子翻个身，让它的另一侧也感受阳光的温热。

上一刻还是晴空丽日，下一秒就乌云压顶。人们赶紧将麦子堆起，盖上塑料布。后来发现只是虚惊一场，云头被一阵风刮得无影无踪，揭开苫布，摊平麦子，接着晾晒。直到拈起一粒放在嘴里，嘎嘣一声，说声"嗯，干透了"，颗粒归仓，家家户户的粮折子，一圈一圈派上了用场，小山似的麦子堆放在屋里，麦收大剧才宣告落幕。

麦口麦口，着实是个关口。一个麦忙季，大人孩子，不是掉几斤秤，就是脱一层皮，金灿灿的小麦分明是他们掉在地上摔成八瓣的汗珠凝结而成！

**【阅读手札】** 端午收麦的记忆，爸爸小腿肿得和大象腿一样粗，"我"又因暖水瓶炸碎烫了腿脚，但麦熟一晌不等人。忙着割麦脱粒，母亲忙得手拿麻袋睡着了。但吃上新麦了，知足。（王清平）

# 烧杂鱼

现如今，"烧杂鱼"成了不少饭馆里的招牌菜，满满的一大盆，才几十块钱，挺实惠。

早些年，烧杂鱼只能算家常菜，上不了台面。讲究点的人家，不会用它来待客，待客要用"鳊花鲤鲫"，即鳊鱼、鳜鱼（俗称季花鱼）、鲤鱼、鲫鱼，再不济也是花鲢、白鲢。

那时，我家常吃烧杂鱼。

母亲赶集，必到鱼市上转转，不找鱼贩子的老摊子，只找从骆马湖里才上岸的打鱼人。大的鱼多已出手，身穿皮衩的渔民面前只剩下一堆小杂鱼，在集市的一角等待最后的买主。花不了几个钱，母亲常能从他们手里买到这样的小杂鱼。

三四寸长的昂刺鱼、面参子、虎头鲨、芦棍、红眼马狼，在鱼桶里、秤盘里活蹦乱跳的，急不可耐地等着识货的主顾尽快把它们买走。利钱渣子，渔民也想三文不值二文地抓紧出手，收摊子回去好歇着，于是长一声短一声地在集市上吆喝："杂鱼——便宜了！便宜了——杂鱼！"母亲看着合适，会称上一斤二斤，或直接包圆。

在骆马湖边长大的母亲说，在娘家时，每逢骆马湖耗水，家家户户、老老少少一齐出动，用抄网甚至竹篮都能捞上鱼来，满满的一大桶，大的腌起来，晾晒成鱼干，用油煎或上锅蒸，够吃一夏天；小的烧杂鱼。

母亲会烧鱼，尤其会烧小杂鱼。

料理小杂鱼一般不用动刀，用手指甲掐破鱼肚皮，挤出鱼的内脏；别过分冲洗，洗过了头，鲜味尽失。

收拾好的小杂鱼，撒上少许芡粉（面粉亦可），静置片刻。抽空到菜园里揪一小把青花椒，掐一小撮小茴香，加葱段、姜片、蒜瓣和干红椒，舀几小勺酱油、一小勺醋，有老酱的话，加勺老酱，调出风味绝佳的料汁。

俗话说："大锅饭，小锅菜。"烧杂鱼要用小锅。加麦草和泥盘成的小锅腔，上坐小铁锅，从柴草垛上扯一小抱柴草，便可烧出一锅喷香的小杂鱼。

锅热后下油，油热后倒入裹了面糊的小杂鱼，摊开慢慢煎制。煎的时候，千万别再动铲子，等到杂鱼微微变色，受热一面变黄，再用铲子小心翻转。待两面都煎至微黄，倒入调好的料汁，加入少许清水，没过鱼的表面。

"紧火鱼，慢火肉。"盖上锅盖烧至滚开，咕嘟一段时间后，不需再添加柴草，只用锅底的余火，慢慢焖，待鱼汤变得浓稠、杂鱼充分入味再出锅。加入香菜段点缀，一大盘色泽红亮、香气扑鼻的红烧小杂鱼便可上桌。

邻居黄大娘家有一阵子，娘儿几个去几里外的船闸边上的渔场里帮忙杀鱼，有没有工钱不知道，反正见天往家拿鱼子。黄澄澄的鱼子，一烧一大锅，家里一人一碗盛着吃，又当菜，又当饭。有时，黄大娘会送一碗给我家尝尝，母亲接了，从不还空碗，家里做什么好吃的，也盛一碗回给黄大娘。不过，母亲不让我们吃太多鱼子，说小孩鱼子吃多了不识数，还是常烧杂鱼给我们解馋。

烧杂鱼有讲究，吃杂鱼有窍门。

先吃鱼肉，再喝鱼汤。鱼肉细嫩软滑，入口即化；鱼汤滋味浓郁，胜过鱼肉。鱼汤拌面条、鱼汤泡单饼或煎饼，堪为味觉极致体验。"大米干饭浇鱼汤，一顿能吃两水缸。"遇到新米下来，焖一锅干饭，再烧一锅杂鱼，家里弟兄多的，且都是吃壮饭的当口，鱼汤浇米饭，一顿吃下来，足以让娘老子破产。

父亲说，水边人家吃鱼最在行。戴场岛上的渔民喜食杂鱼，一网上来，除了各色杂鱼，也会捞到几尾青虾、一两只小螃蟹，一大锅杂鱼再点缀几只红红的虾和蟹，几乎涵盖骆马湖里所有鱼种，好看又好吃。

水上人家瞧不上我们岸上人家吃鱼，太细致、琐碎，吃着不过瘾。他们通常夹起一条鱼放在嘴里，用双唇麻溜地只一捋，变戏法似的从嘴里抽出一根完好无损的鱼骨来。一大盆杂鱼，不大会儿工夫，就见了底。

我也算水边长大的，没有这样的吃鱼绝技，但小时吃杂鱼，很少被鱼刺卡过。现在不行了，被卡了几回，非去医院不可，以致在外头几乎不敢吃鱼，尤其不敢吃杂鱼，吃鱼的童子功尽废。

有娘家人来皂河，母亲大多留饭，桌上总少不了一大盆烧杂鱼。

大舅的食道癌已经有些日子了，大小医院也都去瞧过，不怎么见效。这次来皂河医院复查，接诊大夫束手无策，私下里嘱咐病人家属，病人愿意吃点什么就给做点什么。母亲知道大舅的病已经不治，心里不是滋味，可又帮不上什么忙，只在饭菜上下功夫，想让大舅多吃些，兴许饭能克病。

母亲用柴火把饭焖得软软的，把杂鱼烧得透透的，让鱼汤浓浓的。舅舅上桌，母亲在舅舅的饭上加了两勺鱼汤。大舅吃了没几口，就打起了嗝儿，只好歇一会儿再吃，一小碗浇了鲜美鱼汤的软糯米饭，大舅足足吃了大半个小时，全家人的心都揪着。

半年后，大舅病逝。

上高中时，每年暑假，几个外地要好的同学彼此来往。只要有同学来我家玩，母亲总是热情地留宿、留饭，桌上少不了一盘烧杂鱼。多年后，同学聚会时每每提及，总夸我母亲为人好、厨艺好，用最朴素的食材，做出最惊艳的味道，尤其是烧杂鱼，堪称人间至味！

成家后，我也尝试烧过几次杂鱼，火急火燎的，不是鱼煎碎了，就是火候不到家、调味不正宗，烧出的杂鱼，味道寡淡、乏善可陈。说到底还是因为穷忙，用我母亲的话，做个饭"跟掏火似的"。

老子言"治大国若烹小鲜"。"烹小鲜"讲究火候的拿捏、作料的调和以及制作的得法，否则就会烧成一锅粥。治国亦如此，需要为国者谨慎施治、精心用心，百姓才能安享太平、安居乐业。居家过日子又何尝不是这样？精心用心把寒素的日子调和得有滋有味，这一点，我不如母亲。


（原载于 2022 年 6 月 12 日《宿迁日报》，2023 年 4 月《雨花》杂志第 4 期转载）


**【阅读手札】**烧杂鱼，吃杂鱼，都是湖边人的绝活，都有讲究。紧火鱼，慢火肉，得用心。母亲烧杂鱼拿手，把寒素的日子调理得有滋有味。治大国如烹小鲜。烧杂鱼，有烟火，有亲情，更有哲理。（王清平）

# 皂河炒鸡蛋

不知为什么，早点铺里卖炒鸡蛋的都叫"皂河炒鸡蛋"。

我曾特意打听店主是哪儿人，得到回答后才知，虽名为"皂河炒鸡蛋"，却不全是皂河人炒的鸡蛋，更不会是炒皂河的鸡蛋。

兴许是哪个皂河人起初将其早点铺命名为"皂河炒鸡蛋"，生意不错，技术含量不高，于是众人群起仿效，久而久之，"皂河炒鸡蛋"便在城乡街头巷尾遍地开花了。

清晨，步入店内，说声加青椒炒或加酱豆炒，都加或都不加，总之主随客便。自己动手，拿起两张随蓥煎饼，盛上一碗杂粮粥、南瓜粥或别的什么粥，不够再添；夹上一小碟炒豆芽、海带丝、土豆丝或别的什么小菜，不够可添，这些都是皂河炒鸡蛋标配。至于价钱，从最初的五元到现在的十二元，不算太贵，却营养美味。

当然，说完全没有技术含量，也不客观。我自己在家炒的鸡蛋，口感就一般般。店里炒的分量多不讲，关键是口感松软嫩滑，不知有什么诀窍。

表弟家在皂河，十多年前，夫妻俩来城里租了间门面，开了家皂河炒鸡蛋，后辗转换了两回地点，最后在我家小区楼下的一间门面房里开了张。表弟炒鸡蛋，弟媳烙煎饼，店面和店主都干干净净、利利索索，生意还算不错。

他家生意不错，除了鸡蛋炒得好，关键是粥好，小菜也好。

想要好，说难也不难，那就是不糊弄食客，舍得下功夫，舍得下本钱。

每天凌晨三点，两人就起床来到店里，一个熬粥，一个备小菜。

粥不能糊弄，要下功夫熬制。

不管是杂粮粥还是小米粥，都要火候和时间加持。火候不能大，大了煳底。时间不能太短，太短香味出不来。粥不能太稀，太稀寡淡；也不能太稠，太稠粘嘴。严冬粥要热些，热点暖胃；盛夏粥要凉些，凉点易喝。

小菜也不能糊弄，要舍得下本钱。

炒莲藕不要藕把子，炒豆芽不要长了根的，炒土豆不要发了芽的。炒辣疙丝不能太咸，太咸明显不想让人多吃。有时还会随着时令变换些食材，腌个韭菜花，或炒个小干鱼什么的。

隔壁几家小吃，城头变幻大王旗，你方唱罢我登场。唯有表弟家的皂河炒鸡蛋一直红火，除了上述原因，似乎还有一个原因，就是夫妻俩性情好。

表弟话不多，一到店里，围裙一围，立马变身大厨。锅热后倒油，油热后下葱姜，炸出香味后下青椒，青椒炒熟后下鸡蛋，鸡蛋下锅不忙翻炒，待蛋液定型后用锅铲微微推动，片刻，一盘嫩滑可口的炒鸡蛋就端到了你的面前。

弟媳不多话，烙煎饼如同翻书页，一张一张地揭，偶尔会问顾客，要软点的还是要脆点的。要软点的，烙好后随即揭下，要脆点的，就在鏊子上多燎会儿。有顾客进门就说声："来啦，怎么炒？"

有顾客出门就说声："走啦，欢迎再来!"不刻意迎合。除了你主动找她攀谈，才会跟你多说两句，除此绝不打扰你。宾主都不拘束，跟在自家饭桌前一样。

夫妻俩一年忙到头，只有春节才回老家歇几天，正月初五一准开门营业。

有一次，小店铁将军把门，顾客吃了闭门羹。几天后，小店重又开张，夫妻俩都晒黑了。一问，是回皂河老家秋收去了。我笑着说："老家的地还种啊，退了算了。"表弟说："舍不得，种地种出感情了，现在种地不交税，收种都有机器，只管拿着口袋装粮食，上哪儿找这样的好事? 舍不得退。"

去年春节前，小店提前关门歇业，表弟回皂河老家嫁女儿了，女儿小红终于找到了好的归宿。

小红平日里只知饿了吃，困了睡，家务农活一概不通。表弟夫妻为此整日愁眉不展，家邦亲邻也都为小红捏着一把汗。可傻人有傻福，三尖石头有巧地方搁，小红终于找到了婆家。

小红出嫁那天，表弟家院门外贴着大红"喜"字，房门上贴着大红喜联，上联：金童玉女，神仙眷侣; 下联：郎才女貌，天作之合。一看就知道是村子里略通文墨者的应景之笔，没有人去较真。

婆家也没因新娘心眼不全而敷衍，处处表现出大方得体，一切按城里人迎娶的规矩办：金戒指、金耳环、金项链三金齐全; 盘头、化妆、穿婚纱一样不少。新娘尽管算不上漂亮，但体态丰满、面色红润、肤如凝脂，透着喜兴。迎亲队伍阵容庞大，轿车十多辆，摄影摄像的，放鞭喷彩的，端盆抱鸡的，浩浩荡荡地开进庄上。喝喜酒和看热闹的亲邻挤挤挨挨，将村路围得水泄不通。

吉时已到，喜乐大作，鞭炮齐鸣，新娘上头开始。新郎为新娘

岸上流年

戴项链、耳环、戒指，足足花了十多分钟，看热闹的这才知道新郎心眼也不灵光，一对新人半斤八两，谁也不嫌谁慢，谁也不嫌谁笨。上头完毕，新娘盛装出门，表弟夫妻带着倦容、红着眼圈送女儿上了婚车，依依不舍地目送车队绝尘而去，留下一众亲友，边尾随而送，边唏嘘感慨。

谁知天有不测风云，女儿出嫁不久，表弟媳妇查出肝癌晚期。多方求医问药，花了差不多全部积蓄后，表弟媳妇撒手人寰，抛下了人到中年的丈夫和尚未成年的儿子。

办丧事时，连续多天下雨，那天突然放晴，给亲友前来吊丧。灵棚里，表弟媳遗像寂然摆在那儿，照片中的她一如活着的时候，现出一丝羞怯的笑意，好像很不好意思打扰到人。棺前匍匐着未成年的儿子。

不知什么时候，坊间流传这种说法，"升官、发财、死老婆，人生三大喜事"。可对于老实巴交的农民来说，人生三件宝：丑媳妇、洼地、破棉袄。中年丧妻，人生一大悲哀。此后几亩农田的春种秋收无人帮衬，一直红火的皂河炒鸡蛋生意也少了得力助手。

表弟年前年后经历了人生的大喜大悲，个中滋味，非亲历者难以体味。可喜怒哀乐，人之常情；生老病死，人之常态，且黄泉路上，并无老幼。死者死矣，活着的还得活下去。

自从搬了家，我有一阵子没去表弟店里了，明早去看看。

（原载于 2021 年 10 月 18 日《宿迁日报》，10 月 14 日"学习强国"转发）

【阅读手札】写的虽是一种美食，折射出的却是一出人生悲欢。

表弟言语不多，炒鸡蛋功夫了得。秋收回家秋收，嫁女回家嫁女。不料，表弟媳妇肝癌去世，人生无常。"我"在表弟人生中的关键时刻出没，见证了平凡人生的悲喜。（王清平）

岸上流年

# 家园远眺

"五一"假期，我照例回老家皂河看看。

驱车过运河文化大桥，沿骆马湖大堤一路向西，来到了皂河的安澜桥下。三三两两的游客已在桥上观景。我拾级而上，站在桥的最高处，凭栏远眺尚在建设中的皂河龙运城。

与半年前的塔吊林立不同，此时脚手架和塔吊多已拆除，周遭建筑围挡还在，龙运城的大致轮廓初显：右首灰墙黛瓦，左首朱墙黄瓦，殿阁楼台，错落有致。因园林绿化和内外装潢还未完工，园中时有往来车辆和种树人忙碌的身影，像极了娶亲人家正日子前的催妆。

"'五一'开不了园，'十一'不知能不能开得了？"凭栏之际，身旁一老妇不无惆怅地对着正在拍照的年轻人说。

我转过头悄悄地打量了一下她：白皙的面庞，微卷的短发，稍稍发福的身材，好面熟！我试探地问："您该不是叶家烧饼（乾隆贡酥）店的叶大姐吧？今儿有空也出来转转？"

她转过头，仔细打量了一下我，笑着说："就是。您是？"

我说："我姓王，早年我姑母陈三娘家的店铺跟您家烧饼店紧挨着，我小时常去店里玩。您不一定认得我，我可记得您，您家叶老爷子常年在店里打烧饼，您梳着两条大辫子，站在炉前夹烧饼、卖烧饼……"

她红了红脸，忙说："陈三娘我熟，你，我眼拙，一时不敢认。"似乎为了化解尴尬，她极热心地指着远处的一处房子告诉我："那里就是我的家，街北头皂河汽车站对面。"

我顺着她的指引，只见古建筑群中一处粉墙黛瓦的两层小楼，那里是一直红火的叶家烧饼（乾隆贡酥）店的新址。不久的将来，龙运城将成为新的旅游网红打卡地，烧饼店生意自然会更加火爆。

叶家烧饼传男不传女，可叶家大哥学有所成，留在了大城市工作，叶老爷子破例将烧饼技艺传给了女儿。而今年近七旬的叶大姐，到了安享晚年的时候，烧饼店生意交给了儿子打理。今天孩子有空，和孩子一起来桥上看看。叶大姐很健谈，絮絮地跟我聊起了过往。好一会儿，她才跟我说拜拜，随孩子一起下了台阶，到桥下岸边看水。

家在皂河街上，她却带着儿孙绕到运河的对岸远眺自己的家，是盼新，还是怀旧？叶大姐的心情怕是像我一样五味杂陈。

我把视线收回来，只见运河上自东向西的货船从桥下经过，留下一道道深深的波痕，激起的波浪拍打着运河边的石坡和废弃的码头。此时，石坡上不见了来河边挑水的我的父亲和蹲在河边洗衣的我的母亲，码头上也消散了迎来送往的欣喜与离愁。

那时河边人家吃的是运河里的水。

夏日清晨，沉睡了一夜的运河被河边人家的日子唤醒。

父亲肩挑木桶，一担一担地将运河水挑回家，倒入水缸，在缸里撒点明矾，用扁担沿着缸的边口用力搅动，缸中顿时形成一个大

岸上流年

大的旋涡，杂质被旋到水缸中心，父亲用干瓢将旋涡中的杂质舀出，一缸清冽冽的水足够一天淘米做饭、洗洗涮涮之用。母亲在灶头引火做饭，不大会儿工夫，缕缕的炊烟和着饭菜的香味飘散开了，跟河面上薄薄的轻雾一碰面，随即亲密地交织融合，继而升腾消散在远远的天际。

太阳出来了，运河完全苏醒，长长的拖船，小小的木筏，东来西去，往来穿梭。早饭过后，母亲忙完了家里的活，又端着一盆衣服来到河边，蹲在石坡上，拿出大人孩子混合着泥土和汗渍的衣服，在石坡上揉搓捶打，捣衣声传得很远很远。

我跟在母亲身旁玩水，母亲拿出小手绢和小裤衩教我洗衣。缝衣针大小的小鱼小虾在眼前游来游去，我捏着小手绢的四个角拎起一兜清水，一两条看得见内脏的晶莹剔透的小鱼在手绢里活蹦乱跳，倏地一下，又消失在河水里。

衣服洗好了，母亲拿下顶在头上的手敷子（毛巾），用清凌凌的河水洗洗我的小脏脸，又用湿漉漉的手捋一捋自己被清风吹乱的乌发。

码头上，父亲曾乘船用一副担子，将失去母亲的孤苦伶仃的表姐和表哥从杭州挑回来抚养，母亲和我曾又依依不舍地送别已经长大成人的表姐和表哥南下杭州，开始新的生活。

母亲也曾一次次站在码头送我乘船去外地读书，从她的眼神中，我读到的是，母亲希望我走得远一些，又担心我走得太远。

而今，当年的挑水人和洗衣人都已离去，河边玩水的孩子和外出读书的年轻人也渐渐变老。

返程前，我跟身后静静伫立的红墙黛瓦和日夜不息的运河合了个影，又到叶家烧饼店买了几枚烧饼，作为我此次回家的纪念。我怕随着自己一天天变老，皂河渐渐认不出我；随着皂河一天天变新，我会渐渐认不出她……

（又名《回家》，原载于 2022 年 5 月 15 日《宿迁日报》，5 月 17 日"学习强国"转发）

【**阅读手札**】记述"五一"返回老家时的情景，见到的叶家大姐却不认识自己，想起运河码头边挑水洗衣的父母，想起许多。为什么别人喜欢远游而自己喜欢返乡？答案自然是对精神家园的祭奠。（王清平）

岸上流年

第三辑

# 音容蔼然

# 姑奶奶

姑奶奶爱挑理，走在街上，熟识的人见到她，如果不主动跟她打招呼，她准会在你的背后说一句："有娘养没娘教的，见人连个招呼都不晓得打！"

时间一长，镇上的人摸清了她的脾气秉性，看到她拄着拐杖出来遛弯，就远远地躲开。实在躲不了的，只得硬着头皮上前打个招呼。

"老姐姐，出来遛遛？"迎面一须发皆白的老头一步一喘地走过来，望见姑奶奶，停下了脚步，两手扶着拐棍，面带微笑地问。

"老姑，吃饭没？"一胖妇女挎着篮子步履匆匆去赶集，打她身边经过时，不忘打个招呼。

每当这时，她会停下她那三寸金莲，喘口气，微笑着点点头，或回一句"有偏有偏"。

姑奶奶有很多看不惯。她有时会背地里甚至是当面，毫不客气地对谁谁家的丫头或谁谁家的小小子评头论足。

"老谢头家的孙女也不管管，都多大了，站没个站相，坐没个坐相！"她对张大娘说。

"你家是缺水还是怎么的？你看你那小子，脖颈后的灰垢都有碗底厚了，也不洗洗！"她对刘家儿媳妇说。

姑奶奶爱干净，头发梳得溜光水滑，脑后窝个缵儿，用黑色纱网套上。春秋两季，白色大襟褂子外面罩着蓝色大襟夹袄，深青色裤子，裤脚用三寸宽的黑色丝绒布带缠着。通体上下，白是雪白，蓝是靛蓝，青是深青，永远一丝不乱、一尘不染，居家如此，出门更甚。

姑奶奶爱串门，但也不是谁家都去，嫌人家院子里有鸡屎鸭粪，堂屋当间没有下脚空儿。经常去的只有两个地方，一个是街上她侄女开的陈家茶馆，一个是我家。

雨后初晴，姑奶奶在街上遛一圈，在茶馆坐一会儿，顺路来我家串门。笃笃笃，妈听出来是姑奶奶的钉子鞋（一种浸过桐油的生牛皮做的雨鞋）和拐杖杵在地上的声音。我和妈迎出门，"俺姑奶来啦！"我说。"俺姑来啦！"妈说，"快进屋歇会儿！"

爸正埋头修一把断了柄的铁锹，抬头让了一声"俺姑屋里坐"，就又忙自己的了。姑奶奶脸上立马现出不悦："你腚长板凳上了？我来了，连站都不站起来一下。"妈笑着打圆场，我连忙接过姑奶奶的拐杖，把她扶到椅子上坐了下来。

姑奶奶一般不在我家用饭（她不说吃饭，都说用饭），除非我妈觉得桌上有两个像样的菜，才会邀姑奶奶上桌。姑奶奶从妈手里接过筷子，拿出手绢，仔仔细细地擦拭一遍，这才动筷。

饭桌上，姑奶奶的规矩也多。

我要是吃饭出了声，她就会说："女孩子家家，吃饭像猪吃食，像个什么样子！"

我要是把筷子伸到碟子中间夹菜，姑奶奶会冷不丁地把我的筷子打掉，喝道："女孩子家家，夹菜要夹自己面前的。"我伸伸舌头，捡起筷子，乖乖地夹起自己面前的菜。

妈刚嫁过来时，很不习惯姑奶奶的做派。一次外公来皂河赶集，顺道看看闺女。妈知道外公见多识广，最能开解人，饭桌上，就跟他倒起了苦水。

外公说："你公婆都是老实人，不会给你罪受。你这个婆家姑，的确不大好相处。"

外公又问："能不处吗?"

妈摇摇头说："不能，钢刀斩不断的亲戚，低头不见抬头见的，怎么能说不处就不处?"

外公说："如果不能不处的话，那就照好处。人生在世，怎么可能都遇上好处的人呢? 好处的得处，不好处的更得照好处!"

外公接着说："你婆家姑早年是经过一些事的，也很过了几天富贵人家的日子。后来守寡，独自拉扯大一儿一女，不容易。脾气怪，讲究多，规矩大，是打那时就形成的，不是冲你。这样的人，你要是能处好，她也会掏心掏肺地对你。"

从那以后，妈就跟不好相处的姑奶奶照好处了，不像别人那样敬而远之。一来二去，姑奶奶逢人就夸我妈好，一串门，必来我家，对我的"调教"也格外上心。

有一年冬天，冷得出奇，运河封了凌，吃水得先在冰上凿个窟窿，行船都要用破冰船先破冰。姑奶奶好久没来串门了，妈念叨着。

一天中午，太阳和暖，姑奶奶拄着拐杖颤颤巍巍地来到我家，跟妈聊起今冬身子骨大不如从前，夜里老是焐不热被窝，到后半夜，腿脚还冰凉。跟妈商量，想让我跟她通个腿，说小孩子热力大，像个小火炉。

岸上流年

妈说："您老那么爱干净，行吗？"姑奶奶说："有什么不行？打小我就欢喜这孩子，两个眼睛跟水镜湖似的，看着就讨喜。"

妈私下问我是不是愿意，我说愿意，我其实早就想穿穿姑奶奶那双钉子鞋，在她堂屋当间咔嚓咔嚓地走来走去了。

顺便说一句，姑奶奶不是没有自己的儿孙，她的儿孙都在很远很远的外地，平时很少回来，只是按月给姑奶奶打钱。姑奶奶上街遛弯儿，有时会带着她那方小小的私章去邮政所里取钱。

姑奶奶的家跟她整个人一样，一尘不染。床上铺的盖的都整整齐齐、素素净净，绝对不像有的人家，一年到头，不兴叠被，晚上钻进被窝倒头便睡，清早一醒被窝一掀了事，在姑奶奶眼里，简直是猪打泥。

我自从跟她通腿，每天早晚学掸床叠被不说，还得用细盐刷牙，弄得嘴里苦咸；用香胰子洗脸，抹得一脸都是泡沫。难怪姑奶奶年逾七旬，却有一口好牙，像年轻人一样嘎嘣嘎嘣嚼得动炒干蚕豆。

冬天夜长，祖孙俩拥被闲聊。有时我也会从被窝里爬出来，站在床头，指着墙上挂着的相片框问这问那。姑奶奶会端来油灯，指着里面穿军装的青年和穿列宁装的姑娘说，这是你大表叔，这是你大表姑，你大表叔在黑龙江，你大表姑在新疆，他们的孩子小的还上学，大的可能已经工作了，我好几年没见着了。说着拿出手绢擦擦眼角，又用手绢擦了擦相片框，仔细端详了一阵，才缓缓地把油灯放回桌子上。我看出来了，姑奶奶很想他们。

我问妈，大表叔和大表姑怎么都走得这么远？也不常回来看看，姑奶奶太孤单了。

妈道出了原委。姑奶奶年轻时是远近出名的大美人，可惜爹妈把她嫁给了有钱人家做填房，那家死了头前老婆，留下一个儿子，后来跟你姑奶奶又有一个女儿，可惜那人命短，孩子都还未成人，他就死了。姑奶奶独自支撑家庭，咬牙坚持供两个孩子念书。困难时期，两个孩子饿得发昏，不想去上学，姑奶奶拿着棍子又给打了回去，硬是都让念完了初中。那男孩初中毕业后参了军，后来转业到黑龙江，好像现在还做了不小的官，有次回家探亲，有专车接送。

女儿初中毕业后，姑奶奶原本打算给她找个知根知底的婆家，看家守舍。哪想到她跟一个男同学好上了，两人打算一起远赴新疆谋求出路。明知姑奶奶不会同意，两人私自带着包裹盘缠，偷偷来到运河码头，准备乘船离开。姑奶奶不知从哪里得到的消息，追到码头上，好说歹说，都不奏效，一气之下竟把他们行李和盘缠都夺了下来。女儿铁了心要跟那个男人走，空着两手离开了。母女俩真的太像了：心都够硬，脾气都够犟！

很长一段时间，母女俩互不来往。直到最近这些年，女儿才回过味来，捎书传信，让姑奶奶到新疆看看。姑奶奶只去过一次，没待多长时间，又回来了，说过不惯。大儿子也曾接姑奶奶去东北过了一段时间，姑奶奶说那里太冷，还是自己家里好。妈说，依姑奶奶的个性，是很难和女婿、儿媳妇相处的。

后来，我到外地读书不常回家。一次周末回家，听妈说起姑奶奶最后时光的一些事。姑奶奶弥留之际对我妈说："侄儿媳妇，我脾气不好，好面儿，爱争理，处得来的人不多，好在我们娘儿俩带缘分，处了这些年，没红过脸。我怕时间不多了，我一辈子爱干净，千万别让我邋遢死……"

那些日子，妈每天都过去给姑奶奶喂汤喂水、洗脸擦身子，让她干干净净、体体面面地离开了人世。

（原载于 2021 年 8 月 22 日《宿迁日报》，10 月 22 日 "学习强国" 转发）

**【阅读手札】** 一个爱干净、好面子、讲老理的女性，一生不幸而又幸。通过妈的感受和 "我" 与姑奶奶 "通腿" 的接触，描画出姑奶奶生动感人的形象。姑奶奶儿女不在身边，晚年幸得妈妈照顾，体面进入天堂。这就是人生。（王清平）

第三辑　音容蔼然

# 姥姥的心病

晚饭后，河边散步，跟爱人聊起姥姥，由此打开了他对自己童年往事的回忆之门。

爱人回忆道：姥姥以为自己闺女找了个吃公家饭的夫婿，总算终身有靠。

谁承想，还没过上几年好光景，冷不丁地，闺女就从米箩掉进了糠箩。

"这可怎么好！"姥姥一想起闺女一家来，心口就揪着疼。

那年冬天，在县看守所里工作的父亲，奉命押送犯人。途经一个村子时，犯人要下车解手，父亲准其在不远处的田埂内方便，自己立在车边跺着脚哈着手等候。可转眼工夫，犯人突然站起身，没命地朝村西奔逃。父亲一见情势不妙，边鸣枪示警，边奋力追赶。慌乱中，枪托被大衣口袋别住，子弹瞬间改变了方向，向村口南墙根晒太阳的一个老汉飞去，致使其当场倒地身亡。

大祸已然酿成，父亲被停职，听候发落。

处理结果下来了，父亲被责令脱去警服，留在看守所里烧锅炉，或回原籍务农。惊魂甫定的父亲，自感无颜再待在所里，只想远离

岸上流年

断肠之地，一跺脚，选择了回乡。母亲不顾同事和厂领导的劝说和挽留，辞掉了丝绸厂的工作，收拾包裹行囊，领着三岁的我与父亲一起踏上回父亲老家的路途，那是 1963 年，那年母亲二十四岁。

姥姥得到信，觉得天都塌了，心口发闷，茶饭不思，在床上躺了好些日子，从此落下了病根儿。

母亲刚下学屋门，就进了工厂门，十九岁时嫁给了父亲，没怎么经过事，对苦日子压根儿没概念。现在来到只有三间土墙草屋的农村老家，农活、家事没有一样在行的，加上又怀着孩子，这才切身体会到生之艰难。父亲以戴罪之身回乡务农，让妻儿跟来一起受苦，也才觉得当初的决定多么草率！可哪里有卖后悔药的呢？

"穷人孩子多，洼地蛙子多"，随着弟弟、妹妹陆续出生，本就紧巴的日子愈发捉襟见肘，青黄不接时，到了完全揭不开锅的地步。

姥姥隔三岔五让姥爷乘船或步行从她家往我家送粮送物，小到灯油火耗，大到板车石磨。

俗话说："救急不救穷。"急好救，穷难帮。娘家的倾力贴补，仿佛投到了无底黑洞，有时连响也听不到，我家日子照样还是烂泥一摊。

一次，在外地工作的大舅借出差机会，顺道来我家看看。大舅哥上门，本该打酒买菜，可父母亲却搓着两只手，无力拿出像样的吃食，踅摸了半天，从小园地掰来刚灌浆的嫩玉米棒，连须带瓤一起剁碎，上磨推成糊子，放鏊子烙煎饼款待舅舅。

饭桌上，望着面黄肌瘦的一家老少，舅舅对爸妈说："你家日子艰难，我是知道的，没承想难成这样！大人挨饿还能忍，孩子正长身体，怎么行？"说完，塞了些粮票和钱给我妈，没坐多会儿，就红着眼圈走了。

不长时间，姥爷乘船来接我们了，怕是舅舅的主意。

客船在茫茫夜色中航行，舱内灯火通明，弟弟和妹妹兴奋地乱跑，妈叫住这个，又拉住那个，不得消停。不一会儿，船上开始供应饭食，玩得正欢的弟弟妹妹看到邻座吃着香气扑鼻的面条，嚷嚷着要吃。姥爷起身去买，母亲不让，说："太贵了，不值当。"瞧着我们馋馋的小眼神，姥爷到底端来了一碗。那碗撒了碧绿葱花的细而白的阳春面，是我记忆中的人间至味，我和弟弟妹妹头挨着头，连汤都喝得光光的。

下船后，步行几里地，赶到姥姥家时，天才蒙蒙亮。温暖的油灯下，姥姥踱着小脚迎了上来，一把将我和弟弟妹妹搂在怀里，乖儿肉地哭个不住，妈也在旁边抹眼泪。姥爷说："别哭了，大人孩子一夜没怎么睡，给娘儿几个做点吃的，吃完再歇一会儿。"姥姥忙止了泪，起身从锅屋里端来香喷喷、热乎乎的饭菜（她也一夜没合眼）。姥姥一边招呼我们吃饭，一边对姥爷说："天明后，去集上扯点布，做几件衣裳，给大人孩子换换身儿。"

妈的身上已是补丁摞着补丁，我和弟弟妹妹，褂子和裤子小得盖不住肚脐眼和脚脖子。

和暖的阳光透过窗户照到了床上，院门口，传来姥姥与邻居聊天声音："听说闺女接来了，怎么没见人呢？"姥姥说："娘几个后半夜刚下的船，晕船，还在床上歇着呢。"其实我妈早已醒了，只因衣服太破太旧，没好意思出门见人。

下午，姥爷拎着大包小包从集上回来了，变戏法似的拿出几件大人孩子的衣裳，这是姥爷在集上找熟识的裁缝赶制而成的。娘儿几个换上新衣，这才走出院门，跟亲邻见面。

夏夜，姥姥用蒲扇给我们兄妹驱赶蚊虫；冬晨，姥爷在炉子上

岸上流年

帮我们兄妹烘烤棉裤。春阳下，弟弟妹妹会去田里割半筐猪草，秋风中，我会去路边捡几把干柴，博姥姥姥爷的夸奖。

无忧无虑的日子，总是过得飞快，一晃到了腊月，父亲捎书传信让我们娘儿几个回家过年。姥姥自打听说我们要回去，眼窝就没干过。姥爷愁眉紧锁，叹息道："出门闺女，哪有在娘家过年的规矩？家不能不要！"

娘家好过，终非久留之地。父亲来接我们回家过年了，可家里拿什么过年呢？姥姥心绪烦乱，拿起这个，忘了那个，整整一上午，她把能想到的都装进了大包小包，宽慰我们也像宽慰自己说："先回去，来年开春，再让姥爷去接你们——"

送我们出庄子的路上，姥姥摸摸我的头，又瞧瞧弟弟妹妹的小脸，一刻不停地抹眼泪。到了不得不分别时，姥姥竟坐在庄头路旁，放声大哭。我和母亲一步一回头，走了很远，还能听到寒风中传来隐隐的哭声。在姥姥心中，似乎不是目送我们乘船回自己的家，而是眼睁睁看着我们一步步走向未知的深渊。

听姥爷说，姥姥每次送我们回家，都会坐在庄头路旁哭到天黑，家邦亲邻谁劝都不行。回家后，还会不吃不喝睡上好几天。仿佛我们走后，屋子空了，姥姥的心也空了。

开春，姥姥就又催促姥爷把我们接了来，在她家过些日子。有时家里忙，母亲走不开，寒暑两假我带着弟弟妹妹过来，一直过到开学。

姥姥去世的消息传来时，我正跟父母在地里收山芋。妈妈闻讯后，撂下钉钩，边哭边往家里跑。爸跟在妈的后面跑了几步，又停下来，回过头嘱咐我："我跟你妈去姥爷家，你看好家，带好弟弟妹妹。"

暮色里，望着爸妈慌忙离去的背影，我一屁股坐在山芋堆旁，泪水一下子模糊了我的双眼，瞬间滑到了唇边，凉凉的，咸咸的。

　　那些年，我家始终在饥饿的沼泽边徘徊，是姥姥张开她的双臂拉我们入怀，疼我们入骨，使我们得以撑过最艰难的年月。原先只听说姥姥身体不太好，谁料到她五十多岁就去世了呢！

　　爱人讲罢，痛惜他姥姥的福薄寿浅。我亦感慨良多：命运的雪落在儿女身上，更落在母亲的心上。姥姥仿佛勉力燃烧的蜡烛，尽其所能释放最大的光热，烛照和温暖自己深爱的人，直至烛泪燃尽而烛火熄灭。

　　情深不寿，慧极必伤，信夫！

　　（原载于 2022 年 2 月 20 日《宿迁日报》）

　　**【阅读手札】**写的是作者丈夫的姥姥和姥爷，父亲丢职，一家陷入困境，姥爷不忍目睹孩子受罪，经常接女儿和外孙们回家生活一段时间。虽是丈夫身世，居然也写得身临其境，情感真挚，催人泪下。足见孝玲对那段饥饿和苦难生活的感同身受。（王清平）

岸上流年

# 奶奶（外一篇）

以前，没有哪个奶奶的床头没有果子，没有哪个孙儿没吃过奶奶床头的果子。那种现在看来极为土气的角蜜、三刀和桃酥等，我们这儿统称为果子，奶奶床头的匣子里向来不缺这样的果子。

每逢年节，在外地回来过年的孙男弟女会提着一包包果子来孝敬老人；老人有个大病小灾，知道消息的至亲好友也会买上些果子来瞧瞧老人家。老人看了，总是说："看看又带着你们惦记跟花钱！还没吃完，别总花钱！"晚辈亲朋也会说："应该的，别舍不得吃，吃完再给您老买。"

晚辈买来的果子为什么总放在奶奶的床头，我小时候不明白。随着年龄的增长，渐渐悟出果子还是应该放在奶奶的床头。

老人饭量小，容易饿，没到饭点，饿了，随手拿起一块，垫巴垫巴，方便，无须颤颤巍巍到儿孙的房里，翻箱倒箧地找吃的；老人偶感风寒，伤风咳嗽，吃药不行，拿块果子压压咳嗽，管用，不劳兴师动众，送到医院打针吊水。再说物质匮乏的年月，果子这种稀罕物，放在老人的床头，保险，不然早被淘气嘴馋的孙儿们摸个精光。

然而奶奶床头的果子最后大多还是落到孙儿们的腹中。

奶奶床头的果子，吸引着孙儿往奶奶的床前跑得欢，一会儿端茶倒水，一会儿捶背捏肩。孙儿们接受奶奶床头的奖励，奶奶则享受含饴弄孙的天伦之乐。

我没吃过奶奶床头的果子，因为奶奶去世早。跟我爱人认识的时候，他的奶奶还健在，八十多岁了，眼睛不好，失明已十多年。母亲叮嘱我，每次回老家，一定要到老人的床前坐坐，陪她老人家说说话。第一次到她床前，奶奶很高兴，聊了没几句，就摸摸索索地拿起她床头的果子塞到我的手里。我接了果子，心想吃了她老人家的果子，就要做她老人家的孙媳妇。

孩子出生后，偶尔带着孩子回老家，就把孩子送到奶奶的床前，让她摸摸曾孙，承欢膝下。

双目失明的奶奶特别健谈，常跟我聊起她年轻时候的事情。

奶奶说自己年轻时很能干，深得公婆的疼爱，不像其他人家小媳妇尽受公婆的气。那时家里有几亩菜园，种了茄子、辣椒、豆角、韭菜等，皂河十天四个集，她集集挑菜去卖。公婆叮嘱，到集上不忙开市，先到早点摊子上，吃饱了喝足了再卖菜。

还说自己年轻时是庄子上长得最俊的媳妇，别人家婆新媳妇，左邻右舍都去瞧热闹，只要她一到场，别人不看新媳妇，全都转过头来看她。说完，笑得前仰后合，跟着就咳了起来。我边笑边连忙拿起一块羊角蜜，放在她没牙的嘴里，给她压压咳嗽。

八十九岁那年，奶奶身体突然变差，不是腹泻就是便秘。医生建议不要再给果子吃了，这种重糖重油的点心，奶奶的肠胃已经拿不住了。不能吃果子的奶奶，最后竟连水米都不能进。去世前，奶奶的床头还有半匣子果子剩在那里。

岸上流年

农村风俗，入殓时要在死者的口中放上一块果子，说是吃饱了好上路，奶奶口中含着一块果子安详上路。

【阅读手札】奶奶也还是丈夫的奶奶，但作者抓住奶奶床头的果子这个细节，把奶奶写得生动形象，从见孙媳妇到见曾孙子，以一把果子馈赠，直到死后在嘴里放一块果子，一个自信漂亮的农村妇女的近百年人生就在一把果子流转的过程中呈现出来。（王清平）

# 大　伯

大伯八十多了，老伴去世后，他执意要到养老院里养老。起初几个儿子都不答应，说愿意轮流接他到家里照顾。

大伯说："我知道你们孝顺，可你们都忙，我在家没人陪，孤里孤寡，不如去养老院，那里边热闹。再说一天三顿饭，你们自己都没时间做，哪里还顾得了我，我不想为吃口饭拖累你们！"

儿子们拗不过他。多方打听，找到市区最好的一家养老院，费用由各家平摊，平时轮流去看望。

街坊邻居说什么的都有。有的说："你看看你看看，王老头几个儿子，老了还得进养老院，养儿子有什么用？"也有的说："养老院里吃喝拉撒都有专人照顾，打牌下棋都能找到对家，比在家里强多了，王老头到底开通！"

是呀，儿女的确都忙，有的开始为第三代操劳，有的还在为生计打拼，家家都不容易。倒不如到养老院里过几天清闲日子，衣来伸手，饭来张口。

得知大伯进了养老院，我心头也曾掠过一丝难以名状的酸楚。大伯做过多年的大队书记，任期为队里做了不少好事实事，加之为人正直，为官清廉，深受乡邻的信任和爱戴。

一次他儿子家盖屋，快齐工时，他背着手过去瞧瞧，一见房顶缮的是齐齐整整的芦苇（那时上者缮瓦，芦苇次之，麦草再次，稻草最次），连说："过逾了！过逾了！"一转身气哼哼走了。

从任上退下来后，大伯每天粗茶淡饭。没事跟几个老伙伴晒晒太阳，下下棋，打打牌，喝喝茶，聊聊天，倒也安逸。天有不测风云，大伯母意外摔伤，卧床不起，半年后病逝。大伯年事渐高，洗衣、做饭渐渐成了问题，好强的他又不愿意拖儿累女，到养老院里养老看来是最好的选择。

我提着营养品到养老院看他，连问几个老人，才在棋牌室找到了他，他正勾着头看人打牌。我喊了几声，他才有反应，耳朵不好使了；解释了半天才认出是我，眼神也不济了。辨认出是我后，他顿时眉开眼笑，说你怎么找到这里来的，我笑笑说早就想来看您老了。

他把我领到他住的房间，同一房间还住着个卧床的老人。我随手将营养品放在大伯的床头柜上，找个地方坐了下来，对大伯说："我带了点营养品，不知是不是合您老的胃口，吃完再给您老买。"他连连说："用不着花这个钱，吃不了多少东西，买了也浪费。"我掏了几百块钱给他，他执意不要，说："这儿什么都有，没有花钱的地方。"问及平时，他说："饭有人送，衣服有人洗，房间有人打扫。"看到他肿得发亮的小腿，我心疼地问："您腿怎么肿了？"他笑笑说："不碍事的，站久了，歇一夜就消了。"

临走时，我说会常来看您的。他连忙摆摆手说："你们都忙，别总来，他们弟兄几个要来，我都不让来，有事我会给你们打电话。"

返回途中，心头有一丝宽慰：还算整洁的房间，还算周到的照顾，加之老人没有一句怨言，不像有的老人整日怨这怨那，怨儿女来得少，怨养老院伙食差，怨服务不及时、不到位等。

"你们忙，别总来!"

"这儿什么都有，没有花钱的地方。"

体谅他人，所求不多，大伯去世多年后，至今每每聊起他老人家，仍很怀念!

（原载于 2021 年 12 月 6 日《骆马湖》）

**【阅读手札】** 大伯曾做过大队书记，八十多岁住进了养老院。孝玲看望大伯时的场景令人心酸，眼神不济，听力不济，但体谅他人、所求不多的品质没变。因此，大伯过世多年后还被人怀念。（王清平）

# 姥爷的处世哲学

姥爷去世时，我还小。对姥爷的模糊印象，源于母亲的只言片语。

生活上遇到了过不去的坎儿，母亲总会说："你姥爷在世时常说，好日子能过，穷日子也要能过，还要过得'利利亮亮'、精精神神！"

遇到极难相处的亲戚邻里，母亲总会说："你姥爷常常说，好处的人要相处，不好处的人，不得不处的话，更要往好了处。"

姥爷家富裕的时候，有湖田（骆马湖有水时储水，无水时种田）上百亩。

"黄金铺地，老少弯腰。"湖田麦子成熟的时候，姥爷全家老少跟帮工一起收麦子、打场。在地头搭起席棚，支起锅灶，吃住在湖里，雇主和帮工一样地黑白昼夜，出力流汗，一样餐餐有肉，顿顿过年。

平日里，姥爷家饭桌上以素菜为主，咸菜为辅，咸菜用很精致的九格盘子盛着，韭菜花、腌糖蒜和咸鸭蛋等。有客人或亲戚上门儿，才会宰上一只鸡，割上二斤肉。

连年灾荒，加之战乱频仍，姥爷家也曾穷到靠卖豆腐为生。

一大早，姥爷身穿青布棉袄棉裤，脚穿青布棉鞋，腰上系着青布围裙，肩上搭着白色毛巾，挑着担子出门儿卖豆腐，逢集赶集，不逢集就溜庄。出了家门前巷口，他便"豆——腐，豆——腐"吆喝起来，"豆"字悠长，"腐"字短促，底气足，声调长，传得远。姥爷做的豆腐卤水点得恰到好处，不老不嫩，快炒慢炖，豆腐不散不破，豆香浓郁，吃晌午饭的时候，两大蒲包的豆腐就卖了个精光。

一天，他照例挑着豆腐担子出了巷口便吆喝起来，与大舅和他的几个同学撞了个正着。中饭时，大舅对姥爷说："你出了庄子再喊不行吗？叫人听了，怪难为情的！"

大舅当时十六七岁，娶了大他三岁的媳妇，本应顶门立户，担起家庭生活重担，可姥爷还在供他念书。没下学屋门的大舅觉得姥爷的叫卖声格外刺耳，伙伴们捏着腔调模仿尤为不堪，自己面子挂不住，在饭桌上表达了对姥爷的不满。

姥爷听了，怔了怔，笑着摇摇头，又点点头说："你，嫌我丢你人了？好！好！"

第二天一早，姥爷挑着豆腐担子，出了巷口，没再吆喝。姥爷卖完豆腐，挑着空担子，到家门口，又碰到放了学的大舅。姥爷停下来，立在门前，清了清嗓子，高声吆喝："豆——腐，豆——腐。"大舅满脸通红，气哼哼地冲进了家门，一头钻到自己屋里，赌气没出来吃饭。

打那以后，姥爷每次卖完豆腐，进家门之前，总会立在家门口高声吆喝"豆——腐，豆——腐"。大舅听了，虽然生气，却也无奈，日子久了，习以为常，任由姥爷吆喝。

一次，饭桌闲聊，姥爷说："靠一双手干活吃饭、挣钱养家，不丢人！谁能保证这辈子都是好日子，没有穷的时候。富的时候挺胸凸肚，穷的时候缩头缩脑，不算个本事！人越是穷的时候，越要活得'利利亮亮'、精精神神！"大舅知道那是说给他听。

姥爷凭着一副豆腐担子，养活了全家，直到两个儿子、四个女儿相继成家、出门子。

母亲说，姥爷最看不惯人懒。人间三苦：打铁、撑船、磨豆腐。做豆腐人家，要起早贪黑。家人从不睡懒觉。不上学的起早帮忙，上学的起早温书，没有敢两条腿伸一般长，天亮了还在床上挺尸的。

姥爷让几个女儿做针线，学家务，收湿晒干。几间土墙草屋，一个农家小院，总是干干净净、一尘不染。哪怕是冬天的毛窝（芦花做成的鞋子），也要在墙上砸个木橛，挂着晾晒，不能东一只西一只到处乱扔；冬天大棉袄、大棉裤，过了季节，必得拆洗缝补，不能东一件西一件扔得满床都是。

姥爷看不惯人邋遢，尤其不能忍受女人不知梳洗打扮，整天蓬头垢面。每每赶集卖豆腐回来，常给儿媳和女儿捎带着买些头油胭脂香粉什么的。

大儿媳妇漂亮能干，嘴一份手一份，有事主动上前，茶饭针线样样拿得出手。每当姥爷卖完豆腐回来，吃着大儿媳亲手擀的如线般匀细而柔韧的面条，或喝着变着花样熬制的粥，就着精心腌制的小菜，不苟言笑的姥爷将满足写在脸上。

二儿媳妇相貌平平、嘴拙手慢，遇事爱往后撤。即便如此，姥爷从集上买来的头油脂粉、针头线脑，两个儿媳一人一份，不偏不倚，一视同仁。

一天早上，姥爷看到二儿媳妇首如飞蓬，笑着问道："二媳妇，给你买的梳头油，你都拿去炒菜了？"二儿媳妇脸一红，什么都没

岸上流年

说。自那以后，家里的女人，再没一个敢不梳头不洗脸、头不是头脚不是脚的了。

三个女人一台戏，女人聚到一起，难免东家长西家短。这也是姥爷最深恶痛绝的。他告诫自己家的女人们，不管是出门还是在家，有话说话，有事做事，不要聚在一起评论别人家的长短，更不能无事生非、扯老婆舌子。

一个庄子上，有婆媳不和的，有兄弟打架的，也有因扯老婆舌致使一妇女喝药，差点闹出人命的。而姥爷家里十几口人，安安静静，和和气气。母亲嫁到皂河街上几十年，从未听说跟什么人红过脸，连三岁的孩子都没得罪过。

我出嫁时，母亲反复叮咛，到了婆家，要知老知少，你识文解字的，不能无礼欺兴。

一次公公上门，邻居春她妈见了问："我听你爸长爸短的，你家来的那个黑瘦老头是你爸？"

我对她的口无遮拦习以为常，笑了笑说："不是，我公公。"

她大为惊奇，说："你管他叫爸？""他"字说得特别重。"结婚这么多年，我从没把公公叫爸。"她又说。

我问："不叫爸，叫什么？你的公公来你家时，我见过，高高大大、排排场场的，管他叫爸，不跌你的分儿！"

她摇摇头，说："不行，我叫不出！"我愕然无语。

（原载于 2022 年 5 月 24 日中国作家网）

**【阅读手札】** 姥爷自有一套处世哲学，自食其力不丢人，儿子怕自己叫卖豆腐，他偏在家门口高喊"豆——腐"；女儿出嫁，嫌婆家姑古怪难处，姥爷那句话改变了女儿的处世态度，进而影响到了作者："如果不能不处的话，那就照好处。人生在世，怎么可能都遇上好处的人呢？好处的得处，不好处的更得照好处！"作者叫公公为"爸爸"，习惯成了自然。良好家风，代代相传。(王清平)

岸上流年

# 姥　姥

姥姥去世时，我刚能下地跑，不知什么叫死，母亲在棺材前哭的时候，我却在棺材前跟几个小孩子追逐嬉闹。

姥姥留给我的印象是高大瘦削，几个舅舅都像她，但在农活方面，没一个比得上她的。高大的姥姥是田里的一把好手，家中的几十亩地播种收割，总是她领头去做。

新中国成立后土地入了社，姥姥虽为女流，却跟男劳力挣一样多的工分，七十多岁时，因表现突出，还被乡政府表彰过，乡长亲自给她披红，把一柄系着红绸子的铁锹递到她的手中。姥姥觉得很光荣，干活更加卖力。

姥姥力气不惜，食物却不论。对别人动不动讲吃讲喝颇看不惯，一辈子只要能填饱肚子就成。她的口头禅是："吃得再好还不都拉一泡青苔屎？"去世后，收拾房间时发现，她的屋里还剩下不少用来熬粥的干萝卜缨子。

姥姥一辈子共生了十胎，活了六个，生我小姨时竟然跟大儿媳妇一起坐月子。羞惭至极的姥姥，一气之下，用最原始的方法绝育：月子里故意糟践自己，喝凉水，吹冷风，终于作下病来。这种办法很管用，也很凶险，姥姥差一点死于月子病。

　　姥姥是田里的一把好手，茶饭针线却不如她大儿媳妇，自从娶了大儿媳妇，这一切全由大儿媳妇——我大舅母一个人包了。

　　**【阅读手札】** 高大的姥姥干活是一把好手，吃喝却不讲究。因与大儿媳同时坐月子而羞愧，作践自己，落下月子病。篇幅不长，姥姥的事也是作者听说的。但是，一个农村女劳力的形象高大且真实。（王清平）

岸上流年

# 母亲（外一篇）

　　母亲一直是病病歪歪的，用我姑母话说，是个纸扎的人儿。

　　她先因牙周病，牙齿全被拔掉，镶上满口的假牙；后因髋窝脓肿，开刀放出半碗脓血；再后来又因支气管炎医治不及时，发展成支气管哮喘和肺心病。六十多年的生命历程中，母亲至少有四十年是在与疾病相伴，跟医院结缘，不知吃了多少药，打了多少针，挂了多少水。

　　印象最深的是母亲拔牙和镶牙的那几年。因为不能一次性将满口的牙全部拔掉，母亲只得每隔一两个月就坐车到县城医院去拔一次牙。每次拔牙回来后，嘴巴又瘪了一些，脸又塌陷了一些。那时我和妹妹年龄小，总盼着母亲从县城回来给我们带些好吃的，母亲也从未空过手，有时是两个麻团，有时是一包炒花生，有时是两块朝牌饼。

　　当最后几颗牙被拔净，母亲带着空空如也的嘴和深深塌陷的双腮回了家，照例带了好吃的。可望着变了样的母亲，我和妹妹都觉得好吃的不那么好吃了。至于母亲每次拔牙后所承受的疼痛和失落，是多年后我自己拔掉智齿时才深切体会到的。

　　身小力薄的母亲，年轻时是庄上最俊、性情最好的小大姐。说亲的踏破门槛，爹妈怕她不能承受乡下繁重的农活，选中了皂河街上王家，公婆老实巴交，不会难为儿媳；夫婿有弹棉花的手艺，不需要土里刨食。

姥爷、姥姥真是打错了算盘，原本认为嫁到街上手艺人家，女儿可以享福，哪知弹棉花是最差的行当，既苦且脏。白天母亲跟父亲一起弹了一天的棉花，夜晚还要熬夜网被胎，时间一长，本就体弱的母亲积劳成疾，辛辛苦苦挣的钱陆陆续续都送给了医院。在前后左右邻居先后都竖起二层小洋楼时，我家仍是三间低矮的土墙瓦屋，这是母亲的一个心病。

母亲还有一个心病，就是只生了两个女孩，没有男孩。那个年代没有男孩，在农村算是个缺陷。后来母亲曾跟我说过自己当时年轻，不知道已经怀孕，两个月身上没来，找街上最有名的中医先生瞧病，先生说是经脉不调，要狠吃几服药才行。可一服药下去，就打下了一个血疙瘩和一个血片子，据接生婆说，怀的是龙凤胎，男孩是疙瘩，女孩是片子。

多病、家贫、无子，现在想来，母亲该有多自卑。可我从未见母亲面有赧色，口有怨言。

病弱的母亲，与人交谈，和颜朗声，穿着打扮，大方得体。她的口头禅为：说话拦路虎，衣服瘆人毛。

房子矮小，母亲便把家收拾得干净温馨，她常说外公家富时和贫时都不会邋里邋遢，即便是冬天穿的毛窝（一种芦花编成的鞋），也要挂着晾晒，从不像别人家东一只西一只扔得满院子都是。

无子，她便将女儿当成男孩培养。当同龄的伙伴上到小学毕业纷纷辍学，回家帮着做饭或带弟弟妹妹时，我却能始终安坐教室，直到大学毕业。这中间主要是母亲的坚持。母亲多病，妹妹弱小，父亲曾提出让我辍学帮着做点农活和家务，母亲坚决不同意；最难的时候，有一次竟凑不上路费和学费，连我也动了辍学的念头，母亲跑了好多家凑齐费用并请来识文断字的二大爷来劝我，我才重又踏上前往县中的求学之路。

回想起来，我能有今天，全是母亲的功劳。

【阅读手札】作者写母亲的文章书中有几篇，母亲的形象渐趋丰满。干净大方，坚忍要强，吃苦耐劳。这一篇主要写母亲拔牙的经历和无儿的心病，每次拔牙还给两个闺女带麻团等好吃的，终于满口无牙的母亲让闺女吃着那些好吃的都感觉没味道了。看到这里，不禁潸然泪下。（王清平）

# 大舅母

俗话说，女大三，抱金砖。大舅母十九岁时嫁给大舅，比大舅整整大三岁。新媳妇长相好，脾气好，针线好，茶饭好，自从她进了夫家的门，房屋整洁亮堂了，茶饭可口多样了，一家老少穿着也齐整光鲜了，公婆赞不绝口，庄前屋后、家邦亲邻，没有不夸的。

大舅母针线好。那时谁家娶媳妇嫁闺女都愿意请她赶活，细密的针脚、得体的款式，博得大姑娘新媳妇的喜爱。直到后来嫁衣能买到了才罢。可新媳妇不久有了孩子，小棉袄、小棉裤还得请大舅母做。

大舅母茶饭也好。家里老少十几口人，加上农忙时请的帮工，共有二十余口，茶饭全是大舅母一人承担。每天天不亮起身，推磨，烙煎饼，熬稀饭，备小菜。天亮时，一大摞新煎饼，一大锅稀饭，几样时令小菜都齐备，一大家人呼呼啦啦吃过早饭，下田的下田，上学的上学。大舅母洗了脸，梳了头，又去忙别的去了。

困难时期，各村都有饿死人的现象，而在大舅母的操持下，家里从未断过顿，她将粗粮和野菜变着花样做出不一样的口感，让一家老少饥馑之年而无菜色。

大舅四十岁时不幸得了肺结核，六十岁那年又得了食管癌，在那个年代，得了这种病是活不了多久的，可大舅母的悉心照料，使大舅撑过了困难时期，活到了六十六岁。

大舅去世后，大舅母突然失去了要照顾的对象，没着没落，很不习惯。后来，她先后照料过我生病的母亲、我坐月子的小姨、她的孙子孙女和孙子孙女的子女。

七十八岁时，大舅母走到了她生命的尽头。当她觉得不久于人世的时候，她强撑病体，让孙儿用平板车拉着她到集市上，买来布匹和棉花，为自己做了寿衣。做一阵，歇一阵，歇一阵，做一阵，寿衣做好后的一天，她穿着自己做的寿衣平静离世。

（原载于 2020 年 7 月 26 日《宿迁日报》）

**【阅读手札】** 大舅母的一生，一直在侍候着家人，从长辈到丈夫，从儿孙到孙辈孩子，最后大限将至，自己做好寿衣安详离世。没有什么惊人善举，但足以令人崇敬。（王清平）

# 二舅母

"表姐，俺妈过世了，下午倒的头……"电话那头嘈杂声中，表弟凤楼含含混混地告知了我这一消息。我愣了愣，眼前闪过二舅母矮小的身形。老人家过世，依礼要去烧倒头纸。我连忙告了假，买了几刀火纸，驱车往乡下赶。

表弟家堂屋的水泥地上，铺一层厚厚的麦草，麦草上一领芦席，一床棉被，二舅母身着寿衣静静地躺在上面，一沓火纸覆盖面部，一盏清油灯，一碗插着筷子的米饭，安放在逝者的头前。

表弟和他的儿子披麻戴孝，跪在逝者的旁边，见有客来吊丧，便磕头还礼；没有，就低头往丧盆里添火纸。丧盆仿佛张开的大口，一下子吞了火纸，卷起火舌，咀嚼了一会儿，便归于死寂。

依据农村丧规，我递上火纸，给逝者磕了四个头，表弟磕头还礼，并用丧棍递来一块白色孝布。我接了孝布披在头上，随表姐进到里屋，表姐断断续续地跟我聊起了二舅母的死。

二舅母八十多了，是我母亲那辈活得最久的一位，要不是骨折，怕还能活。许是不堪忍受长久的疼痛或是不再愿意拖累儿孙，二舅母趁他们不在跟前，艰难地从床上爬起来，下了床，扶着床边，翻箱倒柜，找出半瓶白酒，一辈子滴酒不沾的她居然一口气喝下了这半瓶烈酒。等表弟凤楼从工地上回来的时候，一身酒气的二舅母已经不行了，床下倒着一个空酒瓶。

几乎所有公婆都喜欢嘴甜、手巧、相貌好的儿媳妇，可二舅母三点一点都没沾上。她身形矮胖，眼小嘴阔，其貌不扬；她笨嘴拙舌，见人不会说话，只会红着脸笑笑，不得不说时，也含含糊糊，说不成整句话；她手脚粗笨，笨到连最基本的缝缝补补也做不好，孩子身上衣服的针脚总是大针小线、一路歪斜。

她差不多就是长辈口中的笨婆娘、死半截，不太受公婆宠爱。分家之前，家里巧活、细活，都是大舅母，粗活、累活都是二舅母：田里割草，割多长时间不嫌烦；磨上推磨，推多长时间不嫌累，灶下烧火，烧多长时间不嫌熏。

分家单过之后，她也不是家庭的主角，灶上煎炒烹炸的永远是二舅，灶头添柴烧火的永远是二舅母。印象中，她似乎一直头顶着一块头巾，背来柴火，坐在灶下，添草加柴，烟熏火燎。

那时过年兴接亲戚。大舅家接亲戚的时候，大舅母一个人张罗，不大会儿工夫色香味俱全的待客饭菜就摆上了桌。大舅母抽空到里屋稍稍梳洗，利利亮亮地上桌招呼，斟酒布菜。

二舅家接亲戚，几个冷碟，几盘热炒，几碗烧菜，二舅全程掌勺，二舅母只坐在灶头添柴烧火。饭菜做得，客人上桌，让到锅屋找二舅母一起吃，二舅母死活不肯，只蹲在锅台边喂孩子吃饭（那时家里来人，孩子不上桌）。

真是笨婆娘一定有个能干的女儿。二舅母育有一女一子，女儿凤英十来岁之后，家里茶饭、针线样样在行，且能说会道，嘴一份手一份，人说是遗传了二舅。

女儿凤英出嫁后，儿子凤楼也到了婚娶的年纪，媒人问，想找个什么样的？老实本分的凤楼笑着说，不像我妈那么笨就行。婚礼那天，我去喝喜酒，席间发现，表弟媳妇长相一般，可言谈举止，活泼爽利，不像她的婆婆。

二舅去世时，我在礼簿子上上了礼，另悄悄塞了点钱给二舅母。二舅母红着脸一个劲儿地推，高低不要。我说："别嫌少，只一点心意，再说，活着的长辈也只有您一位了，理应孝敬！"她这才不好意思地收下，连说："谢——谢他表姐——"

头些年，表弟媳妇得了癌症，花光了家里的积蓄后抛下丈夫和儿女离世。出殡那天，二舅母坐在里屋一幅一幅地撕着孝布，脸上一点表情都没有，外间的哭喊和喧闹似乎与她无关。

我看不好，走过去安慰她，塞了些钱给她。她这次没有推阻，默默地接下了。我用能想到的安慰人的话来开解她。她叹息着点点头，挺了挺腰，望着外间脸色憔悴、忙进忙出的儿子和跪在棺木前还未成人的孙子，说："他表姐——你放心，我且活呢，不然，我儿子、我孙子、孙女，谁给做饭、洗衣？"二舅母的冷静让我惊讶。

穷人三件宝：丑媳妇、洼地、破棉袄。现在家失一宝，依照眼下表弟的条件，想要再娶，已不太可能。可这个家日子还得过下去。

打那以后，表弟外出打工还债，家里全都交给了二舅母。二舅母带着孙子孙女忙完田里忙家里，家里的几亩地和孙子孙女的生活日常全靠老迈的她来打理；远嫁的女儿偶尔回来，二舅母也撵她回去，说帮不上什么忙，女儿自己也有一大家子。

十多年过去了，现如今孙女已出嫁，孙子也长大成人，跟着他父亲在工地上做工，赚跟他父亲一样多的工钱。

一次，二舅母从社场上背草回来，跨过一道不宽的沟，一脚踏空，摔成了骨折，从此卧床。

外出打工的儿子只得赶回家来，在床前尽孝，喂汤喂药。半个月后，二舅母对儿子说："我好些了，你一直伺候我，哪天是个头？你早起做点饭，放在我床头，出去找点活干。我饿了，扶着板凳，自己热热吃。"

一天不干活，一天没有进项，表弟只能按二舅母说的做。

谁知道，一个月后，当儿子照例做好了饭放在母亲床边的桌子上，到附近的工地做工的时候，二舅母自感已不能再帮衬儿子，只能是累赘，一辈子温温吞吞的她用烈酒热热辣辣地结束了自己谦卑的一生。

谁不想做枝头的花、花间的蕊、蕊上的露珠？可当这些你都不是的时候，是否甘心做花下的叶、叶下的根、根下的泥土，滋养根、滋养叶、滋养花？二舅母就是那泥土，谦卑而又厚重的泥土……

（又名《二妗子》，原载于2022年6月30日中国作家网）

**【阅读手札】**二舅母长相一般，嘴笨，手脚也笨，只会干活，不会做饭，因此总是上不了台面，但在为家人奉献一生后滴酒不沾的她居然选择用半瓶烈酒结束自己的生命，令人感叹唏嘘。作者最后说："谁不想做枝头的花、花上的蕊、蕊上的露珠？可当这些你都不是的时候，甘心做花下的叶、叶下的根、根下的泥土，滋养根、滋养叶、滋养花。二舅母就是那泥土，谦卑而又厚重的泥土……"（王清平）

# 父亲的棉花店

父亲生前一直想换台新机器，来做大他的弹棉花店，可直到去世，他的"宏愿"都未达成，说到底，是母亲、我和妹妹母女三人拖了他的后腿。

打我记事起，父亲就一直带着包括母亲在内的几个妇女，在皂河街东南首的店铺里弹棉花。那时还是大集体，弹棉花的收入归生产队所有，按工种和出力多少记工分，父亲每天记十分工，其他人记八到六分工不等。

棉花店的对面是皂河小学。那时一放学，我不着急回家，先到棉花店里玩一会儿。机声隆隆、烟尘蒙蒙的弹棉花店里，父亲在机头续着棉花，母亲和几个妇女用铁把摇动着风车般的木轮，年复一年地弹着棉花。我打小就生活在这种环境里，不觉得吵，也不觉得呛。有时我会跟在母亲的旁边和婶子大娘一起摇动摇把，个子小，双手挂在杠上，被高高地拎起来，落到地上，再拎起来，再落下，仿佛荡秋千一般。父亲喝令："别闹！"这才作罢。

长大以后，我才体会到弹棉花没这么好玩，又脏又累，根本不是什么好活。可父亲却乐此不疲，似乎觉得世上没有比这更好的营生了。

冬季来临，太阳逐渐变得面色苍白的时候，棉花店里便开始有了生意。十里八乡的人们趁着来皂河赶集的机会，把板结了的旧棉絮，送到街东老王的弹棉花店里加工，回去再缝进棉衣棉被里，管保一个冬天暖和。

一时间，各色棉花包在店里堆成了一座五彩的"山"，父亲每天都要搬这座"山"。他把黑的、黄的、白的棉花从机头续进机器里，妇女们合力摇起摇把，旧棉花便脱胎换骨般蓬蓬松松地从另一侧被送了出来。母亲用压板压平，打成小捆，交到顾客的手里。一天下来，棉花"山"差不多搬完，弹棉花的已然变成了灰色的"雪人"，浑身上下布满棉絮和灰尘，摘下双层的棉纱口罩，连鼻孔和皱纹都是黑的。

忙完一个冬天，开春以后，店里的生意逐渐稀少，直至没有。

父亲便趁着闲下来，把弹棉花机器大卸八块，将每个轴承、每个螺丝拆下来，拭去浮灰，上好机油，再一一组装起来，确保机器运转自如后，关闭店门，等待入冬。

后来允许个体经营，父亲承包了棉花店，原来的人力棉花机已经超期服役，不堪再用。父亲打算换台新的电动机器，他早就打听好了在哪儿买、需要多少钱，可临了怎么也凑不齐钱，只好先买了个二手的。

即便是二手机器，毕竟是电动的，果然省时省力，父母亲两个人，一个在机前续棉花，一个在机尾打捆子，完全可以应付过来。实在活太多，忙不过来，母亲就叫来她娘家侄子和外甥帮忙。父亲这人欺活，常常白天弹棉花，夜晚网被胎，从未有休息一说，来帮忙的表哥、姨哥大多干不了多长时间就被累得跑回了家。一个冬天下来，父亲的腰包居然鼓了起来。父亲盘算说，再挣两年钱，准能换台新的机器。

可冬天鼓起来的腰包，过了春夏两季，就又瘪了下去，仿佛冬眠后的动物，变得干瘦干瘦的，父亲的这个愿望总也达不成。

过度的操劳，让母亲本就瘦弱的身体又出了问题：她先因牙周病，牙齿全被拔掉，镶上满口的假牙；后因髋窝脓肿，开刀放出半碗脓血；再后来又因支气管炎医治不及时，发展成支气管哮喘和肺心病，自此跟医院结了缘，不知吃了多少药，打了多少针，挂了多少水。夫妻俩辛苦劳碌挣来的钱，陆陆续续又都交给了医院。

我曾在另一篇文章中这样记述：白天弹了一天棉花的父亲常常要在后半夜起身与母亲一起网被胎，现在机器网织极其简便轻松，而那时却要一条一条地编织，一床被胎要花一个多小时才能完工。有支气管哮喘的母亲在冬天经常会犯病。这夜母亲又咳嗽吐血了，服了云南白药后，渐渐平静了下来，可起床干活是不可能了。听着父亲的叹息和母亲的咳嗽，冷得抖作一团的我来到母亲的床前说："妈，我去。"每每这个时候，母亲总是边咳喘着边抱怨父亲："干这一行，是挣点钱，可怜俺闺女跟着遭罪。"父亲道："不干这行，哪来钱给你看病？哪来钱供她俩念书？"

几凑头，父亲买台新机器的梦始终还是梦。

直到有一年，父亲的梦差点就实现了。

不知是那年天特别冷，还是因为棉花丰收、价格便宜，不少人家都打算弹点新棉花，做两床新棉被，父亲的生意已经多到需要排上一个星期的队才能拿到成品。母亲的娘家侄子和外甥都被叫过来帮忙。

始料未及的是，街北头的老宋家买了一台全新的弹棉花机器，全家总动员，也做起了弹棉花的生意。因为是刚开张，大家都还不太认，老主顾还是把棉花送到父亲店里加工。听说老宋家在店门前的路上安插人手，沿路吆喝拦截。一些人实在抹不开面子，只得到他家，渐渐地，我家的生意清淡了下来。

父亲忍了一段时间，实在忍不下去，便摘下口罩，拍了拍身上的尘土，到他门上理论："老宋，生意不能这样做！都是弹棉花的，你做你的，我做我的，顾客愿到谁家到谁家，怎么能上路拦生意？"

老宋没作声，老宋的女人接了茬："是呀，你做你的，我做我的，老王，你也能上路拦，我们没意见！"

父亲被噎了回来，回到店里默不作声继续干活。店里的顾客气不过，说："老王，你也上路拦！"帮忙的表哥和姨哥听后，撂下手里的活，正要出门去拦。父亲一声断喝："都给我回来！别说我没有多余人手出门拦生意，就是有多余的人手，也不能干这样的事！"

此后，老宋家仍在路的两头高声招呼顾客，父亲也一如往日在店里埋头做自己的活，有时一整天不说一句话。直到有一天，父亲突然瘫倒在地，不能动弹，被紧急送到了医院，医生诊断得了脑血栓！那时母亲在城里给我带孩子，妹妹在我任教的学校读书，等我们母女三人赶到医院，父亲已躺在病床上只能流泪，不能言语。一家人痛哭失声！

一个月后，父亲的病情逐渐稳定，医生建议回家静养。父亲不甘心就此倒下，每天早早起床，拄着拐杖，一瘸一拐地出门锻炼，他一边艰难地挪动脚步，一边用力地甩动手臂，似乎要把身上的病就此甩开。

医生说，父亲的病情维持不再发展已属万幸，不太可能再去干什么活了。这年，妹妹高考再次落榜，父亲似乎又看到了希望。饭桌上，他说出了埋在心底的打算："哪怕家里再难，我都会供你们姊妹俩念书，只要你们愿意念下去。如果不打算再念书，不如回来把棉花店开起来。"父亲的意思是让妹妹代替他撑起已经坍塌的那片天，达成他未了的心愿。

妹妹沉默了一会儿，没提出再复习一年，她也许觉得，父母相继病倒，再任性地继续复习，不现实，也不落忍，于是含泪默默地接受了命运的安排。第二天就拿起棉花店的钥匙，开张营业了。

因打小就跟在父母跟前帮忙，妹妹上手很快，瘦小的她在小姨弟的帮衬下，默不作声地接活，弹棉花，网被套，交活。日子就这样悄然流逝，偶尔昔日的同学到店里找她玩，才会给她死水般平静的生活带来一丝涟漪。

晚上回到家，妹妹把当天挣的钱掏出来，放在桌子上，去洗脸。母亲拿出一张大票子，让妹妹买件新衣裳穿，妹妹没接，说："弹棉花的，能穿什么好衣裳！"母亲只好作罢。等妹妹洗完了脸，父亲的晚锻炼也结束了，饭已上桌。父亲看了看桌子上的钱，说："过这一冬，兴许就能换台新机器了。"父亲本想让妹妹高兴高兴，可妹妹没好气地说："能将就用，换什么换！"父亲闭了嘴，饭桌上只有呼噜呼噜喝稀饭的声音。

一次，我从城里回家，看着妹妹日渐憔悴的脸上没有一丝笑意，实在不忍心，就提出给妹妹另外找点事做，不能再让身小力薄的她一直干这又脏又累、永远看不到未来的营生。

母亲想了想，跟父亲商量："挣再多的钱，孩子不乐意，图什么？干什么行当不吃饭？不一定非得弹棉花！"兴许是母亲自己苦了大半辈子，落下一身子的病，实在是干够了，不想小闺女也像她一样。父亲听后，沉默了一会儿，一言未发，捶了捶麻木了的大腿，拄着拐杖挪到里屋睡了。

　　两个月后，店铺转让，皂河街上经营了几十年的老王家棉花店就此消失。

　　（原名《爸爸的棉花店》，原载于 2021 年 9 月 13 日《宿迁日报》）

　　**【阅读手札】**父亲是弹棉花的，一生与棉花为伴，大集体时弹棉花挣工分，单干后弹棉花手艺好，但面对竞争对手，选择做人为上，只想换一台新的弹棉花机，却终未如愿。（王清平）

# 隔山取利

父亲弹棉花的营生，秋冬季忙死，撑死；春夏季闲死，饿死。

天一暖，棉花机停止了运转，我家便断了经济来源。长夏永昼，坐吃山空，母亲沉不住气了。

有一年，她终于不想继续跟着前后院的婶子、大娘一起东阴凉赶西阴凉，说话拉呱做针线了，拍了拍身上的线头、棉絮，决然做了个出乎全家意料的决定：蒸馒头卖。

蒸馒头虽说技术含量不算太高，可我家只在过年时，才蒸一次白面馒头。为了那次"隆重"的年底蒸馒头，母亲常常要提前好几天做准备工作：麦子要选白麦，面粉要过三箩；面要发透，碱要使匀；揉面要工夫，火候有讲究。即便如此，蒸出的馒头比起铺子里的馒头，还是差点卖相——隔行如隔山。

尽管如此，母亲决意要取隔山之利。

母亲为自己的"壮举"找到了两个理由：一是成本小，一袋面的本钱，就是贴本也贴不到哪儿去；二是家靠集市，占地利之便。远路赶早集，免不了要吃个馒头，喝碗豆腐脑，吃饱喝足才有劲儿做买卖。

万事开头难。蒸出的第一笼馒头，不起个儿，放进蒸笼里多大，拿出来还多大，死趴趴的，卖相极差。因此全家吃了好几天的"铁馒头"。

第二笼，面发得不错，可碱使多了，蒸出的馒头黄，全家又吃了好几天"玉米面"馒头。

第三笼，面发得正好，可又欠点碱，蒸出的馒头，酸，全家吃了好几天酸馒头。

正当我们吃得鼻坍嘴歪，母亲也差点要放弃时，一笼又白又暄乎的大馒头，终于证明失败是成功他母亲。

将一篮子白面馒头小心翼翼地摆在豆腐脑摊前时，母亲像新媳妇见公婆一般的忐忑。

"来一碗豆腐脑、两个馒头！"赶集人坐在豆腐脑摊前，高声叫道。母亲便如听福音般，起身递上两个热腾腾的馒头。

第一天蒸的三笼馒头，只剩四个带回来自家吃。

此后遇逢集人多，就多蒸两笼，遇闭集人稀，就少蒸两笼，适时加减，少有剩余。

一个夏天，算下来，除去全家吃喝，手头还有了一些结余。那年夏天，我和妹妹都添了双新凉鞋。

父亲也有一次"跨界"。表叔邀父亲一起去距家几十里地的湖边扒沙子，父亲心动了。

母亲说，家门口找点活干，挣多挣少，一家人在一起，看家守舍，好有照应。离家在外，吃住不方便，一处省，两地费。可父亲架不住表叔一遍又一遍地晓之以利："扒沙子这活，是腊肉骨头，越啃越有味。谁谁谁扒了一季沙子，回家翻盖了房子；谁谁谁扒了一年沙子，儿媳都娶进了门。"天花乱坠。

父亲终于迷了心窍，带着两百块钱和两口袋粮食，跟我表叔一起去外地扒沙子去了。

那时我正在县城读高中。一次周末回家，餐桌上不像往常那般有荤有素，只一盘炒茄子、一盆豆芽汤和几张山芋干煎饼。

妹妹悄悄跟我说："家里一个星期没见着油星了，顿顿都是咸菜。油壶里的这点菜油一直留着，等姐周末回来，妈才舍得拿出来炒菜、烧汤。"

返校的时候，母亲跑了好几家都没有借齐我的学费和路费。我沮丧地跟母亲身后，眼泪在眼眶里打转，赌气说："算了，这书不念了！"母亲没说什么，找来识文断字的二大爷来劝我："有人想去县里念书，都没有机会，你怎么还能动了放弃的念头呢？千万别做让自己后悔的事！这点钱，你先拿着做路费，学费再想办法。"

我接了钱，背着煎饼咸菜，一步挪四指，往车站走。母亲怕赶不上车，一个劲儿地催促。

几个月后，又黑又瘦的父亲回到了家里。

母亲问："怎么瘦成这样？"父亲说："活累，吃的孬。在湖边堤上支口锅，捡点柴草，打来湖里的水，调点面疙瘩下到锅里，吃了好几个月清水面疙瘩汤。"

半个月后，表叔哭丧着脸来我家，说："暴雨过后，湖面突然涨水，费了九牛二虎之力扒上来的沙子全被冲到湖里……"父亲沉默了很久，知道一个冬天余下的钱和一头肥猪的钱都打了水漂。

父亲外出"淘金"的那段时间，母亲得了气管炎，因无钱医治，发展成支气管哮喘和肺心病，从此落下了病根儿。我在外地读书，正长身体，整天煎饼咸菜，营养缺乏，血小板低，牙龈出血，瘦得走了形。

隔行之利，取之不易。我的双亲本想让日子宽裕些，试着隔山取之，一个小有收获，一个铩羽而归。

秋风又起，弹棉花生意来了，他们还是老老实实干回了老本行。

**【阅读手札】**说的仍然是父母。母亲决定蒸馒头卖，结果历经"铁馒头""黄馒头""酸馒头"，终于做出了又白又暄乎的大馒头，一家人居然过得滋润了许多。父亲也想隔山取利，却成了母亲的反证。跟着表叔扒沙两月，父亲人瘦了一圈，扒的沙子却让大水冲走了。隔山取利的事情发生在父母身上，让作者早早意识到了隔行取利之不易。（王清平）

岸上流年

# 想起父母

无父何怙？无母何恃？

——《诗经》

家中没有男孩，母亲多病，童年的我早早地分担起父母的辛劳。想起夜半起身与母亲一起推磨的场景。

熟睡之际，耳边传来刷磨淘粮的声音，体弱多病的母亲常常在鸡叫头遍时就独自推起了硕大的石磨。温暖的被窝与母亲时断时续的咳喘像两只无形大手牵扯着我，是留恋被窝，还是起床帮母亲，经常是童年的我最难解的一道题。

呼呼的推磨声和母亲的咳喘声在寂静的夜空中时断时续。我心里一阵发紧，悄悄地起床，拿起磨棍，与母亲合力把磨推得飞快，抬眼望去，三星挂在西面的天空，空气格外清新。

有时，母亲心疼我年幼懂事，扯一把麦秸，用大铁勺油煎两个草鸡蛋，母女二人头挨头，一人一口，又香又软的煎蛋至今仍觉是人间至味。有了煎蛋的能量，母女二人的磨道苦旅变成了快乐出游，

159

说说笑笑中一盆糊子已推好，擦擦脸上的汗水，天边刚刚露出鱼肚白。

想起夜半起身与父亲一起网被胎的场景。

父亲是被胎手艺人，冬夜是他最忙的时候，白天弹了一天棉花的父亲常常要在后半夜起身与母亲一起网被胎，现在机器网织极其简便轻松，而那时却要一条一条地编织，一床被胎要花一个多小时才能完工。有支气管哮喘的母亲在冬天经常会犯病。这夜母亲又咳嗽吐血了，服了云南白药后，渐渐平静了下来，可起床干活是不可能了。听着父亲的叹息和母亲的咳嗽，冻得抖作一团的我来到父母的床前说："妈，我去。"我随着父亲出了家门，在寒星下灰白的街道上一路小跑，凛冽的空气中偶尔传来几声狗吠。来到作坊，门外尽管寒风呼啸，可屋内却温暖多了。父亲喜欢讲故事，也会哼歌，父女俩说说讲讲，不知不觉两床被胎完工了，天才蒙蒙亮。父亲给了我些零钱，买了早点，我边吃边飞也似的奔向学校，开始了我的晨读。

想起父母病倒后的那几年。

一向强壮的父亲突发脑血栓，本就多病的母亲也需要人照顾。刚参加工作不几年的我，成了老病父母的晚年依靠。

我变卖了老屋，将他们从农村老家接到跟前照顾。离开老家的那天，母亲跟家前屋后的亲邻告别，亲邻有帮忙收拾的，有送来钱物的，还不时安慰母亲说："跟闺女进城享福，别舍不得这穷家破檐。"瘫痪在床的父亲只是流泪，不能说话，病弱的母亲强作笑颜道："今后全要依靠孩子了，孩子也不容易。"

我急于赶回去上晚辅导，一个劲儿催促他们快点上车。匆忙挥别老宅和亲友，一辆客货两用车载着老病的父母和简单的生活用品出发了。自那以后，父母再也没有回到他们生活几十年的老家，直到几年后我将他们的骨灰送回老家安葬。

1997年夏，我任教的高三进入了高考冲刺倒计时，母亲的生命也进入倒计时。靠着氧气维持生命的母亲，默默地注视着我的忙碌。在我为她擦洗身子的空隙，她幽幽地问："什么时候学校的事忙完了，再来忙我的事？"我知道，她说的是她的后事。我宽慰她道："别想这么多，安心养病。"

靠着意志的支撑，几个月以来，母亲如失水之鱼，气息微弱，残喘苟延。有时喂她点汤水，她尚能吞咽，再后来，她不知是不能吞咽，还是拒绝吞咽，汤水不进。挂吊针，也是挂脚脚肿，挂手手胀。直到高考后的某一天，母亲的氧气管脱落，微弱的生命之火就此熄灭。

半年后，父亲也离世。父母合葬那天，作为长女的我，手捧父母的骨灰，领着不太长的送葬队伍，缓缓行进，凄厉的哀乐和着我的哭声在那片生我养我的故土上空回荡。几年来所承受的压力和失去至亲的哀恸全都通过眼泪宣泄了出来。

当我把父母的骨灰安放在他们耕耘过的土地里那一刻，我知道，父母与子女，其实只能相伴半生。剩余的时光，需要独自在风雨中行走，不管你多么想保有这份亲情的依靠，终有一天，无情的时光会偷走它，只留下绵绵不绝的追思。

（原载于2020年8月10日《宿迁日报》）

**【阅读手札】** 父母膝下无儿，只有两个女儿。作者想起父母的艰辛，先是夜半帮母亲推磨的情景，后是想起帮父亲网被胎的情景，最后想起父母病倒的那几年，自己变卖了老屋，在学校与病房之间奔波，这一段经历令作者刻骨铭心，在后记再一次记述她在父母离世前的那段艰难岁月和感受。(王清平)

岸上流年

# 家有三哥

三哥是我的远房堂哥，说远也不算远，没出五服。

堂伯有六个儿子。老大、老四在外地工作，离家远，家里指望不上；老二、老五跟前孩子多、负担重，自顾不暇；老六是家里老小，肩膀太弱，还扛不了事。于是乎家里每遇大事小情，都是老三出面，包括对我家的照应。

我祖父这一支，男丁稀少，两代单传。父亲这辈，年近半百，仍膝下无子，只有两个女儿。顶门立户的重任，始终无人可托。

堂伯提议，让父亲从他家的六个儿子中挑一个过继过来。父亲觉得，平白把人家辛苦养大的儿子过继过来，不合适。于是跟堂伯合计以女换子，就是把还在读小学的我送给他做女儿，把他家跟我同龄的小六过继过来做儿子，这样两家都算有儿有女。

两家的算盘打得挺好，可真正实操，根本行不通。记事又不懂事的年纪，情感纽带紧，道德约束松，临了，我哭着不去，小六赌气不来。两家大人只得摇头叹息作罢。

隆冬，父母照常要早起网被胎，晚上歇得比别人家早，九点一过，就已关门闭户，上床歇息。

夜色中，突然传来了敲门声。父亲问："谁呀？"门外传来："是我，小三。小爷、小娘，都歇下了吗？"

原来是三哥。我刚要入睡，迷迷瞪瞪地听着他们的对话。

父亲说："三儿，这么晚了，有事吗？我起来给你开门。"

接着是父亲披衣起身的声音。门外三哥急忙说："歇下了，就别起来了，天冷。没有什么大事，我在门外说几句话就走……"

母亲也欠起了身子，窸窸窣窣地披上衣裳，说："三儿，外面冷，进来说话，我起来给你开门。"

三哥忙说："小娘，你别起来，冷，我说两句就走。"

三哥在门外顿了顿，清了清嗓子说："俺六弟，年幼，不懂事，小爷、小娘别怪他。你们现在都还行壮，能苦能赚，等你们老了，我照应你们，放心！天不早了，你们歇着吧，我走了。"说完，门外又恢复了宁静，脚步声由近而远，直至消失。

母亲说："这深更半夜的，三儿突然跑了来，没头没脑地说出这番话，怕是喝了酒吧？"

父亲说："怕是喝了，不过酒后吐真言。"

天亮后，父母也未把三哥的酒话太过放在心上。

可自那以后，只要农忙，三哥常不请自来，帮忙收种；每逢年节，三哥也会提着酒和果子来家坐坐。年年如此，一次不落。

三哥婚后，年节看望就变成三哥带着三嫂一起过来，有了孩子之后，就带着孩子一起来。年年如此，一次不落。

几年后的一天下午，父亲正在棉花店忙活，突发脑梗，瘫倒在地，人事不省。当时我在城里教书，妈在城里给我带孩子，妹妹在我任教的学校读书。等我们接到三哥的电话，着急忙慌地赶到医院时，曾经强健的父亲正躺在病床上挂着水，看到我们，只能啊啊地张着嘴哭，从未见过父亲这样，母女三人痛哭失声。

三哥额头带着汗，正从这个窗口跑到那个窗口，忙着办住院手续。过了一会儿，父亲平静了下来，用能动的左手，指着来到床前的三哥，口齿含混地说："多亏——多亏三儿——照应——"

三哥攥着父亲的手说："小爷，别想得太多，安心养病。放心，有我呢！"

母亲身体本就不好，现在还要拖着病体照顾父亲，棉花店的生意全靠妹妹支撑着。眼瞅着身小力薄的小女儿在棉花店里默默地忙进忙出，父亲萌生了招个上门女婿的想法。

这样重的家庭负担，能招个什么样的进门呢？我和妈都犯愁，妹妹也整日郁郁寡欢。

可父亲很传统，也固执。

我请来了三哥。三哥的话，父亲听。

三哥劝道："面子重要，还是二妹幸福重要？小爷小娘您二老奔波劳碌一辈子，为了什么？不就是为大妹、二妹过得好吗？如果招来的上门女婿不可心，二妹的婚姻不幸福，您老能安生？您是怕没有人给您养老送终吧？放心，我会尽全力帮衬两个妹妹的。"

父亲沉默了一会儿，不再坚持。

几年后，妹妹遇到了可心的人。出嫁时，从操办婚礼到代表娘家哥去接回门，三哥全程在场。

多年后，父母亲相继离世，我将他俩的骨灰带回老家安葬。丧礼那天，除了捧丧棒和摔老盆这两件事不能由别人替代，只能由我这个大女儿来做，其他一切，全靠三哥张罗。

那天下大雨，灵棚里，三哥披麻戴孝，全身湿透，喉咙沙哑，忙得手脚不拾闲。

丧事忙完，三哥病了一场。

此后每年清明，三哥总是提前帮我到父母的坟头铲草，培土。

前年秋天，三哥突发脑出血，昏迷不醒，送到医院抢救。术后肺部感染严重，几天后病情急转直下，最终三哥生命年轮定格在六十六岁。

在我心中，一棵枝繁叶茂的大树，就这么轰然倒下！

去年清明，我去给父母上坟。路上想，年年都是三哥俯身除草，挥锹添土，今年再也无人为父母坟头除草添坟了。当我拿着铁锹来到父母坟前时，眼前一幕，令我骇然：坟头，草已除净，土已培好，一束洁白的花静静地躺在坟边。是谁？三哥，是您吗？我的泪顿时下来了。

擦干了眼泪，我给三嫂打了电话。电话那头，三嫂说："是你小侄子（三哥的小儿子）昨天添的坟，知道你们今天从城里回来，不方便带锹添坟。你三哥生前曾经交代过孩子，不管将来他在与不在，都不要忘了清明去把你爸妈的坟添了。他生前还交代过，平时不要太过麻烦你，你当校长不容易！"

这倒是真的，三哥生前，从未让我为谁家孩子上重点中学开过后门。他曾劝过托他的家长："上学就像挑担子，有多大力气，挑多重担子。能考上就上，不能考上去上，等于找罪受！"托他的家长识趣不提。

今秋，父母、堂伯、伯母以及三哥的坟都迁到了万林公墓，葬在前后排。我在他们的墓前默念："伯父、伯母、爸、妈，生前都是三哥照应着你们，九泉之下，你们也多疼着他点……"

（原载于 2021 年 12 月 20 日《宿迁日报》，同日"学习强国"转发）

【**阅读手札**】半个世纪的家事，堂伯六儿，父亲两女，一家过继一儿，一家过继一女，儿女双全，美美与共。但因"我"不去，小六不来，过继一事作罢。但一个寒夜，门外三哥的几句话温暖了"我"大半辈子。从父母生病到入土为安，全仗三哥张罗，逢年过节坟头尽孝也多是三哥代劳，至此，三哥重诺守信半生，令人起敬。然而，三哥不幸病逝后，作者父母坟头依然有人扫墓，原来，三哥生前嘱咐儿孙代劳。虽是半个世纪的家事，却是值得世代坚守的品质。(王清平)

第三辑　音容蔼然

# 恩师琐忆（外一篇）

韩老师个不高、瘦，说话慢言拉语，走路轻轻悄悄，看上去没什么脾气。

初中第一堂课语文课，我们等着他洋洋洒洒的开场白。出乎意料，他惜字如金，开场白只两句，第一句是"一个馒头也要蒸熟吃"，第二句是"不吃馒头也要蒸（争）口气"。

懵懵懂懂的我们，觉得韩老师到底是让我们"吃馒头"，还是"不吃馒头"，似乎矛盾，也不太明确，但不管三七二十一，按韩老师说的做，先"蒸（争）"起来！

那时早起上学，靠听鸡打鸣或看窗外天色。但这两个办法都很不保险。一次母亲头天晚上熬夜做活，睡得晚，一觉醒来，已大天四亮。妈边叨咕说今天鸡怎么没叫，一边赶紧叫醒我。我慌忙套上衣服，抓起书包就往学校奔，等我着急忙慌赶到的时候，早读课快要结束了，望着气喘吁吁的我，韩老师只是低声告诫："下次可要注意！"

从此，妈不敢睡得太死，迷瞪一会儿，就睁开眼看天色，支起耳朵听鸡叫。我真的再没迟到过，甚至有一次我跑到校门口，学校

岸上流年

大门还紧闭着。旁边卖早点的张老爹正点火引炉子，瞧见背着书包的我，问："才几点，就来上学了？"原来明晃晃地亮着的是月光，不是日光。

一次，两个同学在自习课上发生争执，告到韩老师处，韩老师询问起因，张三气鼓鼓地指着李四说："他叫俺爸的名字！"韩老师笑了笑说："起名字就是给人喊的，广播和报纸上不是经常直接称呼国家领导人的名字？"张三的火消了一半。

从不疾言厉色，总能春风化雨。

他的作文课也很特别，把作文题目写在黑板上，对如何审题稍加点拨后，让我们当堂限时完成，且谁先完成，就先点评谁的作文。同学们个个跃跃欲试，争先恐后，希望能被韩老师当堂点评，我是其中经常被当堂点评的那一个。

县里举行面向全县初中生的作文大赛。赛前半个月，韩老师加大训练频次，要求我们每天习作一篇，篇篇限时完成，着重训练审题立意和谋篇布局。最终韩老师把我送上了作文竞赛的领奖台，我也因此获得免试进入县中读高中的机会。

那天要跟韩老师一起乘车去县里领奖了。一大早，我到了韩老师家，韩老师正在吃早饭。师母一边拉着我在堂屋的椅子上坐下，一边问："老韩，这是谁家孩子，这么争气？"韩老师从面条碗里抬起头，笑道："说起来你可能认识，就是街东弹棉花的王师傅家的闺女。"

上了高中，得遇几位恩师。


## "哆来咪"


"我叫董元明。"第一堂课，班主任自我介绍道。"哆来咪！"后排的几个男同学突然兴奋起来。起外号，他们在行！自习课，一见班主任打窗边经过，捣蛋包便会压低声音："哆来咪！哆来咪！"教室瞬间安静了下来。

"哆来咪"属于乐曲中的慢板。上课铃响起，他慢慢地步入教室，从放下教科书，到板书一个课题加一个作者，再到转过身来开讲，没有三分钟下不来。那黑板上的板书堪称字帖，那悠然缓慢的讲解更是引人入胜。

慢性子董老师有时也挺幽默。一次我鼓足勇气到办公室找班主任要求调座位。老半天，董老师才从作文本上抬起头，问："为什么要调哇？"我说："看不见黑板。"董老师露出他特别白的几颗假牙，笑了笑，又看了看我，说："黑板这么大，你一双眼睛也不小，我想不通，你怎么会看不见黑板呢？"

嘿，董老师，您真逗！

## "213"

"我姓邓，是才来的。"刚调来的政治老师，一边自我介绍，一边拿起粉笔，在黑板上极洒脱地写了个大大的"邓"字。因写的是草书，"邓"字，像极了"213"。捣蛋包们又来了，背地里称呼邓老师为"213"老师或"邓才来"。

"邓才来"，不，邓老师个高，浓眉，看上去很威严，可几堂课一过，大家便摸清了他的脾气。后排的几个就不怎么安分了，讲悄悄话，开开小差。每当这个时候，邓老师总有办法把他们试图逃逸的注意力抓回来，有时讲一段电影里的故事，有时说一段小说里的情节，后排的几个人的脖子就像被无形的大手提着，一律抻得老长。

## "歪瑞固得"

周老师的英语水平绝对了得，一堂课不带讲一句汉语。我从理科实验班转过来，听起来实在吃力。

从乡镇初中参加当年作文竞赛获奖后，我免试进入县中，跟那些从各乡镇通过综合选拔录取的佼佼者一起分在理科实验班。几次测验之后，我发现，我像是被放到鹅群中的小鸭子，体量根本不在一个层次上。不得已只能要求转科。

转到文科班后，才发现刚刚摆脱物理追杀的我，现在又碰到英语这个拦路虎。文科班的学生多为城里孩子，他们初中学了两年英语，而我在农村"戴帽"初中，连26个字母都认不全。

周老师课堂上总提问我。我红着脸，瞪着眼睛茫然地看着他，他顿了顿，照例会说："歪瑞固得，随当扑利斯！"

我说什么了，周老师，您就"歪瑞固得"？我忐忑地坐了下来。

知耻而后勇，不到一个学期，我就可以流利回答周老师的提问，心安理得地接受"歪瑞固得"了。

## "温而不厉"

历史老师姓孔，"祥"字辈，据说是孔圣人第七十五世孙，山东口音。

二十世纪七十年代末，刚恢复高考，班里多数学生还没有意识到考大学的迫切。普通文科班老师上课，用在维持课堂纪律上的精力要多于课堂教学。孔老师好脾气，不大擅长维持纪律。以至于座位上的讲话声经常盖过讲台上的讲课声，每当这时，孔老师便会停下来，半天不讲课，待下面安静了，他再讲课，如此反复。

孔老夫子主张为师要"温而厉"，可作为孔门之后的孔老师只"温"却不"厉"。

一次，我拿着一本不知从哪儿淘换来的翦伯赞编写的《中国史纲要》，煞有介事地在课上看。课后，孔老师找到我，跟我聊起了封建社会分期的"三论五说"。自此，我上课时再也不分神，听孔老师的课，越听越有味。

## "最老师"

姚老师最像老师。

身形矮小的他常年一身蓝布衣裤，圆脸上架着一副瓶底子厚的圆圆的眼镜，手里拿着一把三角尺，胳肢窝夹着一沓数学讲义或作业本，低着头匆匆往教室走，经过学生身旁，学生跟他打招呼，他立马醒悟般停下脚步，对着学生鞠躬点头，态度比学生还要谦恭，弄得学生怪不好意思的。

高考冲刺阶段，同学们一改往日优游，吃饭都带小跑，饭后也不回宿舍休息，在教室里做作业。做着做着，一道数学题难住了我。"找姚老师问问。"我拿起作业本，就往姚老师家跑（那时老师的家大都在学校里）。

隔着纱门，我问："姚老师在家吗？"

屋里传来："在，谁呀？"

"是我，姚老师，问问题。"我说。

过了会儿，屋里传来："进来吧。"

我推开纱门进去了,一看,姚老师刚刚在午睡,脸上还有席印。我想退回来,姚老师连忙说:"没事,拿来,我看看。"伸手接过我手里的本子,趁我不注意,一脚将躺在地上凉席上酣睡的师母踹醒。

我觉得那一脚,仿佛我踹的,回到教室后,暗下决心,不吃馒头得争口气。

一晃几十年,现如今,有的恩师已经作古。班主任董老师和数学姚老师还健在,可他们的眼神都不济了。见到他们,我上前打招呼,他们已认不出我,解释半天还是一片模糊。

他们教过的学生太多啦!

# 初为人师

1983 年,我师专毕业的那年,全县一刀切,所有师范院校的毕业生都要下乡,我被分到了我家乡的中学——皂河中学。

因为还在暑假,学校寂静无声,走过一片大操场,来到校园南北大道的两行高大梧桐树的树荫下,树上知了忽高忽低的鸣叫更衬托出校园的宁静。接待我的学校工作人员还未到,正当我不知往哪儿走的时候,一位身材高大、须发皆白的老者,深一脚浅一脚地从旁边的平房内走出来,看到我,他问明了来意后,热情地邀我先到他屋里坐会儿。

闲聊中,得知他姓王,是这个学校的退休教师,老伴死得早,退休后本打算回家养老,可因为白内障几近失明,回家后,还需要儿子儿媳伺候,可他们还有农活、家务,无暇顾及他。学校是他生活大半辈子的地方,哪儿是食堂,哪儿是厕所,他都熟门熟路,摸索着能够自理，所以一直还在学校宿舍里住，在学校食堂里吃，全校上上下下似乎也默许了。

王老师虽然眼睛不好，却十分健谈，聊了他一辈子都在农村学校教书，退休前的十多年在皂河中学任教，跟皂河中学有着很深的感情，似乎有上课铃声和学生读书声的陪伴，才能睡得着觉，吃得下饭。

聊天的同时，他给我这个刚入职的小辈以忠告：万事开头难，年轻人刚工作，头一定要开好，头开好了，接下来偶尔犯点小错，别人也会谅解；头没开好，第一印象坏了，今后再努力，也是白费！

我深以为然。

没想到这位因白内障而眼前一片模糊的老者，是一位内心通透的智者。

入职后不久，学校新调入一位校长——赵裕桐校长，据说他是主动要求从睢宁县中副校长岗位上调到农村中学——皂河中学做校长的，大约他有叶落归根之意，更想在退休前的几年，为家乡教育做些贡献。

赵校长清瘦，背微驼，鬓发花白，爱抽烟，说话时总夹杂着剧烈的干咳。赵校长到任后，先将全校教师的课听了个遍，对新入职教师的课更是听了又听。

一次，我拿着教本走进教室，一抬头，看到赵校长端坐在教室后面，我顿时两耳发热，心跳加速。稍稍稳稳心神，我便开始上课，渐渐地从局促不安到得心应手。下课铃骤然响起，我收拾好教科书，跟在赵校长后面来到他的办公室，请他指教。他点燃一支烟，示意我坐下，烟雾中他咳嗽了一通，喘息甫定，便开始对我的课进行点评："教学基本功不错，但一堂课面面俱到，重难点讲得不深不透。

岸上流年

我建议，与其伤其十指，莫若断其一指……"

我获益匪浅。

从普通农村女孩到重点中学校长，我的成长路上，只因遇到过他们。

不忘恩师，成为恩师！

（又名《一日为师》，原载于 2022 年 7 月 7 日中国作家网）

**【阅读手札】** 记述了读书教书过程中几位老师的片段，风趣幽默，笑中有泪，泪中带笑。韩老师的"一个馒头蒸熟吃"，各科老师的外号，直到自己走上讲台遇到赵校长，"不忘恩师，成为恩师"成了作者的坚定信念。（王清平）

第三辑　音容蔼然

第四辑

# 往事历历

# 打酱油（外一篇）

听说"打酱油"在网上的意思是"路过"。我这里说的打酱油是难以忘怀的童年往事。

五六岁的时候，家里便让我拿着酱油瓶到供销社打酱油。红烧鱼，打三分钱酱油二分钱醋；红烧肉，只打酱油，不要醋。这次家里烧鱼，我边走边叨咕："三分钱酱油二分钱醋，三分钱酱油二分钱醋……"

路旁邻里瞧见几岁小人儿手拿酱油瓶念念有词的认真样，故意逗我："二分钱酱油三分钱醋，二分钱酱油三分钱醋……"果真，当我将酱油瓶和五分钱举到比我还高的柜台的时候，就变成"二分钱酱油三分钱醋"了。以致烧出的鱼酸得不行。那时家家难得烧一次鱼或肉，再酸也都吃下去了，母亲告诫："下次可再不能记反了！"

再打酱油的时候，我不会出声，只默默记在心里，别人说什么绝不接茬，直至完成了任务，得了夸奖。可是平时打酱油的机会并不多，一年不过几次。只有过年的时候，家家户户办年，油盐酱醋才买得勤。

记得有一年年底，我从小伙伴宝兰家听说距家几里的船闸边，

岸上流年

有家商店里的酱油又好又便宜，不像街上供销社酱油那么寡淡。我极力说服母亲让我和小伙伴一起去船闸买酱油，眼看到年跟前，母亲又抽不出空，听宝兰说她表姨家在船闸边，不碍事的，也就松了口。

第二天一大早，我和宝兰一人提着一只瓦罐，攥着家里给的几毛钱，一路欢歌开往船闸。宝兰表姨带我们买了酱油，看我们身小力薄，找了根木棍让我俩抬着回去。归程也还顺利，不过架不住路旁炒花生的诱惑，我们买了两把，一路吃着返回，甭提多开心了。

正所谓乐极生悲，顾着剥花生，没有扶住肩头木棍，加之走路又没个正形，木棍从肩头滑落，瓦罐顿时摔作几瓣，酱油洒了一地。我俩傻了眼，想到可能遭到的大人的责罚，两人一屁股坐在地上，围着破瓦罐放声大哭。路上行人看到，纷纷劝说：别哭了，哭也哭不来酱油。时候不早了，快点回家吧！

我俩捡拾残存酱油的瓦片，一路哭着回了家。至于回来后母亲是否责罚已经记不清了，只模糊地记得那时花生的香味和眼泪的咸味。

如今再也不用步行数里去打酱油了，超市有各种品牌的酱油，琳琅满目，只要推着手推车缓步于货架下，便可随手拿来。不知怎的我对当时打酱油的苦乐，就那么难以忘怀呢？

【阅读手札】与《打酒》算是姐妹篇，两个片段，一个被人忽悠，把酱油和醋的分量弄反了；一个和宝兰去船闸边商店打酱油，用棍抬着回家，经不住炒花生诱惑，顾着剥花生，打了瓦罐，哭着回家。小时候的事，怎么着都有意思。（王清平）

# 煎饼记忆

老一辈宿迁人喜欢吃煎饼，一顿不吃煎饼跟没吃饭似的。

那时煎饼是家家户户、老老少少主要的能量补给。推磨、烙煎饼则是妇女和孩子的专责，男劳力一般不上磨道。

后半夜鸡叫两遍，女人便起了床，淘粮刷磨，呼呼地推磨，放平鏊子烙煎饼，火苗映得女人的脸红红的。天亮后，一大摞薄而香的煎饼便摆上了饭桌，喝着稀饭，就着咸菜，大人孩子吃饱喝足后，下地的下地，上学的上学。也有卷上咸菜、大葱或青椒边走边吃的，省时间，不误工夫。

太阳老高还在磨道上转的，这家女人肯定懒！

煎饼曾滋养二十世纪五六十年代出生的农村学生，让他们也能和城里的学生一样，坐在教室里读书而无挨饿之忧。

星期天下午，农村学生便将一摞煎饼背在身后，一瓶咸菜挂在胸前，踏上艰辛求学之路。秋冬两季，煎饼可保一个星期不霉。饭时，宿舍里便弥漫着煎饼和咸菜的香味。春夏两季就不行了，妈妈手艺好的，煎饼烙得薄，可保三天不霉；妈妈手艺差的，第二天煎饼上就出现点点霉斑，只得在宿舍扯起晾绳，把又厚又潮的煎饼放在晾绳上晾干。此时的宿舍，如一艘扯了风帆的航船，载着十四五岁的我们航行。

现在的年轻人已无法想象我们当年对煎饼的依赖。记得同宿舍的一位同学，计划性强，每天吃几张事先计划好，绝不多吃一张，所以虽然家境不好，但从没挨过饿。另一位同学则不然，常常是上半周撑死，下半周饿死，需要同学接济，可那时谁家都不宽裕。

偶尔功课紧，无法回家背煎饼，家长便步行或乘车"支前"。周末，或黑或白、或厚或薄的煎饼及时送达，有煎饼做后盾，大家读书特别卖力。

有时也有意外。一次，同桌的"补给"迟迟没到，早读课显得有气无力。正无可奈何之时，窗前出现一干瘦老头，坐在窗口的我正要问找谁，同桌便飞也似的奔出教室，原来她家送煎饼来了，待她回到座位时，才知他爸因农活忙，直到现在才来。且为了抄近道，居然在腊月的天气，涉水过河，身上的黑棉袄湿了大半。

同桌大学毕业不久，她的父亲便去世了，没能享上闺女的福。我猜想，那天清早，看到闺女将一摞煎饼拎进教室后，便开始大声地晨读，父亲心里一定是暖暖的。

（原载于 2020 年 7 月 12 日《宿迁日报》）

【阅读手札】从一般记述到学校同学吃煎饼、家长送煎饼，煎饼真香。（王清平）

# 幼病杂忆

现在回想来，小时候能活下来，真是个奇迹！

虽说人吃五谷杂粮，难保不生病，可从小到大，像我这样被病魔穷追不舍的，还真不多。

不记事的时候，就得了一场病，叫小儿百日咳。

听母亲说，开始时以为是感冒，没太在意，没承想，夜里竟然起了热。天还未亮，妈就抱着我跑到戏园子后面的巷子里，敲开周奶奶的家门。打开门，周奶奶看了看妈怀里的孩子，知道了来意，说："来，放床上吧，孩子受了凉，寒火上炎。"说着，就将我面朝下，在床上放平，然后用温水净了手，从我的后尾巴骨捏起，沿着后脊梁骨一直捏到后脖骨。妈一边扳着我，一边悄悄地抹眼泪。周奶奶对妈说："孩子哭叫，别心疼，心疼瞧不好病！"妈止住了泪。不知捏了多少个来回，直到我浑身湿透，嗓子喊哑，周奶奶才停了手，长舒一口气对我妈说："抱回家吧，喂点水，睡一觉，就好了。"

午后，还真退了烧，妈松了口气。

可第二天晚上，咳嗽突然加重，一声紧似一声，连白天吃的奶都吐了出来。天亮后，妈抱上我，到大队诊所去瞧。大夫用听诊器听了又听，仔细询问了病情，说："孩子得了百日咳了。这个病，病程长，可能持续两三个月；病情凶险，严重时惊厥抽搐甚至昏迷！"

妈惊出一身冷汗，慌忙问大夫怎么治。大夫边开处方边说："这个病三分靠治疗，七分靠护理。白天还好，夜间会加重，要格外当心！"

自此，妈白天抱着我去诊所打针，顺道又从中医先生那里讨来方子，用川贝粉跟蜂蜜、香油调匀，一天三次喂服；夜晚衣不解带，把我搂在怀里，拍着哄我入睡，等到我安静下来了，她才靠在床头眯一会儿。这样持续近三个月，直到我好利索为止。

记事起，我又接二连三得过痄腮、荨麻疹和疟疾。

一次，邻居小葵生了痄腮。白天，伙伴们还在嘲笑小葵那用臭墨汁涂得黑黑的腮帮子；晚饭时，我的腮帮子也酸疼酸疼的。第二天一觉醒来，左边腮帮子里像塞了颗核桃。妈说，糟了，也生痄腮了。可不就是。妈拉着我，到小葵家，把她哥哥写大字用的臭墨汁拿出来，用棉花蘸了点，涂抹在痄腮处。我和小葵，你看看我，我看看你，刚要咧嘴笑，又都龇着牙，倒吸一口凉气，疼！不几天，一条街上，好几个孩子都鼓着黑黑的腮帮子，活像戏台上的黑包公。

一次从湖里割草回来，觉得浑身痒痒，心里烦乱，一会儿工夫，前胸后背、胳膊腿上陆续鼓出一个个大大小小扁平的包，密密匝匝、挨挨挤挤。妈说，这是"鬼扑子"（荨麻疹），许是下湖割草碰到了脏东西，踩到"鬼脚印"了。妈怕我用脏手抓挠，就烧了开水，晾凉，加点盐，用淡盐水给我擦拭止痒。几天后，那包渐渐变小，直至完全消退。

从此，每次下湖割草，我都格外留意，看到地上有奇怪形状的脚印，总是绕着走，可"鬼扑子"还时不时会"扑"上身。

至今心有余悸的是一次发疟疾。

一个夏天的午后，屋外骄阳似火，妈在树荫下正跟邻居刘大娘做针线拉呱。我在屋里小桌边写作业，渐渐觉得屋子如同冰窖一般，丝丝凉气从后背窜到前胸，全身起了一层鸡皮疙瘩。我撂下了笔，跟妈说我冷，就一头钻进了被窝里抖个不停。妈赶忙放下针线，又抱来一床被，把我裹得严严实实。可我仍像掉到了冰窟窿，上下牙发出咯吱咯吱响声，嘴唇和舌头都嗑出了血。

刘大娘见此情形，跟我妈说："这孩子是不是发疟子了？前儿俺家三丫头也是这样忽冷忽热，吃药打针都不怎么见效，出门躲了几次才好利索。"

妈正想问问怎么躲，忽然看我一脚蹬开了棉被，晃晃悠悠地下了床，顺势躺在堂屋当间的凉席上面。可我觉得身下的凉席如同蒸笼，似要把我蒸熟，又像是火炉，烤得我嗓子眼、鼻窟窿眼连同浑身的每个毛孔都在往外冒烟，两只眼睛也要喷出火来。妈端来凉水，拧了把湿毛巾放我的额头，可那凉毛巾一会儿工夫就被捂得滚烫。

晚饭的时候，高热渐渐退去，我像从水里捞出来一样，全身湿漉漉的，头发无力地粘在额头。

第二天午后，相同的一幕再次上演。我好似乘坐惊险刺激的过山车，一会儿被重重地扔到了幽深冰冷的谷底，一会儿被高高地抛到浓雾弥漫的空中，直到折腾得我精疲力竭，过山车才把我送回平地。

稍稍平复之后，妈领我去了卫生院瞧病。大夫说是发疟疾了，没什么好办法，只能对症处理，开了点药就让带回家调养。

病急乱投医。晚间，妈跑到刘大娘家，向她讨教了出门躲疟子的良方。

清晨，妈单为我做了碗鸡蛋面条，待我吃完，就用盐水瓶装了温开水，用手绢包了张煎饼，打发我出门躲躲。出门前，妈又到锅屋里蘸了点锅灰涂在我额头，说："涂上黑灰，疟子就认不出，也找不着了。"

我手拿盐水瓶，怀揣干粮，蔫蔫地往湖里走。清晨太阳还不毒辣，但空气湿湿的，热热的，走到距家二里地的大干渠上时，我虚汗直冒，两腿发软。我停下了脚步，一屁股坐在渠埂上。环顾周围，空无一人，唯有绿荫匝地，蝉鸣盈耳，这儿兴许就是最佳躲藏之所。

在树荫下躺着歇了会儿，掏了会儿知了洞，撩了会儿渠里的水，吃完了随身带来的干粮，喝光了盐水瓶里的白开水。抬头看看日头，家里该吃中午饭了，有气无力地从地上爬起来，深一脚浅一脚地往回走。

到了傍晚，寒战还是找上了门，随即热浪再次袭来，只是势头弱了些，时间短了点。

妈说，明儿再躲远些，兴许就全好了。

第二天，我带着开水和干粮，走到距家四里多的黄河河滩头。河滩上，一条条土埂被浓密的山芋秧覆盖着，犹如绿色海洋上的层层波浪；河边的芦苇丛中，不时传来几声鸟鸣，声音怪怪的。平时这儿少有人来，只在分山芋时，才会热闹一阵子。就躲这儿吧，再远的话，疟子找不着我，我也找不到家了。

十二三岁以后，我渐至茁壮，除了被狗咬过一口，被开水烫过一回，没再遭遇过什么不测。病魔似乎被我远远地抛在了身后，偶尔听到它呼啸着从我身边掠过的声音，许是去追赶比我更羸弱的生命。

直到步入人生之秋，病魔重又追上了我。与其说是追上了我，不如说这几年，它一直在不远处悄悄地潜伏着，等到我体力不支、火力不旺、麻痹松懈的时候，趁势给我致命一击！所幸，骤雨狂风只是打折了我还算青绿的枝条，吹落了我逐渐发黄的树叶。

有时我也纳闷，我不是西天取经的唐三藏，没有吃了可以长生不老的唐僧肉，何以大大小小的病魔对我如此纠缠不休？转念又一想，人生在世，谁还没个七病八灾？于是打起精神，哼唱起了"你挑着担，我牵着马。迎来日出，送走晚霞。踏平坎坷成大道，斗罢艰险又出发……"

（原载于2022年6月16日中国作家网）

**【阅读手札】** 用轻松的文笔记述了幼年患病经历，小儿百日咳——痄腮——荨麻疹——疟疾，特别是痄腮和疟疾写得非常生动。用臭墨汁在腮上涂抹，独自到黄河滩躲，不能说愚昧，风俗有时的确见效。最后，人到中年后又患一场大病，但仍可以唱着《西游记》插曲笑对病魔。心态决定健康。（王清平）

岸上流年

# 上学的那些往事

那时候农村孩子上学，大多是望天收。孩子一交给学校，立不立苗，成不成材，那是校长和老师该操心的事。

哪像现在，上学送，放学接，接回家来写作业。有点空闲，还得送到培训班补课，再不，直接请家教上门辅导，就差亲自披挂，替孩子上学。

那时谁家有那闲工夫，土里刨食，能给一家老小的嘴顾上就不错了。上个学，多自在的事，哪里还要接送！

天刚蒙蒙亮，三三两两，蓬着乱发、吹着鼻涕泡的小丫头、小小子，挎上妈妈做的布书包，一颠一颠地上学去了。至于在学校学了什么，学得怎样，爸妈没空问，也问不了，自己文化程度搁那儿了，只能一切都交给学校。

太阳还老高，小学就放了学。学校大门一开，小鸟出笼，扑棱棱飞了出来，呼朋引伴，追逐戏耍。三五成群，踢毽子的，跳绳的，打酥的，拾羊窝的，砍钱儿的，不玩到他妈喊他回家吃饭，不会回去。

倘是放学时遇到下雨，也别指望有人来接。一个个仰起小脸看看天，深吸一口气，双手抱着头，沿着雨缝，冲进雨幕，往家里狂奔。还有提着鞋，捂着头，赤脚而行的，主要是心疼那双鞋，那可是走亲戚时才舍得穿的。只要老天爷不下刀子，没有哪个家长会接送孩子上下学。

更有甚者，上学还要带着弟弟或妹妹。

刘家三丫头，九岁了，还没让上学，在家里带弟弟。同龄的小伙伴一蹦一跳地去上学，她看着眼热，求她妈，她妈说："你去上学，你弟谁带?"没答应。三丫头不死心，软磨硬泡，她妈被缠烦了，勉强同意，不过有个条件，得带着弟弟一块儿去。

带着弟弟或妹妹去上学，在多子多福的年代，一点不新鲜，老师、同学见怪不怪。

一大早，三丫头胳肢窝夹着青布包着的书本（她妈还没腾出手给她缝书包），抱着弟弟上学去了。到了教室里，她先把弟弟放在墙根空地上玩，她则安坐于教室听课，下课了，再逗会儿弟弟。弟弟也乖，瞧着他姐在教室前面听课，挺新奇；无聊了，就在教室后面撒尿和泥玩；玩累了，就靠着墙根儿迷糊。

就这样，三丫头带着弟弟，提来拖去，勉强上到了小学四年级。能干农活时，她家就不让上了。不过三丫头已认了不少字，马马虎虎能看信，会算点小瓜账，不像她的两个姐姐，大字不识一个。

小亮是个例外，他上学，"待遇"高。他妈不仅"送"，还"接"。

瞧，亮他妈又"送"小亮上学了——

只见小亮在前面狂奔不止，亮他妈拿着笤帚疙瘩在后面追赶不息。经过一番激烈竞逐，亮他妈终于败下阵来，手掐着腰站在路上喘粗气。小亮感觉身后没了动静，边跑边回头看他妈，目测笤帚疙瘩能达到的距离，也停下了奔跑的脚步。就这样，他妈追，他便跑，

岸上流年

他妈停，他就止。亮他妈一直"送"小亮进了学校大门才罢。

小亮家住在大堰上，从大堰到中心校的南北路上，小亮母子隔三岔五上演相同戏码。乡邻见了，有的苦笑，有的叹息。

除了"送"，有时亮他妈还会到学校去"接"。

这不，放学后，老师让小亮的同学捎信儿给亮他妈，说让她到学校去一趟。亮他妈正在烙煎饼，打死鏊窝底的火，拍拍身上的草灰，匆匆赶往学校。

到办公室里一看，小亮正低着头在那儿罚站。老师与旁边的一对母子说着什么，那母亲情绪激动，那儿子一脸委屈，小脑袋上还缠着纱布。不用说，小亮又闯祸了。

亮他妈又是赔礼又是赔钱，这才算了。

回家的路上，亮他妈提着小亮的耳朵，恨得牙根儿痒痒："亮儿，你怎么这么不省心，天天给我惹事！你爸回来，我怎么跟他交代？"

亮他爸在外地工作，每次回来都嘱咐亮他妈，要督促亮儿好好上学。

亮他爸原先是这一片书念得最好的，大学毕业后留在了大城市工作。按级别，亮他爸可以带家属，可亮他妈一字不识，工作不好安排，亮他爸因此有了怨言。亮他爷爷听到后，严词喝止，且说："贫贱之交不能忘，糟糠之妻不下堂。"

亮他妈吃不识字的亏，怨自己父母没让自己上几年学，好识些字，又怨父母为什么那么早就给自己定了亲。可怨归怨，现在木已成舟，只有把家料理好，把亮儿抚养好，才对得起亮他爸，这个家才稳当。

"上学这方面，亮儿怎么就不随他爸呢？"领小亮回家路上，亮他妈越想越烦。

也有上学不让人烦心的，那就是小斌。

小斌得过小儿麻痹症，五岁时又没了妈，是个苦命的孩子。斌他爸对小斌说："你腿脚不利索，出力肯定不行，想要有出路，就得好好上学！"

小斌很听话。寂静的冬晨，路上便传来噗——啪——的脚步声，沿路人家就会叫醒还在睡梦中的孩子："快醒醒，小斌都上学去了！"

听长辈说，斌他爸高小毕业，又有私塾底子，能写会算，人长得体面，又在县城里当干部。斌他妈是普通家庭妇女，还整天病病歪歪的，与斌他爸不怎么般配。左邻右舍经常这么议论。

不知什么原因，几年前斌他爸突然被下放回家务农。没几年，斌他妈因病去世。不知是条件不允许还是自己不愿意，斌他爸没再续弦。一个男人拉扯两个孩子，鳏夫爷儿仨，相依过活，不容易。不过，大人孩子都还齐整，特别是斌他爸总是干干净净、利利索索，不像其他人家，一忙起来，头不是头、脚不是脚的。有人说斌他爸也只有一件像样衬衣，白天穿脏了，晚间洗，早上再穿。

斌他爸跟我家沾点亲，我得称呼他二大爷。农闲时，二大爷有时来我家串门，看着正写作业的我，跟我爸妈聊到孩子上学的事，说："从小看大，三岁知老。我看这条街上几个上学的孩子，陈木匠家老大、照相馆老汪家三小子，还有你家玲子都不错，上学从不让人烦心，没准能成。你家虽是女孩，也要好好培养。俺家小斌，光看怪积极，虚虚嘈嘈，不一定行。"

父母只当是闲聊，一笑而过。小小的我却暗暗记在了心里。

三丫头早早嫁了人。小亮初中毕业后就随着他妈一起进了城，据说考上了当地的职业学校。小斌没上完初中就辍学回家，他爸让他学了理发手艺。后来陈家老大、汪家老三和我，一起从中心校戴帽初中考上了县中。

转瞬几十年。

光顾着回忆小时上学的那些事，这都快到点了，得去学校接孙子了。

（原载于 2022 年 2 月 14 日《宿迁日报》）

【阅读手札】现场感很强。围绕上学这事，记述了三丫头、小亮、小斌等几个同龄人上学的趣事。三丫头拖着弟弟上学，小亮被妈拿着扫帚"送"着上学，真实有趣。最后从追忆中回过神来，要去接孙子了。反话正说，诙谐幽默。（王清平）

# 过　河

　　"放学了还捧书看，快点下湖割猪草！没听到猪饿得直叫唤吗？"妈从田里干完活回来，看见我安坐堂屋，悠然看书，便气不打一处来。

　　在妈的心里，小猪崽买回来后，喂猪的任务就是我的了。每天下湖去割又青又嫩的草伺候好猪，是我放学后的头等大事。大人没空，得干农活挣工分。

　　圈里的猪听到有人回来了，也由原来低沉地哼哼变成凑热闹似的紧一阵慢一阵地尖叫。圈里明明还有我昨天割的猪草，可猪的嘴很刁，嫌其老了蔫了，一股脑儿地拱到一边不吃，放肆地大声叫唤。

　　夏季太阳还老高，小学就放学了。那时家里有太多的活等着农家放了学的孩子：洗衣做饭哄弟弟，拾草剜菜摸乌牛（螺蛳）。

　　我嘟囔着撂下书本，拿起镰刀和篮子下湖去了。下湖不是真到湖里，而是到运河北岸的骆马湖大堤上。我们这里管下田或下地叫下湖，我猜大约因为骆马湖曾经有水时是水库，没水时是农田，所以下田就叫下湖。再说，下田和下地是安葬死者的别称，不吉利，不如下湖听着顺耳。

岸上流年

田埂上和大路旁，已经没有可割的猪草和可捡的干柴，那里被勤快的小伙伴割了一遍又一遍，捡了一茬又一茬。甚至连树上落下来的树叶也被小伙伴用笆子搂了又搂，比扫过还干净。可运河北岸的骆马湖，堤上有割不完的猪草，湖边有捡不完的芦柴，湖里有摸不完的螺蛳和鱼虾。当然我们南岸也不是一无是处，我们集上有北岸百姓离不了的柴米油盐酱醋茶。

所以运河南北岸的人们都得过河。

运河渡口有两个摆渡的。一个是长相有点凶的中年男人，叫徐发有。知道他的大名，纯粹拜他捣蛋包儿子们所赐，因为他们太爱惹事，常常恃强凌弱，欺负小伙伴。小伙伴武力较量落了下风，总是直呼其父徐发有的名字叫骂，天长日久，徐发有的名字就妇孺皆知了。另一个是驼背的老头，为人和善，我们都叫他驼老爹。驼老爹老两口只有一个女儿，早已嫁到了外地，平时不常回来，所以驼老爹的大名，因没有惹事儿子广而告之，以至于大家不得而知。

那时过河要两分钱，驼老爹只收大人的过河钱，孩子过河不要钱。也有半大小子仗着水性好，腰里系根绳子、别把镰刀，凫水过河。

渡船拢岸，大人孩子陆续登船。大人们自觉地将两分钱投到驼老爹船头的木盒子里，驼老爹也不看，只自顾自地忙活；偶尔有忘了带钱的，跟驼老爹说声下次再给，驼老爹也不在意。等到大家坐定，驼老爹便不紧不慢地划着小船，缓缓地穿行在粼粼的波光里。有时我会趁驼老爹不注意，转过身子坐在船沿上，把脚伸到清凉的河水里，伸手捞起浅水处的浮萍和菱角，或手搭凉棚看西来东往的大小船只。大船经过时，激起一层又一层大浪，水面上凫水过河的男孩子们乌黑的头便在浪里一沉一浮，我们的小船也跟着一上一下地颠簸起来。这时候，一向和善的驼老爹便会板起面孔，喝令我把手脚收回船舱。

不收孩子船钱，有时甚至不在意给不给船钱，时间长了，徐发有不乐意了，竟然牵三挂四、夹枪带棒地说了些难听的话，其间还夹杂了"老绝户"之类的字眼。驼老爹听不下去了，先是语言交锋，渐至肢体冲突。年迈的驼老爹哪里是徐发有的对手，被徐发有一掌推倒，跌坐在石坡上，驼老爹挣扎着爬起来，还要上前理论，被过河的人劝开并扶回家里。

驼老爹半个月没能出门。这半个月，渡口只有徐发有一条渡船，过往的大人孩子一律二分钱，概不赊欠。驼老爹吃了闷亏，在家养伤时，唉声叹气。他老伴驼奶奶伺候完老头子，就来到渡口，坐在石坡上，指名道姓地骂徐发有，骂累了再回去伺候老头子。妈平时教我不要骂人，说骂人不好，可听驼奶奶变着花样地叫骂，妈不但不上前劝说，还暗说：骂得好，该骂，谁让他徐发有把一分钱看得比锅盖还大？再说欺负老实人，做得太过了。徐发有情知理亏，不敢作声，任由驼奶奶骂个够。徐发有的"大名"自此更是远播十里八乡。

半个月后，驼老爹又出来摆渡了，还是慢条斯理地划着桨，一趟一趟地送大人孩子过河，还是只收大人船钱，不收孩子的。我也仍旧免费坐着驼老爹的船到运河北岸，背回猪草、芦柴或螺蛳，在暮色苍茫时乘渡船返回。

枯水季节到了，烟波浩渺的骆马湖一夜之间变了模样。丰沛的湖水退去后，露出湖底的真面目：大大小小的水洼，成片成片的水草，一簇一簇的芦苇，更多的是裸露在秋日阳光下的螺蛳、河蚌和乌黑的塘泥。

"骆马湖耗水了！"人们奔走相告。生产队派出精壮劳力到湖底打捞水草，运回队里沤肥，妇女和孩子则成群结队过河到湖里淘"宝"。邻居刘大娘全家总动员，娘儿五个捎带上我，一行六人挎着大小不一的篮子，浩浩荡荡乘渡船开赴运河北岸的骆马湖，驼老爹仍只收大人的船钱，不过一改以往缓慢悠闲的风格，划桨的双手格外用力。

船一靠岸，我们直奔湖里，骆马湖也张开她宽阔的胸怀，迎接来自四面八方的人们。拾螺蛳，捡河蚌，渴了，捧口湖水喝，饿了，嚼块煎饼搪饿。不知不觉，日头偏西，刘大娘招呼四散寻"宝"的我们，说得回去了，我们也都陆续拖着沉重的篮子向她靠拢。刘大娘擦了擦额头的汗，说去解个手，一个人钻入不远处的芦苇丛里。忽然刘大娘提着裤子从芦苇丛里钻出来，低声地说："快！快！把篮子里的东西倒了，都跟我进来。"我们一脸茫然，一齐倒空了篮子，跟刘大娘钻进了芦苇丛。天哪！芦苇丛里居然有个小水洼，里面全是活蹦乱跳的鱼！

那一年，刘大娘家的咸鱼吃了整整一个冬天，驼老爹的午餐也经常用咸鱼下饭。

冬季来临，湖堤上染了一层枯黄色，树木也光秃秃的，过河的人渐渐少了。

有一次听过来赶集的人说，运河北岸的水上公社要放电影《卖花姑娘》。天刚擦黑，大姑娘、小伙子便三五成群地走出家门，坐船过河去看电影。他们从你身边经过时，洒下一路年轻的笑声，送来阵阵雪花膏的香味。我瞒着父母和小伙伴一起乘船到了对岸。大堤的空地上，银幕如风帆般张挂了起来，银幕前已是黑压压的一片。电影终于开始了，果然是"苦戏"，观众从头哭到尾，满场抽咽之声。等我们鼻涕一把、眼泪一把地看完了电影，准备渡河回家时，顿时傻了眼。岸边挤满了人，呼儿唤女，人声鼎沸。尽管驼老爹来回已经送了好几趟了，渡口还是源源不断地有人汇入渡河的大军。那些身手矫健的青年男女，在船还未拢岸时，便不顾天寒水冷，涉水爬上小船，小船被人们压得与河水齐平。幸好驼老爹手艺高超、胆大心细。当所有人都被安全送达彼岸时，已是深夜。

（原载于 2021 年 7 月 24 日《宿迁晚报》）

【阅读手札】由妈妈安排割猪草写到运河摆渡的徐发有和驼老爹之间的矛盾，再到去耗干了的骆马湖寻"宝"，记的是人，写的是事，摆的是理，折射的是人品。（王清平）

岸上流年

# 怕　黑

小时候怕黑。

冬日晚上，在小伙伴家玩得忘了时间，回家的时候，才发现黑夜已张开了黑洞洞的大口，准备将一切吞入腹中。我深吸一口气，硬着头皮独自闯入漫无边际的黑暗海洋中，寂静空旷的路上，黑暗时而化为狰狞的面孔，时而发出莫名的声响在我的身后紧紧跟随……

夏忙时节，跟着大人在社场上凑热闹，大人要通宵打场，孩子都要被打发回家。我不情愿，却不得不从热火朝天的社场上冲进寂静无声的茫茫夜色之中。路上我先是边走边大声唱歌，继而从小跑到狂奔，怦怦的心跳伴着呼呼的风声听得真切，觉得从社场到家的路长到没有尽头……

印象深刻的是一次黄河滩头分山芋的经历。

又到分山芋的时候。拉板车的，推独轮的，挑个筐的。父亲则轻车简从，只在胳膊底下夹了两个麻袋，领着我出了门。

离家四里地黄河北岸的一大块狭长的河滩地，在村子的最南面，今年雨水充足，光照充分，山芋丰收，刚刚被收上来的山芋带着新鲜的泥土气息，静静地等待着它们的主人把它们带回家去过冬。

我家分到了五大堆。爸看到堆头，顿时犯了难，挠了半天头，对我说："你在这儿看着，我回去借板车。"说罢就掉头回去了。

我守着山芋堆，等着父亲和他的板车。

西边最后一丝光亮消失在无尽的天际，各家陆续将山芋装袋上车拉走。没有劳力的沈家娘儿几个，也能背的背，能扛的扛，连小坐圈（家里最小的孩子）也没空手，像蚂蚁搬家似的把一冬的口粮搬了回去，黑色的剪影在西边的路上变得越来越小。喧闹了半天的河滩头，顿时安静了下来。

夜幕完全降临了。远处隐约传来一两声鸟叫，近处河边草丛中不知什么东西跳到水里，发出扑通扑通的响声。

去年这河里淹死了一个玩水的孩子，年龄比我大不了多少。不远处的机井里曾打捞出一个男人的尸体，他是我小学同学的哥哥，不知什么原因，一时想不开，跳了井。我还记得他打捞出来的样子，一张席子盖着尸首，两只被井水泡过的脚露在芦席外面，机井的四周散落着许多烟头。这些画面都在我脑海里火花似的一个一个地跳了出来。

我终于哭出了声，可回应我的是更加黑的黑暗。

忽然，黑暗中传来一个声音："谁在那儿哭？"我一听是队长，兴许是转转看看还有谁家没把山芋运走。

我连忙止住哭："是我——"

"你怎么还没回去？"

"等俺爸借板车。"

"到现在还没来就不来了，快回去吧！"

"山芋怎么办？"

岸上流年

"恁晚谁来偷你的山芋？"

"这孩子真是死心眼，快回去吧！你爸也是个有栏无系的……"说着，队长的脚步声消失在茫茫的夜色之中。

我就近扯了几把山芋秧子，将山芋堆一个一个盖上，摸着黑踏上了回家的路。

可家在哪儿？

任我瞪大眼睛，眼前就是伸手见不到五指。我只好凭着感觉，深一脚浅一脚地从河滩地穿过，往家的方向摸。前面就是淹死了人的机井和那人的坟头，我的心仿佛顶到了嗓子眼，想跑起来，可两条腿不听使唤，直打摽。突然，不知被什么绊了一跤，我被甩出去老远。我挣扎着爬起来，不顾疼痛，往家的方向狂奔。

不远处就是黑鱼汪了，传说这黑鱼汪里有黑鱼怪，几年前就有一个胆大下汪洗澡被拖了下去，妇女也很少在这汪塘里洗衣服。我屏住呼吸，蹑手蹑脚地从塘边的小道上走过，生怕那黑鱼怪随时把我拖下水。

前面终于有了一丝亮光，黑暗仿佛淡了一些。"快到家了！"我心头一阵狂喜，步伐和呼吸也变得均匀了许多。

当我满头大汗地跑到了家，猛地推开家门时，灯光中，发现爸、妈和妹妹居然都在家中！我一屁股坐在地上，号啕大哭，声嘶力竭，把恐惧、委屈一股脑都宣泄了出来。爸看到我，忙解释说他没借到板车，以为天黑了我自己会回来，现在兴许是跑到小伙伴家玩去了，不知道我竟然会在漆黑的夜里、在黄河滩头等他到现在！

我不想听爸的解释，只顾放声痛哭，哭声惊醒了妈怀中的妹妹，她也跟着哭了起来。妈把妹妹塞到爸的怀里，一边搂着我，一边埋怨着爸。我也紧紧地抱住妈妈，将眼中的黑、心中的怕和积攒一个晚上的委屈都倾泻出来，直到哭累了，在她的怀抱中沉沉睡去。

长大后，我走过许多不得不一个人走的黑路，独自熬过人生的至暗时刻，包括父母离世、人生低谷、事业遇挫、突发疾病等，每次都觉得很怕，觉得很难再坚持下去，但一想到光明和温暖兴许会在不远的前方等着我，于是又鼓足勇气继续向前……

【阅读手札】小孩子都怕黑。孝玲在离家四五里外的湖里守着山芋堆，一直等着借板车的爸爸，直到天已黑透。想起附近淹死的孩子、跳井的同学哥哥，怎么不怕？队长催"我"回家，一路跌跌撞撞到家，发现爸妈都在家。原来，爸爸以为自己早就回家去小伙伴家玩去了，恼得自己大哭。"长大后，我还走过许多不得不一个人走的黑路，独自熬过人生的至暗时刻，包括父母离世、人生低谷、事业遇挫、突发疾病等，每次都觉得很怕，觉得很难再坚持下去，但一想到光明和温暖兴许会在不远的前方等着我，于是又鼓足勇气继续向前……"这就是不怕黑的收获。(王清平)

# 姐　妹

从小到大，我和妹妹是在大人们的反复比较中长大的，从妹妹出生的那天起。

姐姐高鼻梁、双眼皮，妹妹小鼻子、小眼睛；姐姐高大，妹妹瘦小；姐姐胆壮，妹妹胆怯——大人总这么比较，我也渐渐习以为常。

姐妹俩走出去，若说是一母所生，多数人会瞪大眼睛，摇摇头，说，真的吗？不像！

每到大年初二，舅舅家照例派表哥来接我姐妹俩去家里玩两天。一大早，我起了床，梳好头，洗好脸，穿上新衣，等候表哥上门。妹妹却大被蒙头，伸出双手，告饶般连连声明："别带我去，我不想去！"

连拉加拽，我硬是逼着她起床梳头洗脸换衣裳，她才不情不愿地跟在我后面出了门。

走亲戚，我是得水的鱼，妹妹是惊弓的鸟。很少出门的妹妹，遇到车子上下坡颠簸，便紧紧抓住我，惊恐万状，尖叫不已。到了舅舅家，今天姨姨家请，明天舅舅家候，我是来者不拒，乐不思蜀，几天下来，小脸更圆了；妹妹晕车呕吐，连惊带吓，加上出门想家，吃也吃不下，喝也喝不下，小脸苍白，精神萎靡，几天下来，一阵风都能吹倒。

到了上学的年纪。从小学到高中，我从未觉得难写的作文，到了妹妹那儿，便如一座座难以翻越的高山，虽几经尝试，却仍在山脚下徘徊，只能望着空白作文本愁容满面、愁绪满怀。就这样，我顺风顺水，妹妹磕磕绊绊，姐妹俩高中都毕了业。

二十世纪八十年代初，全国大学录取率极低，考取是少数，落榜很正常。高考过后，我自感录取无望，收拾行囊被褥，准备去县中复读一年的时候，分数线下来了，我以高出分数线 1.6 分的成绩，被某师范专科学校录取，成为那年全国不到三十万幸运儿中的一个。

妹妹考了两年，最终还是落了榜。斟酌再三，妹妹没提出再复读。也许她觉得，父母亲相继病倒，再任性地继续复读，不现实，也不落忍，于是含泪默默地接受了命运的安排，用柔弱的肩膀扛起生活的重担。

此后，我和妹妹相继成家，没有几年，父母双双重病卧床。姐妹俩只得分头把家里老的小的都扛在肩上。母亲也曾无奈地感慨："我跟你爸就是你姐妹俩的'赘腚瘤'，想拍不掉，想掸不得。"

那些年，我将母亲接到家里，端茶倒水，从没嫌烦；妹妹把父亲接到家里，擦屎抹尿，也不嫌脏。直到父母先后离世。

就这，多年后，亲邻见面，还常常把照顾父母的功劳大都记在我的头上，夸我有能耐，很孝顺，能为父母养老送终。

母亲临去世时，曾对我说："这辈子要是没你姐妹俩，我就白来世上走一遭了。你妹妹弱了些，家庭条件差了些，你要多照应照应她……"我含泪答应。

岸上流年

父母去世后，在这人世间，除了自己的孩子，只剩下妹妹与我血脉相连，我怎能不照应着她？我曾自以为我一直在照应着她。

　　平常，每逢老家亲戚红白喜事，都是第一时间通知我，谁谁闺女出门子了或儿子娶媳妇了，喜日子定在某月某日，你一定要来；某某去世了，正吊安排在什么时间什么地点，你必须得到场。最后顺带一句："跟你妹妹说一声，我就不再单独通知她了。"我也总是随口转达：小妹，某某结婚了，让我告诉你一声；小妹，某某去世了，让我通知你一下。

　　终于有一次，在接到我的电话后，妹妹沉默了好一会儿，说："他们是没有我的电话，还是怎的？没有我的电话，姐你可以告诉他们，不然，为什么每次都让姐你代为通知？再要这样，我就不去了！"

　　一向总说"是"的妹妹，现在对姐姐说了"不"！看上去事不大，但似乎伤到了妹妹的自尊，我第一次意识到这一点。

　　挂了电话，我沉思良久。妹妹的抗议貌似针对那些总是让我带信的亲戚，其实也是表达对我这个做姐姐的不满。一直以来，我从未拒绝长辈亲邻有意无意的重视和夸赞，从未真正站在妹妹的角度，顾及她的颜面，考虑她的感受。

　　事实上，在家里，妹妹已经是奉养八旬公婆的好儿媳，培养子女上了大学的好母亲；在单位，是科室里独当一面的好员工，是屡屡获奖的业务骨干。而我还当她是那个坐车都要抓着姐姐手的妹妹，那个写不出作文愁、考不上大学哭的妹妹。

　　这些年，如果不是她的帮衬，父母的几亩责任田，多数撂荒；如果不是她的分担，父母长期卧床，我独自一人照料，指定抓狂，哪里来的所谓事业有成的我！

多年后，我意外病倒，做了手术，又是妹妹衣不解带，在床前日夜伺候，为我病痛而哭，为我康复而笑。

妈临终时说，让我多照应着点妹妹，其实到最后，还是妹妹照应了我……

**【阅读手札】** 亲姐妹，两种性格，从小到大的姐妹情，真实。妹妹的"弱"，反衬了我的"强"。但事实上，在侍候父母和公婆方面，妹妹一点不弱，工作上也是拿得起放得下的。"我"生病手术，妹妹衣不解带侍候左右。血浓于水，亲情无价。一生一世的好姐妹！（王清平）

# 伴　娘

伴娘这活儿，貌似风风光光、轻轻松松，其实暗流涌动，暗藏玄机。

伴娘要长得漂亮，又不能太漂亮，毕竟是绿叶，风头岂能盖过红花？伴娘做事要活泛，又不能太过，毕竟是从旁帮衬，过了易喧宾夺主。

作为男方家派出的爱的使者——带新娘子的，能顺利地将新娘子带了来，是她们的终极使命。

千辛万苦养大的闺女，一朝嫁作他人妇，女方家的心情一般不会太好，甚至火气大得一点就着。就算新郎官幸运，碰到个性格温和的丈母娘，可婚礼当天新娘子的七大姑八大姨，哪一个你都惹不起。她们想一出是一出，纷纷支着儿，个个添言。带新娘子的一定要放低身段，耐心解释，逐一化解，不然的话，轻者迟迟带不走新娘子，重者能把婚事搞砸。

女方家的伴娘，俗称送新娘子的，差事也不轻松。作为新娘子人身安全和人格尊严的坚定维护者，男方该带的东西是否带齐全，该给的礼金是否给到位，该有的礼数是否是顶配，均为伴娘们关注的焦点。

这还不算什么，还有更离谱的事。据传早年间，两家迎亲轿子当街迎面相遇，互不相让。正当对峙之时，其中一个伴娘格外有心机，说时迟那时快，极迅捷地解开新娘子胸前的扣子，曰"先开怀"（先怀孕）。待对面那家伴娘反应过来，情急之下也去解新娘子胸前的扣子，可惜已经晚了一步，终归落了下风。

你瞧瞧当伴娘容易吗？

年轻时，在老家皂河，我也做过两回伴娘。

堂哥娶媳妇时，我还在读初中，他叫我帮他带新娘子。母亲怕我太小，不顶事。哥说：不怕，能行。

现在伴娘有华服加身，有豪车伺候。我带新娘子时，既无华服，亦无豪车，穿的是家常衣，骑的是自行车。

所幸第一次做伴娘，我既没遇到难搞的丈母娘，也没碰到支着儿的七大姑八大姨，更没与突然冒出来的对手狭路相逢、斗智斗勇。

哥哥和嫂子是高中同学，两人自由恋爱。他俩不喜繁文缛节，主张一切从简。我将新嫂子从她娘家带了来，几乎一点劲儿都没费。

迎亲的队伍进了新娘子家门，按流程，先放了催妆的鞭炮，过一会儿又放上头的鞭炮，新娘子上头开始，前后不到半个小时，新娘子已穿戴整齐：淡扫蛾眉，薄施脂粉，身着银灰色西装，足蹬深红色皮鞋，胸前别着一朵胸花，两条乌黑的大辫子长及腰间。

收拾停当，我们一行按各自分工拿起新娘子的陪嫁，说是陪嫁，也不过是皮箱子一只，台灯一对，热水瓶一对，花瓶一对以及洗衣桶、洗脸盆、脸盆架各一个，还有其他零零碎碎的随身用品。

我撑着一把红伞，护送着新嫂子出了门。

新嫂子与我哥是一个大队的，两家只隔着一条窄窄的秃尾河，

岸上流年

连自行车都省了，以至于还需要特意绕着点道。迎亲队伍按照设定的行进路线，沿着镇南北大街绕行一圈。那天恰好逢集，沿途不少人驻足观瞧。新嫂子到底是做过大队妇女主任的，一点不怯场，毫无忸怩之态，人高腿长的她，戴着墨镜，面带微笑，健步如飞，害得我举着红伞跟在她身旁一路小跑。

那时新郎不兴随行接亲，只在家门前翘首以待。哥看到了迎亲队伍到了门前，平日里不苟言笑的他，竟笑得合不拢嘴。进了大门，哥牵着嫂子的手，在众人的簇拥下并肩同行步入新房。身小力薄的我，被看热闹的人直接挤在了门外。

工作以后，我给同事带过一回新娘子。

那时的乡镇中学，教师性别比例严重失衡，几十名教师中只有三个女教师，其中一个已婚，我和另一个也各有其主。

年轻男老师到了婚娶的年龄，心气和眼光都很高的他们，不太甘心像前辈教师那样找个农村女子做老婆。可城里女孩子又不是那么容易搞定。听媒人介绍男方是大学毕业生，城里女孩子还有点兴趣，可再一打听是教书的，兴趣顿减，又听说在农村教书，大多没了下文。碰了几回钉子后，年轻男教师们纷纷把目光投向镇上卫生院、供销社、粮管所等单位，陆陆续续，多已娶妻生子。

一位陆姓老师，是家里独子，快三十了，还未找到合适的，一心想抱孙子的七旬老母为他干着急。可陆老师诗人之梦尚未醒来，工余时间写诗，投稿，被退，再写，再投，再被退，正当他快要绝望的时候，他的一篇歌颂母亲的短诗在《新华日报》刊登，此消息在学校里引起了小小的轰动。但缪斯女神只光顾一次，便再也不肯露面。不过他愈挫愈勇，屡败屡战，似乎全然没把个人婚姻大事放在心上。

突然有一天，他宣布要结婚了，对象是县里一大型国营厂正式工。当陆老师拿着喜糖来到我办公室，请我和另一个女教师给他带新娘子时，同事们纷纷感慨，说他不仅会写诗，保密工作也做得不错，居然不动声色地俘获了城里女人的芳心。

诗人气质的陆老师，让我们一行数人，骑上自行车，远赴一百里之外的新娘子老家镇上，去帮他接新娘子。我们未假思索，以为权当是郊游，嘻嘻哈哈地骑上车子向着目的地进发。开始时极为轻松惬意，路程过半的时候，在前头骑车的大腿酸，在后头坐车的小腿麻，纷纷抱怨老陆不够意思，这么远的路，连辆车也没找，哪怕找辆卡车也行。可抱怨归抱怨，不能停下来休息，乡下风俗，中午十二点之前必须赶到女方家里。

当我们筋疲力尽地赶到目的地的时候，已是下午一点多。真是嘴上没毛，办事不牢。出门时，只知道女方家在街上，根本没打听清楚具体位置，那时又没有手机定位，我们只好满大街乱转。突然看到一户人家门前贴着喜字，不少人出出进进，以为是到了新娘子家，同伴赶紧拿出鞭炮，噼里啪啦地在门前放了起来。主家急忙出门迎接，可一打听是弄错了，我们的新娘子还在街的北头。

到了街北新娘子家时，已是下午两点。娘家人不高兴，主事的板着面孔安排我们几个人了席。奔波了几个小时，又累又饿，可我们不敢放开来大吃二喝，只是草草地吃了点垫一垫，便放了催妆上头的鞭炮。

新娘子家派了一辆皮卡，安排伴郎站在后面车厢里护送嫁妆，伴娘陪着新娘子坐在前面驾驶室。两个多小时的车程，我们很忐忑，因为新娘子一路上始终一言不发，脸上没有一点笑模样，不知是对我们有意见，还是对陆老师不满意。

............

　　哥嫂至今仍是令人羡慕的一对。我的同事陆老师的那段婚姻，只维持了很短时间。听说几年后陆老师经人介绍与街上的一位小大姐结了婚，不久有了孩子。

　　多少年过去了，不知陆老师现在是否还在写诗，孩子是否都已成家。

　　不管怎样，祝福他们！

　　（原载于 2021 年 11 月 22 日《宿迁日报》）

　　**【阅读手札】** 两次伴娘经历，哥嫂和美，陆老师离婚，与新婚时的顺与不顺关系大吗？大概性格使然。不管怎样，祝福他们。（王清平）

# 追"星"

前不久，电影艺术家秦怡辞世，人们为她坎坷的一生唏嘘不已，我也为她风华百年感慨良多。

那时还没有"粉丝"一词，如果有，我指定算得上"铁粉"。

我一度着迷于秦怡、谢芳、丛珊、吴玉芳，她们的电影剧照占据过我的床头和日记本册页。一有空，抬头端详或垂首细瞧，明星们明眸皓齿、一颦一笑，曾吸引过我的眼神，影响过我的心境。

大学毕业后，我在农村中学教书，读书看报成了打发课余时间的首选。工资虽不高，除自费订阅教育、文学类杂志之外，还订阅了《大众电影》杂志，且一订就是好几年。

"王老师，你订的《大家电影》到了！"学校勤杂工，文化程度不高，把繁体"众"字念成了"家"字。我笑了笑从他手里接过杂志一看，封面一角微微翘起，内页有明显翻阅后留下的指纹。看来不少人已先睹为快了，我的《大众电影》真正成了"大家电影"！

影视明星我追过，身边的"星"我也追过。

童年时，在小镇上，我追的"星"是供销社里一个叫吴娜的营业员。

岸上流年

计划经济时代，镇供销社的重要性不亚于镇政府。庄严、神秘的镇政府，普通百姓经过的时候，大多止步于门前，探头探脑向里面张望，很少登其堂入其室。供销社则不然，供销社里有普通百姓过日子离不开的化肥种子、日用百货、酱醋油盐。十里八乡，出门赶一趟集，不去镇上供销社逛逛，等于没赶集。

吴娜是什么时候在供销社做营业员的，记不得了。我十一二岁时，她大概十八九岁。十八九岁是女孩最好的年纪。

当然，我身边也有十八九岁的农村小大姐，可她们整日田间地头，风吹日晒雨淋，身材健硕，皮肤黝黑，跟苗条白皙的吴娜一比，感觉不一样！吴娜皮肤白，那种通透的白，肌肤如雪、吹弹可破都不足以形容她身上所散发的美玉般的温润和月光般的皎洁。

她在布匹柜上卖布，似乎她只适合在布匹柜卖布，油盐酱醋、烟酒百货、种子农药，都不适合她。

她话不多。"你要哪一种？扯几尺？"她用手里长长的尺子指着柜台内排列整齐的一匹一匹花色各异的布，对着柜台外的顾客轻声细语地询问着。她眼睛不大，细长，说话时微微眯缝一下，睫毛随即闪了闪，高高的鼻梁上，有一颗褐色的痣，恰恰因为有这颗痣，让原本太过沉静的面部表情稍稍显得生动，好像平静的湖面上一圈小小的涟漪。

她动作不快，甚至有点慢。在顾客最终确认花色和尺寸后，她将那匹布拿出来，轻轻地放在柜台上，用尺子一下一下地丈量，随即让出寸把，用剪刀剪一个小口，放下剪刀，哧——哧——把布撕开，红唇因用力微微抿了抿，然后折叠，包装，收钱。平平常常的动作，在我看来，简直就是美妙的舞蹈。

她有个能耐，就是只要你说出做什么，给谁做，她总能给出合适的建议：什么花色，什么材质，多少尺寸。她的服务态度不是那种特别热情或特别冷淡，对谁，不管老农还是干部，她都一样地平和。

店里平时顾客不是很多，只有逢集时，人才会多些。即使人多，她还是一样轻声细语，一样慢条斯理，说也奇怪，顾客愿意等，并不着急。

我不去扯布，最多去供销社打瓶酱油或打二两酒。打完之后，我也不着急回去，沿油盐酱醋柜，经烟酒副食柜来到布匹柜，趴在高及下巴的布柜柜台边，看她给人扯布，像欣赏一幅精美的画。

供销社和供销社里的吴娜，就这样深深地吸引着年少的我。

后来供销社改了制，转由私人经营。我也到了外地读高中，吴娜去了哪里，我不得而知。

跟在小镇时难得见到一两个漂亮女孩子相比，上高中时，身边的美女就多了起来，班里有班花，学校有校花。每每与校园里的"花"们擦肩，我也会禁不住多看两眼，跟同学一起品评一番，在心里跟吴娜比较比较。

也曾疯狂到和一个同学悄悄跟在美女后面跑了一里多路。

一次晚饭后，与同学赵花一起到学校东门外的茶馆里打开水，提着暖水瓶回来的路上，赵花指着前面一个穿白色高跟鞋的女子说："快瞧，县广播站的播音员，人人都说是大美女！"

我顺着她指的方向，只能看到美女匆匆的背影，"白色高跟鞋"离我们有十几米远。我说："真的吗？跟上去看看！"

我俩提着暖水瓶，快步跟了上去。"白色高跟鞋"走路很快，像是赶时间，我们紧追慢赶，跑出去一里多地，才追到她的前面，然后我们又若无其事地掉过头来，装作漫不经心，其实是"狠狠"地盯了她一眼。

"真漂亮!"回来路上,我俩几乎同时这样感慨。那天晚自习,我和赵花迟到足足十分钟。

但在十六七岁的我的眼里,"白色高跟鞋"还是太知性成熟了点。

前一段时间,我去文体馆晨练,廊檐下一个练太极的妇女似曾相识。"谁呢,这么面熟?"记忆快速扫描,"是吴娜!"我想起来了。

吴娜发福了,整个人像一寸照片变为二寸照片一样,放大了一倍,不过鼻梁上的那颗痣让我确认她就是吴娜。

吴娜身着宽松肥大的太极服,一边压腿,一边有一搭没一搭地跟身边的人聊着什么。

我很想走上前去,跟她说:"你知道吗,小的时候,我崇拜过你,你曾是我童年时代美的启蒙和长大后美的标杆。你是什么时候离开供销社进了城?后来嫁给了谁?现在应该有孙子了吧?"

我最终克制了自己的冲动和唐突。吴娜根本不认识我。想当年,我们连一句话都没有说过。我看她的同时,她也看了看我,从眼神中看出,她的确不认识我。

回家后,跟我爱人聊起了当年镇上的供销社和供销社里的吴娜,问他认不认识。我爱人说:"怎么不认识?你们女的也喜欢看美女?想当年,去镇上赶集,谁不逛供销社?逛供销社,谁不看吴娜?赶集回来路上,像我这样的半大小子,谁不说长大要是能娶到这样的媳妇,该多好!"

我笑着说:"好吧,年轻时谁还没做过美梦呢!"

【阅读手札】从《大众电影》上的明星，到小镇上的真实"星"，到电台主持人的"星"，最终看到的吴娜却没了"星"样。岁月无情，更是认知局限。格局变大了，世界变小了。(王清平)

岸上流年

# 认　门

　　我去县中报到上学的第一天，姑姑就要带着我到她干女儿雪儿家去认门。

　　"出门在外，人生地不熟，大人不在身边，两眼一抹黑。我带你去认认门，一时缺着了，你好去找他们。"我刚把铺盖卷放到宿舍床上，姑姑就催着我跟她一块儿过去。

　　邀请从未上过门的亲朋好友，到家里做客，我们叫来家里"认认门"。可主动去算什么？叫送上门！路上，我脑子里老是冒出这个让人不怎么舒服的念头。

　　雪儿的父亲是县里某局的局长，母亲是某福利院院长，大哥大涛在外地工作，二哥二涛在本地邮局上班，雪儿高中刚毕业，等待分配工作。

　　姑姑边走边夸雪儿一家：张局长夫妻待人和气，大涛、二涛也懂礼貌，干女儿雪儿跟她更是亲厚无比。

　　姑姑熟门熟路，从中山路往北一直走，不大会儿工夫就来到了一处独门独户的院落。

　　一进门，一个衣着整洁的中年妇女在过道上扫地，见着我们，放下笤帚，笑着迎了上来，姑姑叫她李嫂。李嫂说了声"您来啦"，便接了姑姑手里拎着的一篮子东西，放进了厨房，说："陈院长还没午休，在客厅里看书，我领你们过去。"

姑姑说："李嫂，你忙你的，这儿我熟，自己过去。"

跟着姑姑穿过院子，来到三大间正屋前，上了四个台阶，跨过高高的门槛，进了一间大客厅。一个白净微胖的中年女性正戴着老花镜坐在沙发上看书。

一见是我们，那胖妇女一脸的惊喜，取下老花镜，笑着跟姑姑打招呼："什么风把你给吹来了？快进来，快进来坐！"

姑姑也打趣地说："好风！"说着在胖妇女身旁的沙发上坐了下来，对我说："玲子快叫人，叫陈姨！"

我红着脸，怯怯地叫了声"陈姨"。

姑姑说："农村孩子，没见过世面，怕人，懒言语！"

陈院长笑着打量着我说："农村，还是女孩子，能考取县里高中，不错！很争气嘛！别太拘谨，快坐吧！"

我环顾了一下，在沙发旁边的一张椅子上坐了下来。

李嫂用茶盘托着两杯茶送到了客厅，对陈院长说："王姨带了一篮子鸡蛋和两瓶香油，我放在厨房里了。要给客人准备饭吗？"

姑姑连忙摆手，说："不用不用，刚吃了来！"

陈院长嗔怪地说："来了还在外头吃饭。下次不能这样！跟我们还这么客气！"

陈院长对李嫂说："你忙你的去吧，王姨她们晚上不走，难得来一趟。"转过来脸来对姑姑说："来就来吧，还带什么东西，家里什么都不缺！"

姑姑说："都不是什么值钱的东西。香油是小磨香油。你们吃吃看，觉得好，我下次再带。"

陈院长说："快别花那钱！老张下午还有会，在里屋午睡，我就不叫醒他了。"

姑姑说："没什么要紧的事，别打扰张局长休息！玲子以后在县里读书，女孩子家家，没出过远门，怕缺长补短的，今天专程带她来认认门。"

陈院长看着我笑道："好好，我们家雪儿比你大不了几岁，你们能玩到一块儿。在这儿念书，遇到难处，只管上门找我。我跟你姑姑可不是一般的交情！"

姑姑与张局长和陈院长夫妻俩确乎不是一般的交情，我曾听姑姑说起过。

陈院长名叫陈素珍，娘家在皂河，早年投身革命，她和丈夫张冬生都是东撤干部。东撤时，他们打算将家里的锅碗瓢盆和石磨水桶等物件折价给娘家哥嫂，筹措点路上盘缠，可娘家嫂子觉得他们是被官府追得乱跑的穷酸夫妻，划清界限还来不及，怎能给他们出钱，帮着他们跑路？直接拍门不入。姑姑跟陈素珍是从小一起长大的，得知这一消息，悄悄地把自己的私房钱送给了陈素珍夫妻做了盘缠。

后来陈素珍夫妻一直杳无音信。

二十多年后的一天，一对干部模样的夫妻带着个五六岁的女孩，来到了皂河陈家茶馆门前，说要找王英。正在忙乎的姑姑端详了一阵来客，恍然地问："你，陈素珍？"

两人相见，流泪感慨唏嘘了一番之后，陈素珍说明了来意：他们夫妻已调到本地县里工作。娘家哥哥嫂嫂得知他们回来工作，主动要求上门认亲，他们夫妻拒绝相认。今天专程带着礼物来到皂河街，寻访当年的恩人，当面致谢。说如果没有姑姑当年的慷慨相助，就没有他们夫妻的今天。今后只要姑姑家里有需要，他们夫妻二人，一定竭尽全力！

离开前，陈素珍夫妻还让女儿雪儿认姑姑做了干妈，从此两家成了干亲。

一开始，两家经常来往，后来张局长夫妻事务繁忙，多是姑姑去张局长家拜访，每次去了，姑姑不空着手去，陈院长也不让姑姑空着手回来。

傍晚，陈院长执意留晚饭，姑母说，来一趟，没见着雪儿，想见见再走。

陈院长说，雪儿去同学家玩，晚饭时一定会回来。

傍晚，张局长和二涛都下了班，雪儿也从同学家回来了。雪儿见着姑姑，一下子搂住了姑姑，说："好想好想干妈，怎么这么长时间没来看我？"姑姑也说想雪儿了，这不就没急着回去，留下来过一宿。黏糊了好半天，雪儿才放开姑姑，又一把拉住我的手，说："我听干妈夸过你，说你学习用功！你多大了，属什么的？"我报了年岁属相。雪儿笑着说："我比你大三岁，属小老鼠。"我看着高我一头、皮肤雪白、睫毛长长的雪儿，可不就是姑姑口中常夸的"鲜菜苔子"一般。

晚饭桌上，张局长和陈院长热情相陪，雪儿和二涛也都频频给我和姑姑夹菜、斟酒。姑姑高兴，喝了不少。夜里，姑姑沉沉睡去、鼾声如雷，我却躺在软绵绵的床上翻来覆去，怎么也睡不着。刚离开家，又想家了。

第二天一早，早饭摆了上来：豆浆、稀饭、油条、包子，还有几样小菜。二涛看了看桌子上的早点，一脸的嫌弃，说怎么天天都是老一套，还说要吃蛋炒饭。雪儿也打着哈欠说要吃阳春面。李嫂笑着钻到厨房里给他们做去了。

陈院长说："学习上不咋地，就知道在吃上挑剔，看看人家玲子！"

姑姑忙拉圆场，说："农村孩子，除了念书，还能有什么出路？哪像你们城里孩子，毕了业就能分配工作！"

早饭后，姑姑说要赶早班车回去，家里还有事。我也得赶到学校，老师说今天发新课本。陈院长和雪儿也没再挽留。

出了张家大院儿的门，我长长地舒了口气，如同卸下了一副重重的担子。

多年后，回想起那次认门，觉得雪儿一家对我和姑姑没有一点怠慢，甚至算得上热情周到，可此后我再也没有踏进过那个大院，即使是我曾因为交不上学费差点辍学的时候。

俗话说，一个钱不跟两个钱说话，又说肩膀一似齐，才好相处。高就唤低容易，低就唤高难，即便你的长辈曾经多么有恩于对方，但是身份地位的悬殊，无形中变成了一种威压，让我很难敞开心扉，跟雪儿开启一段像我姑姑和雪儿妈妈年轻时那样的友情。

（原载于 2022 年 7 月 9 日中国作家网）

**【阅读手札】** 姑姑王英带"我"去她干女儿雪儿家认门，主人热情款待，但我终没有按照姑姑的愿望去做。"肩膀一似齐，才好相处。高就唤低容易，低就唤高难，即便你的长辈曾经多么有恩于对方，但是身份地位的悬殊，无形中变成了一种威压，让我很难敞开心扉，跟雪儿开启一段像我姑姑和雪儿妈妈年轻时那样的友情。"是这个理，活就活出个自己！（王清平）

# 打平伙

打平伙又叫"搭平伙"，指一伙人找个由头聚餐，费用由大家伙儿平摊，类似现在年轻人崇尚的 AA 制，但比 AA 制多了些趣味和人情味。

上小学时，我们就"打"过"平伙"。小学几年级不记得了，总之那段时间不知怎的，迷上了"打平伙"。兴许是总玩用瓦片当碗、用小树叶当菜这种"过家家""办小饭"游戏，不过瘾、太幼稚，于是乎升级游戏难度——开始"打平伙"。

年纪差不多的几个毛丫头，下午放学过后，一人提议，几人附和，一会儿工夫居然攒了个饭局、打起了平伙，你从家里抓两把米，我从家里带几棵菜，她从家里摸两个鸡蛋，聚在中心小学对面的红娟家，像模像样地做起饭菜来。

选择在红娟家，因她家烧的是无烟煤炉子，不像在我们几个家里，烧的是柴草，熏死人。

还有，红娟姥姥人好。红娟她爸妈在外地工作，把红娟留在姥姥跟前读书，祖孙二人相互照应，彼此温暖。

姥姥爱清静，可瞧着我们几个在她眼皮子底下瞎折腾，她竟能做到三不：不嫌烦，不添言，不插手，只偶尔从旁提醒一下饭菜的生熟。

当几个黄毛丫头手忙脚乱地将几小碟菜和一大碗饭摆上桌子的时候，姥姥就拄着拐杖出门遛弯去了，任由我们在她屋子里疯。

说实话，煮出的饭非硬即软，炒出的菜非咸即淡，甚至有一回，小伙伴把家里的一块羊油当成猪油拿了来，炒出的菜，超级膻，我们也都嘻嘻哈哈地吃得精光。

渐渐地，家里带的东西已不能满足我们日益膨胀的好奇心，况且家里实在没什么好带的，于是缠着家长，要来三毛两毛，把钱凑在一起，学着大人的样了，到街上买菜。从街北头逛到街南头，从豆腐摊跑到青菜摊，又从青菜摊奔到干货摊，精挑细选，讨价还价。食材备好，大家齐动手，择菜，洗菜，切菜，下锅，不大会儿工夫，居然整出四菜一汤。四菜：黄菜豆腐、韭菜粉皮、青椒绿豆饼、豆芽粉丝。一汤：菠菜蛋花汤。外加刚出炉的皂河朝牌饼，齐活！这次我们没让姥姥出门，硬拉着她上桌。姥姥接过我递给她的筷子，夹了一块尝了尝，点点头说："嗯，不错，有盐有味！"话音未落，小小的屋内，一片欢呼。

工作以后，吃的是食堂。我们学校食堂的大师傅，个个是"色彩大师"。面案师傅擅长"水彩"，蒸出的馒头，不是顶碱就是欠碱，颜色或发黄或发青，仿佛一张张人老珠黄的脸。掌勺师傅擅长"水墨"，钟情"黑白"二色，"白"，白菜帮子炒肥肉片、浇上些辣椒水的白水煮豆腐块；"黑"，不知是铁锅没刷还是酱油放多了，茄子块、藕片，总是白白嫩嫩地下锅，乌漆麻黑地盛出。一顿两顿还行，时间一长，吃得鼻坍嘴歪的。

有家有口的，不嫌烦，跑回家吃。尚未成家的小年轻，没辙，还得顿顿吃。

冬季来临，办公室洗脸盆里已结上一层薄薄的冰。"该上烤火炉子了！"周前会上，赵校长提醒后勤主任。不几天，各个办公室都安上了无烟煤炉子，炉膛里红红的火苗、茶壶上腾腾的热气使办公室顿时有了家的感觉。

"打平伙怎么样？"老潘捧着茶杯，拎起茶壶，续了半杯开水，看了看窗外飘飞的雪花，转过头来，对我们几个小年轻说。

老潘虽有家室，可远在几十里之外，平时也跟着一群年轻人吃食堂。

"好哇！好哇！"几个小年轻的眼睛顿时亮了。

"想吃什么？天冷，羊肉黄菜炖粉条怎样？"看来老潘早有了主意。

"我骑车去集上买。"

"我去老陈家借口大点的锅。"

"我洗菜，切菜。"

"我去食堂打米饭。"

"我来掌勺，说干就干！"老潘看大家如此踊跃，颇有振臂一呼、应者云集的快意，随即捅旺了炉子。

上午最后一节课刚下，几张办公桌一并，一大锅浓香四溢的羊肉黄菜炖粉条就端上了桌。几个被食堂饭菜折磨得不行的小年轻，围着桌子或坐或站，只等老潘说声"开动"，五六双筷子直奔热气腾腾的羊肉锅而去，一口下肚，交口盛赞：

"热辣鲜香！"

"过瘾！过瘾！"

"龙肉不换！"

随即人人不再言语，埋头苦吃，风卷残云，呼呼啦啦，一任窗外寒风呼啸，雪花纷飞。

在农村学校，"打平伙"的由头总是有的，只要你愿意找，诸如教工篮球比赛获奖，必须祝贺；某君外出培训归来，理应接风。年轻教师两肩担一口，一人吃饱，全家不饿。

学校远离街市，偏居小镇一隅，周遭尽为农田。平日里少有人来，偶有外地好友造访，恍若节日来临，一个人的好友瞬间成了大家伙的好友，无须打招呼，闻讯者自愿前来，凑个热闹，也凑个份子。打酒的打酒，买菜的买菜，就在宿舍里张罗开来。"盘飧市远无兼味，樽酒家贫只旧醅。"宾主按年齿列坐，相对而饮，以尽余杯，虽为薄酒淡菜，那情义却是真挚且浓厚的。

后来成了家，进了城，单位大、工作忙，忙完学校课务，又各自跑回家忙家务，渐渐融入了千篇一律的生活，只在偶尔，脑海里会浮现年少时"打平伙"的那段清贫而快活的时光。

（原载于 2022 年 3 月 6 日《宿迁日报》，3 月 7 日"学习强国"转发）

**【阅读手札】** 皂河镇上两段"打平伙"的经历，充满快乐，值得怀念。（王清平）

# 学　车

刚学会骑车，妈就让我给舅舅家送东西。

返程的时候，一只脚突然不听使唤，慌乱中低头一看，裤腿被绞在了链条里，想下下不来，想蹬也蹬不了，摇摇晃晃，失去了平衡，眼看就要摔倒。我心下一横，眼睛一闭，连人带车直挺挺地摔在了当街。倒地的一瞬，仿佛一大街的人都朝我这边看。

忍着疼，我从地上爬了起来，扶着车把，一瘸一拐地往家走。走着走着才发现，手掌流血了，脚踝处也露出了白生生的骨头。要命的是自行车前叉摔裂了。

怎么跟四魁交代？是他帮我借的车子，我犯了愁。

到家后，我顾不上疼，硬着头皮去四魁家还自行车。

我吞吞吐吐地跟四魁说："前叉——摔了——"四魁一听，吓了一跳，连忙蹲下来瞧前叉，发现一道深深的裂纹，他用手在裂纹处使劲儿地搓了搓，跟能搓平裂纹似的，半天，发现不行，站起身挠了好一会儿头，说："现在去还车子，老舅发现了，肯定没有好果子吃，一顿揍免不了。等天黑了再说。"

四魁是我邻居，家里的小坐圈（最小的孩子），四魁妈生四魁时，大魁已经读了高中。四魁落地时，四魁妈在里屋对刚放学的大魁说："老大，到屋里来看看你弟弟。"大魁死也不进里屋，嘟囔道："有什么看头？"

家里添丁，本是喜事，可大魁觉得母亲这个年龄还生孩子，怪难为情。

上头有三个哥哥，家里大小事情轮不上四魁，四魁就这样在家人的忽视中自在长大。

我家没男孩，我妈喜欢四魁，四魁也喜欢来我家玩，遇到事帮忙做事，遇到饭时，邀他，偶尔也上桌。

四魁他妈说："家活懒，外活勤，人家活不累人。隔锅饭香。整天长在你新大娘家，不如给你新大娘做干儿子吧！"我妈笑着说"好"。

几天后，四魁跟我说，他老舅后来见到他，给了他一脑后，说："你小子为什么不跟我说一声，害得我在你未来舅妈面前出洋相！"

那时，自行车是稀罕物，没有几家买得起。四魁他舅买一辆新自行车，本想在女朋友面前显摆，谁料到，带着女朋友出来兜风，刚骑上车子，就摔了个狗吃屎，弄得他舅难为情死了。

四魁他爸是个木匠，他倒是有一辆自行车，整天骑着出去揽活。他这车子精简至极，除了没有铃铛，没有盖瓦，还没有车闸，遇到下坡路，几十米开外就开始高喊："让让——让让——"与此同时，把一只脚搭在前轱辘上当刹车。

我说想学车，四魁趁他爸不用车时，把家里破自行车推了来，说："姐，去社场上学，我教你。"

"在社场上学车，有没有车闸无所谓，停不下来就找个草垛，靠上去，摔不着。"四魁说。

四魁在车后稳住车子，我左脚踏上车轴，右腿跨过大杠，上了车子，用力一蹬，车子动了，车头随即左右摇摆，我对身后的四魁说："别松手，四魁！"四魁说："放心，我没松！"我稳稳地沿着社场转了一大圈，可我一转身，发现四魁趁我不注意的时候松了手，站在离我老远的地方看着我。我顿时慌了神，连人带车摔在了地上。

得亏是泥地。我爬起来，拍了拍身上的土，对四魁说："你怎么偷摸地松手了！"

后来，四魁再也不敢松手，一直在车后扶着，跟我在场上转了一圈又一圈，大汗淋漓，粗气直喘，直到我说："行了，松手吧！"才敢松手。

学会后，瘾更大了，总想找个机会上路试试。这不，机会来了，妈让我给舅舅家送点东西。四魁说他爸的车子太破，他老舅的车子新，跟他老舅借。谁承想，还把人家的好车摔坏了。现在想来，怪对不住四魁的。

恢复高考后，我考取了师专。有的亲戚问："师专毕业，将来干什么工作？"我说："当老师。"那位亲戚便有些不屑："老师最穷，你看你们学校里的老师，自行车大皮（轮胎）要用绳子绑，眼镜腿要用胶布缠。"

我找不出反驳的理由，因为的确如此。

当老师的我，多年后学起了开汽车。

当高矮胖瘦各异的一群小白站在教练面前时，做了多年大客车司机的老张教练一脸的职业倦怠。

最先摸车的是个矮壮的小老板，他胆大。教练一声："启动！"小老板愣了愣神，问："怎么启动？"

"怎么启动？我才做给你看过，多会儿工夫就全忘了？系上安全带——打开左转灯——踩离合——摘挡——松手刹——松离合，给油！"张教练一口气把步骤又重复一遍。

小老板连忙赔笑，说："教练教练，求求你，一个一个说，说多了，我记不住。"

教练只得又来一遍。这次小老板听清楚了，一个步骤一个步骤地做下去，车速也渐渐快了起来。眼看车子斜到对面车道上，教练伸手帮着把方向盘稍稍往右打，可小老板把方向盘抓得死死的，教练没转动，顺势给了小老板一脑后，小老板这才稍稍放松，教练趁机把方向打了过来，说："放松点！方向盘是你家的，你这么死抓着不放？"

说话间，前面的一辆学员车要靠边停车，眼看我们的车就要撞上去，教练急忙喊道："快松油门！踩刹车！"小老板仿佛没听见一样，还是给油。教练一脚踩死刹车，吱——极刺耳的声音，全车人都跟着前俯后仰。车停稳后，下车一看，前后车子相距不过一拳，教练惊出了一身冷汗。

"找死呀？你是猪脑子吗？怎么不踩刹车！"教练开骂了。

小老板一脸委屈，说："我明明踩刹车了——"

"你踩了什么刹车，你踩的是油门！油门、刹车都分不清，还来学车！"教练彻底怒了。

"换人，下一个！"教练不耐烦地说。

原来都跃跃欲试的学员，此时你看看我，我看看你，不敢上前。教练直接点名，一个跟我年龄相仿的胖妇女哆哆嗦嗦地坐到了驾驶座上。对女学员，教练态度似乎温和了些，一步一步手把手地教，到了要转弯的时候，教练让往右打方向。

胖妇女问："哪是右？"

教练说："哪是右都不知道，右手的方向！"

"哪是右手？"胖妇女直接蒙了，问。全车人都笑了，教练无语，脸上的表情是：我怎么又摊上一个傻子？气得一把把方向盘打到了右。

轮到我上场，我弱弱地对教练说："教练，您可以骂，请声音小点；也可以打，请下手轻点。"

教练笑着说："我从来不骂人，不打人，我最文明了。我什么时候打人、骂人了？"

全车的人都笑着齐声附和："是呀是呀，教练文明！"

"现在这么多人学开车，摊到我这个教练，算你们幸运，换个教练试试，看不骂死你们！"教练说。

在"从不骂人"的教练的骂声中，一群"小白"终于成长为"小黑"！

再说学车挨骂，在骂声中成长，理所当然，谁让现在想学开车的人这么多呢。

【阅读手札】从学自行车，到学开汽车，记述得生动有趣。车子直接与穷富关系密切。但任何时候对新生事物都不能人人都熟。自行车稀罕时，骑自行车摔。小车风靡时，学驾驶的笑话更多。你能说谁笨？（王清平）

# 脚与远方

二十岁之前，我不知道这世上还有个槽坊庄。

自从与爱人相识，槽坊庄便成为我生命版图中除了皂河街东之外的另一个生活坐标。

宿邳路没通之前，从皂河街到槽坊庄，要从大堰上向西步行五六里路才能到达。选择步行，实在是因为骑自行车太考验车技：大堰上的羊肠小道七拐八弯、坑坑洼洼，一不小心，就有连人带车翻到深沟里的危险。

倘遇雨后，道路泥泞，人骑车变成了车骑人，鞋子重得像坠了铅块，经常是脚迈到了前面，鞋还陷在身后的烂泥里，只得停下来，肩上扛着自行车，手里提溜着鞋，赤脚而行。

槽坊庄不大，五六十户人家，卧在高高的大堰下。庄人日出而作，日落而息，日复一日、年复一年地演绎着属于他们的小悲欢。

春夏时节，不管阴晴，庄上男男女女多数打着赤脚，或肩扛铁锨，或手持镰刀下田劳作，偶尔有穿鞋的，也舍不得在泥水里蹚，干活时将鞋放在田间地头，晚归时将鞋提在手里。至于孩子，赤着脚，光着腚，黑泥鳅一样，一个猛子扎入庄前的小河沟，好久才在远处露出光溜溜的小脑袋。

农闲时，女人们穿着圆领短袖花布衫、男人们打着赤膊，一律手里拿着蒲扇，肩头搭着毛巾，来家里聊天。爱人在庄子上辈分低，只要来人，公婆不是让我称呼其"姑奶奶"，便是要我叫其"大老爹"，庄人也以礼相待，推着身旁的光腚小子或黄毛丫头，让叫我"大侄女"。我私下里与爱人开玩笑说，在娘家还觉是个"人物"，自从嫁给了你，瞬间变成"孙子"了。

寒暑两假，我会带着孩子到槽坊庄公婆家住上一阵子。庄子那时还没通电，晚间，昏黄的煤油灯下，公婆与庄邻闲坐，家长里短、天南地北，一直聊到眼皮发涩，哈欠连天，才陆续散去。于是家家关门闭户，吹灯歇息。

乡村的夜黑得深沉透彻，严丝合缝。我带着吃奶的孩子，夜间常要起来喂奶把尿，吹灯点灯，着实麻烦。婆婆破例让一直点着灯，把灯芯拧到最小，照个亮就行。天亮后，婆婆到床前一看，扑哧一声笑了，母子二人，黑眼圈、黑鼻孔，道地"烟熏妆"！使用家用电器——手电筒以后，才算解决我们母子俩夜间照明问题。

冬雪时节，庄人大都穿毛窝——一种用芦花编成的鞋子。讲究点的人家，会在毛窝底部安上一个木屐，这是毛窝升级版。木屐毛窝走路时发出咔咔的响声，与普通毛窝走路时发出的噗噗声比起来，气势多了不少。

瞧，宋上海穿着他的木屐毛窝咔咔地来家串门了。宋上海在家行二，都叫他宋小二。上学了，他爹才给他取了大名，叫宋上海。庄子上还有名叫南京、镇江、扬州、杭州的，最远有叫广州的。从未出过远门的槽坊庄父老，把走出村庄的希望寄托在儿女身上，用不知从哪儿听来的大城市给孩子命名，聊以寄托他们心中渺茫的远方。

宋上海终究没达成乃父心愿——送上海，高中毕业后，只在村里小学做了个代课老师。

听我爱人说，宋上海直到考取高中时，他娘才给他做了第一双新布鞋。以前，不是穿哥哥穿小了的青布鞋，就是穿外地亲戚寄给他家的旧黄球鞋。乍拿到一双青布直贡呢新鞋，居然不忍下脚。他把脚底板的泥擦了又擦，小心翼翼地穿到新鞋里，从未有过如此礼遇的一双大脚竟然害起羞来，怎么也迈不开步子。犹豫再三，他跑到锅膛边，抓一把锅底黑灰，抹在新鞋上，这才长舒一口气，蹚水一样，深一脚浅一脚地走出房门。

恢复高考以后，我爱人成了槽坊庄走出的第一个本科大学生，这要归功于他在山东当总工程师的大舅。大舅每次打钱来的时候，总不忘在信上叮嘱妹妹和妹夫，日子再苦也要供几个孩子念书。天寒地冻，我爱人从未缺过课，光脚穿着毛窝奔跑在冻得硬邦邦的乡村路上，不合脚的毛窝经常把脚后跟磨出了血。

庄上多数人家的孩子，读完小学，最多读完初中就辍了学，只有宋上海和我爱人读完了高中。上海落了榜，我爱人考取了医学院。爱人医学院毕业后，分在了县医院工作，年底携妻儿回槽坊庄过年，宋上海便会来家里坐坐。

宋上海以我为同行，常常聊起自己三个女儿念书的事，说老大读书不让人烦心，老二、老三不行。并说，不管怎样，只要她们愿意念，能念到哪儿，就供她们到哪儿。

代课老师工资不高，加之要供三个孩子念书，宋上海负担不轻。

此后小叔子、小姑子陆续成家立业，先后都进了城，婆婆也跟到城里帮忙带孩子，我们一度与槽坊庄断了联系。

后来宋上海染上了肺结核，时不时来城里医院瞧病，便会带来槽坊庄的零星信息：谁谁家孩子考取大学了，谁谁家孩子结婚了，谁谁家又盖新房子了，等等。

几年后的一个夏天，宋上海突然带着他大女儿宋琼登门拜访，看到我家光洁的地板，进门便要脱鞋，我们没让，地板上留下父女俩带泥的鞋印。

我们正准备吃中饭，邀他父女俩上桌一起吃，上海死活不肯，宋琼倒很大方，不像他父亲那般腼腆。饭桌上，上海说明来意：小琼高考成绩下来了，让我们帮忙给报个好点的大学。

我和爱人都说，填报志愿不是小事，不能随便代替孩子做主，还是看孩子将来想做什么，大人的意见仅供孩子参考。

宋上海说，庄子上其他几个孩子都学了医，农家子弟学个手艺，当个大夫，风不打头雨不打脸的，不错！他的小琼也想报考医学院，说完看了看小琼。小琼在旁边点点头，拿出志愿草表，我一看，全是医学类学校。

宋上海这话不假，槽坊庄年轻一代已经有好几个医科大学毕业生，他们有的留在了大城市，有的成了我爱人的小同事。

前段时间，槽坊庄土地流转，我与爱人回老家将父辈的坟迁入万林墓园。恰好宋上海也在为他父母迁坟，聊到他女儿宋琼，说她博士毕业后留在了上海工作。宋上海不无感慨地说："小琼爷爷泉下有知，能瞑目了！"

（原载于 2022 年 6 月 17 日中国作家网）

【**阅读手札**】婆家的小村庄槽坊庄留给作者的印象是赤脚的多，奇怪的是许多孩子的名字居然是上海、广州之类的大城市，表达着对城市生活的憧憬和羡慕。脚与远方究竟有多远？爱人在槽坊庄第一个考上了医学院，成了庄上孩子的榜样。爱人同学宋上海的女儿宋琼也报考了医学院，如今博士毕业真的留在了上海，她的爷爷九泉之下可以瞑目了。三代人用脚丈量出来的距离，远方依然充满向往。（王清平）

第五辑

# 亦真亦幻

岸 上 流 年

# 酒　宝

相传古镇东南有家酒坊，老板姓钱。

这天，钱老板一如往常在店铺里忙活，天一擦黑，顾客渐稀，钱老板让伙计合上了铺闼子，酒坊打烊。

钱老板踱到里间，酒菜已上了桌，家人围坐在桌前，等他一起用饭。洗完脸，他在桌旁坐下，拿起锡酒壶自斟自饮。抬眼一看，儿媳怀里的小孙子，正闪着晶晶亮的小眼睛瞧着爷爷喝酒。钱老板兴起，拿起筷子在杯子里蘸了蘸，往宝贝孙子粉嘟嘟的嘴唇边点了点，逗弄着孙子玩。没想到，小孙子非但没被辣哭，还吱儿吱儿地咂巴着小嘴，脸上显出一副特别满足的神情。钱老板哈哈一笑，说："不枉是我酒坊人家的孙子！"

打那以后，每到晚酒，爷爷总是用杯里的酒逗孙子玩，孙子也吱儿吱儿地吧唧小嘴儿，博一桌人欢笑。

小孙子长到三四岁的时候，时常立在桌边给爷爷倒酒，瞅着爷爷美美地品着酒，也跟着咽口水。一次，钱老板问："小子，要不要来一口？"说着把酒杯递到孙子唇边，没想到，小家伙抓过杯子就喝，眉头都没皱一下。

五六岁的时候，孙子的酒量已超过了爷爷；八九岁的时候，酒坊伙计没人能喝得过他；十三四岁的时候，古镇已经没有钱家小少爷喝酒的对手。

此时，家人不让他喝酒，已经不可能了。家里不让喝，他就偷偷地跑到外面酒馆去赊酒喝，反正酒账有钱老板认。

钱老板没辙，一狠心，让伙计把小少爷看住，不让出门，一天供三顿饭，就是不让喝酒，琢磨着能把酒戒了。不给酒喝，钱少爷就不吃不喝，一天、两天、三天……钱老板傻了眼，不能眼睁睁看着大孙子活活饿死，无奈只得再给他酒喝。一碗两碗、一瓮两瓮，没有醉的时候，越喝越精神。

钱少爷十七八岁的时候，酒坊酿多少酒，他就能喝多少酒。孙子越喝越凶，酒坊难以为继。正当钱老板绝望之时，一须发皆白、长衫飘飘的江湖郎中路过古镇，据传他专治疑难杂症。钱老板死马当活马，延请郎中来至家中，求他给瞧瞧孙子到底得了什么怪病。

经过一番望闻问切，郎中对钱老板说："在下恭喜钱老先生了！"

钱老板一头雾水，连忙问："眼看家业将要败光，老夫喜从何来？"

郎中说："钱少爷并非得了怪病，而是腹中得了酒宝。"

"酒宝？"一家人愣住了。

郎中接着说："就像狗有狗宝、马有马宝、牛有牛黄一样，酒宝也是宝贝，可遇不可求，你家得了，只因你家为人良善，经商不欺！"

郎中又说："酒宝，百年难得一见，天时地利人和，缺一不可。所谓天时，就是要风调雨顺；所谓地利，就是要河湖澄澈；所谓人和，就是要家境殷实。"

钱老板说："怎么讲?"

郎中说："没有风调雨顺，收成不好不行；没有河湖澄澈，水质不好不行；没有殷实家境，不能常年供酒不行。古镇乃风水宝地，河网密布、连年丰稔，更巧的是，贵府开酒坊，钱少爷有喝不完的酒，百年难得一见的酒宝，终于有可能现身于世!"

钱老板听后，先是面露喜色，随即愁容满面，说："狗宝、马宝和牛黄，都是名贵中药材，可要得这三宝，必要杀生才能获得。"

郎中笑着说："老先生多虑了，那三宝必得杀生方可获取，酒宝无须如此。"

钱老板松了一口气，说："还请指教一二!"

郎中说："你家开酒坊，有的是酒，钱少爷能喝多少就供多少，不要限制，总有那么一天，酒宝自然可得!"

言罢，接了酬谢，翩然而去，不知所踪。

钱老板依照郎中所言，一天天，一年年，敞开来让孙子喝酒。直到有一天，钱老板再也掏不出一两银子用来酿酒，酒坊所有酒缸、酒瓮里的酒都被喝干的时候，向来不知道醉的钱少爷终于一滴酒都喝不下去了，突然哇啦一声，呕出一颗鸽蛋大小的金灿灿的东西来。

这兴许就是郎中所言的那个"酒宝"？钱老板暗自惊喜，小心翼翼地将"酒宝"置于酒缸中，招呼伙计只管从大运河里担来清水，倒入缸中。一顿饭工夫，缸内异香扑鼻，钱老板舀了一勺，尝一口，醇美甘洌，比原先酒坊所酿的酒不知好了多少倍。

打那以后，只要大运河的水依然澄澈，古镇的民风依旧淳朴，酒坊就源源不断地出产醇香甘洌的美酒。

（原载于 2022 年 4 月 9 日《宿迁日报》）

**【阅读手札】**笔记小说。钱少爷喝光了祖上留下的家业，居然吐出一个"酒宝"。酒宝居然奇香无比，怎么回事？有点魔幻。（王清平）

# 良心秤

冯五是个开肉铺的，说不上日进斗金，却也家境殷实。街上老少爷们儿见着，都"冯老板，冯老板"地叫他。

美中不足的是，年届不惑，膝下无儿。冯五自感是个缺残，人前人后腰杆挺不直，觉得挣再大的家业也无人承继，做生意买卖，心气不是那么足。

这年秋天，冯五的老婆在接连生三个丫头之后，终于在快四十岁的时候，给冯五生了个大胖小子。

老婆肚子争气，终于让自己有了后。满月的那天，冯五把沾亲带故和一条街上有头有脸的都请了个遍。喜宴还没结束，冯五一高兴，还喝多了，被家人扶着进了里屋，一头倒在床上，呼呼睡去。

第二天冯五照旧早起杀猪，原先白刀子进红刀子出的剔骨卖肉的营生一天下来腰酸背痛的，现在居然不觉得累，也不觉得苦了。

傍晚收了摊子，一进家门，冯五什么事不做，先到床前瞧瞧，逗弄逗弄儿子，这才心满意足地去外间洗脸吃饭。

冬去春来，冯五儿子从蹒跚学步、牙牙学语，到爹妈叫得欢、满屋子乱跑。儿子一看冯五回来就抱住他爹大腿，要他爹亲脸脸、举高高。

　　冯五和儿子戏耍一通，放下儿子让去外头玩，可心里头时不时感觉坠坠的，直往下沉。

　　往常干了一天活，晚上头一挨枕头就打起呼噜的冯五，这晚老是在床上翻来覆去。老婆哄睡了儿子，瞧着睁着两眼躺在床上发愣的冯五，问："没有儿子时，天天盼儿子，现在儿女双全了，你还有什么不满意的？"

　　冯五转过身子，轻轻地叹了口气，说："就因为太满意，我这心里才老觉得不踏实……"

　　老婆问："一没偷二没抢，起早贪黑，将本求利，有什么不踏实的？"

　　冯五看了看熟睡中的儿子的小脸，转过头对老婆说："是没偷没抢，可我卖肉使的可是一杆缺斤短两的秤！"

　　冯五老婆愣了一下。可不是，她嫁过来这么多年，肉铺一直使这杆秤，就是冯五亲爹来买肉也一样。冯五老婆不说话了。

　　冯五见老婆不言语，说："这些年，我不知克扣了多少斤两，赚了多少昧心钱，老天爷没惩罚我，还厚待于我，没让我绝后。你说我能睡安稳觉、心里头能踏实吗？"

　　冯五老婆一时没了主意，问："那——你说——怎么办？"

　　冯五顿了顿，说："照我说，为了儿子，俺们积点阴德，明天就把那昧良心的秤给砸了，换杆新秤！"

　　冯五换秤这件事，除了他老婆和做秤的哑巴老肖知道，谁都不知道。可冯五觉得，老天一定知道，祖宗一定知道。

　　日子一天天过去，宝贝儿子也一天天长大，冯五的肉铺生意也越来越红火。

还跟往常一样，这天冯五收了摊子，进了家门，问正在忙活饭菜的老婆："儿子呢?"冯五老婆边端饭边说："在院子里，正跟他几个姐姐疯呢!"

　　冯五洗完脸，来到院子里，只见儿子用手绢蒙住眼，跟几个姐姐玩"瞎子摸鱼"。姐姐们边跑边喊："这儿呢，这儿呢，快来抓我!"弟弟就东一头西一脑地左扑一下右扑一下，气喘吁吁，笑语连连，越抓不着越想抓，越是扑空越是要扑。突然那孩子脚下一绊，一头撞倒在堂屋的青石台阶上，一动不动，当场昏了过去。几个姐姐一看都吓呆了。冯五一个箭步冲到儿子身边，一手抱起儿子，一手用手绢捂着儿子流血的脑袋，边喊着孩子的名字，边往街北齐先生家跑。瘫坐在地上的几个姐姐连忙爬起来跟着往外跑。

　　齐先生家的中医诊所在街的北面，跟冯五家相距一里地。冯五气喘吁吁跨进诊所大门，高声喊着："齐先生，快救救我儿子!"齐先生连忙放下手中的活，让冯五把孩子放在病床上。齐先生仔细一查看，发现孩子已然断了气。

　　齐先生说"孩子已经没了"的时候，冯五就像被人抽去了脊梁骨，一下子瘫在了地上，随后赶来的冯五老婆当场昏倒，几个姐姐围着弟弟号啕大哭。

　　冯五老婆一病不起，几个女儿在家轮流伺候着。

　　冯五每天都会到黄河滩头新坟上坐一会儿，哭一阵，哭累了就趴在坟边眯一会儿。

　　晚上，冯五躺在床上思来想去，怎么也想不通，为什么把昧良心的秤砸了，自己一心一意向善的时候，老天爷反过头来惩罚他，不是说恶有恶报、善有善报吗?向善的人为何得了恶报了呢?看来都是骗人的鬼话。他决意天一亮，就把那杆良心秤给砸了!

后半夜，冯五做了个梦，梦中隐隐有一个声音："冯五，别难过，莫灰心！老天爷赐你的那孩子原是个讨债的鬼，托生到你家，就是要来败光你的家产，让你一贫如洗，无家可归。如今老天垂怜你，提前把他带走，是对你弃恶向善的褒奖，珍重！珍重！"

一个月以后，冯五肉铺又开张了，使的还是那杆良心秤……

（原载于 2022 年 6 月 21 日中国作家网）

**【阅读手札】**冯五卖肉，终于得了儿子。后继有人，良心发现，决意把缺斤少两的秤换成足斤足两的良心秤。不料，儿子捉迷藏时意外触石死了，冯五依然没换良心秤。百姓心中有杆秤。言之不虚。（王清平）

第五辑　亦真亦幻

# 淑琴和元松

　　夕阳将余晖洒在运河码头上，水面上泛着粼粼金光。惜别的时刻到了，我和妈握着淑琴和元松的手，步履沉重地将他们送到舱门口，他们就要乘船去浙江余杭了，那年我十二岁。尽管我是那么不舍，可一想到这对苦命的姐弟回到余杭，从此就会过上好日子，也就只得忍住眼泪看着他们登上客船，直到那船消失在茫茫天际……

　　距离我爸用两个筐把姐弟俩从余杭挑回来，已过去整整十五年了。当年也是在这个码头，我爸将只有五岁的淑琴表姐和只有两岁的元松表哥，从浙江余杭乘船辗转挑到了我家。听妈说，他们刚来时，胳膊腿很细，肚子胀得跟鼓一样，严重营养不良。

　　生活无着的姑父不知从哪里得到的消息，说浙江余杭有谋生的路子，决定去碰碰运气。可姑母娘家人不太赞成，原因是姑父虽然有一把子力气，却是出了名的红眼崩子，一言不合就跟人家杠上了。姑母又是个老实头，在娘家窝里，还时不时受丈夫的气，更何况到了离家千里的外地。架不住姑父赌咒发誓和软磨硬泡，娘家只好同意，嫁出去的女儿泼出去的水，娘家也奈何不得。姑父执意要去，姑母只好跟着去，嫁鸡随鸡，嫁狗随狗。

简单收拾了包裹行囊，夫妻俩乘船南下到余杭讨生活。初来乍到，无处立足，只好在码头附近的破庙里安了家，托介绍来的熟人在运河码头谋到了一份搬运货物的差事。码头搬运工，活累钱不多。加上不久接连有了两个孩子，姑母只能在家看孩子，一家四口全指望姑父一个人挣钱，经常是吃了上顿没下顿。

　　俗话说贫贱夫妻百事哀，穷争饿吵成了家常便饭。姑父喝闷酒消愁，姑母抱怨了几句，姑父故态复萌，居然又动手打了姑母。这一次姑母实在是被打急了，躲到庙里的空棺材里，被姑父发现后拖出来打了个半死。又恼又恨的姑母趁姑父熟睡之际，在寒冷的深夜抛下一双儿女投了河。等到姑父酒醒后，大天四亮，发现姑母不见了，两个孩子哇哇直哭，慌忙出来寻找，哪里还有姑母的影子？直到下午，人们才在距离码头几里外的下游河面上发现了姑母的尸体。

　　姑父被判了刑，两个孩子成了孤儿。当地公安联系到姑父在宿迁皂河的本家，本家得知情况后，没有人愿意去收拾烂摊子。只好请娘家人前往。父亲作为这两个孩子的舅舅，便代表娘家人到了余杭。余杭公安给了两个选择，要么把两个孩子送到福利院，要么带回老家抚养。就这样父亲用一副担子，把五岁的淑琴和两岁的元松，千里迢迢地从浙江余杭挑了回来。

　　人都说，没妈的孩子像根草。可从天而降的两个孩子，对于婚后多年没有孩子的母亲来说，可以说是至宝。母亲作为舅母，倾其所有抚育他们，做新衣裳，做好吃的，不到半年工夫，小家伙们身体壮实了，小脸也红润了，本就不丑的姐弟俩长得越发讨喜。有时邻居大娘逗弄姐弟俩，问："淑琴、元松，长大买果子（糕点）给谁吃？"姐弟俩仰着小脸，奶声奶气地答道："给舅母吃。"

　　虽是童言，当真不得，但母亲听着，心里美滋滋的。

两年后的某一天，小姐弟俩正围坐在桌边吃饭，突然门前来了个头发蓬乱、胡子拉碴的中年男人，红着眼睛、瓮声瓮气地问："这是王守柱（我父亲名）家吗?"母亲正在盛饭，一抬头看着这个陌生人，一时没反应过来，只见淑琴忽地站起来扑了过去喊道："爸爸!"小元松也跟了上去，父子三人抱头痛哭。

姑父刑满释放了，现被遣回原籍继续改造。

自此，小姐弟俩就跟着他们的爸爸在生产队社场边上的小屋里生活。到了晚上，两个孩子紧紧地搂着爸爸睡在稻草铺上，任由大人怎么哄，就是不愿跟着舅母回来睡在柔软温暖的被窝里。妈妈独自回到家里，看着空落落的床铺和没来得及拿走的孩子衣服，一个人坐在床边抹眼泪。邻居大娘过来劝道："别伤心了，不是孩子没有良心，血脉'管'着的，由不得他们……"

一晃几年过去了，妈妈的心情平复了许多，加上不久生了我，妈妈的注意力才渐渐转移到我的身上。不过逢年过节，妈妈还是会让爸爸送点好吃的给两个孩子，有时看到两个孩子脚上鞋破了，就做双鞋给他们换脚。两个孩子也渐渐懂事了，淑琴能割猪草，时常割一篮子猪草悄悄地倒在舅舅家的猪圈里；元松会下河抓鱼，隔三岔五用柳条穿一串小活鱼放在舅舅家的门口，敲敲门后，听到舅母过来开门，就跑开了。每当看到这些，妈妈心中五味杂陈。

有些日子妈妈没看到淑琴了。一天，妈妈趁元松送来一串小鱼刚要跑开时，一把抓住他，问："你姐呢?"元松低着头说："俺爸把她送人了。"妈妈吃了一惊，急忙和爸爸一起到社场的小屋里问个究竟。姑父一个人闷头抽着袋烟，看到爸妈站在门口，还没等他们开口，忙躬身从屋里钻出来，挠着蓬乱的头说："半大小子，吃死老子。何必都跟着挨饿，就想给孩子找个吃饭的地方。女孩子迟早是人家的人，头前听说有一户人家想讨童养媳，我就同意了。"爸妈气得脸通红，半天才说出话，问："养不活我们可以养，为什么不跟我们说一声，打个招呼，商量商量？"姑父说："你们有自己孩子了，也不容易。实在不能再麻烦你们两口子了。"爸急切地问："送给哪一家了？姓什么？住哪儿？"姑父想了想，说："姓姚，在黄墩北边的一个庄子，具体地点我也说不清。"

爸妈无语。

回到家里，妈红着眼睛说："这样的老子，心也太狠了！可怜淑琴心眼不全，榆木疙瘩一个，到人家那儿肯定要挨打受骂，早晚跟她妈似的被折磨死……"说着眼泪就掉了下来。爸说："不行，得找回来。"

此后，爸趁着农闲，时常骑车到黄墩一带转悠，沿途打听有没有一户姚姓人家，讨了个女孩做童养媳的。不知是真的不知道，还是人家故意隐瞒，几个月过去了，还是没有音信。

皇天不负有心人。正在爸找寻无果返回路上，无意间看到空旷的农田里，田埂上有个小小的身影正低头割草，像极了淑琴，便试探着高声地询问："是淑琴吗？"淑琴直起身，抬头看到大路上喊她的竟然是舅舅，忙扔下手中的镰刀和篮子，飞奔过来，抱住舅舅的腿号啕大哭。爸俯下身子理了理淑琴脏乱的头发，帮她把小脸上的眼泪擦了擦，把她抱到自行车后座上，说："乖，不哭。走，回家，回舅舅家！"

淑琴回来了，就跟舅舅一家生活，成为舅母的小帮手，走到哪儿都抱着我——她的小表妹。

一晃十几年过去了，姑父时来运转——落实了政策，余杭码头上通知他过去，重新安排工作。姑父接到通知，收拾一下就只身前往。过了一个多月，姑父来信让淑琴、元松也过去，一家子户口也迁了去。此时表姐已是二十岁的大姑娘，表哥也是十七岁的小伙子了。

天有不测风云，时来运转的姑父在一年后押车时，因货车上坡动力不足，他跳下车在后面助力，被失控的车子碾轧致死，表姐和表哥成了真正的孤儿……

爸又一次代表家属乘船南下余杭，协助处理善后。十几天后，爸一个人回来了。告诉妈，单位给了两个孩子赔偿金，并且都安排了力所能及的工作，生活不会有问题，让妈放心。

可妈怎么能放得下心？她三天两头让我给表姐表哥写信，询问他们的情况，可他们都不识什么字，寄出去的信大多石沉大海，渐渐地断了联系。

十多年后的一个春节，大雪飘飘洒洒，我家院子里来了一对年轻的夫妇。男的身着黑呢子大衣，戴着一副金丝边眼镜，女的穿着红呢子大衣，围着时尚的纱巾，操着南方口音问："这是王守柱家吗？"我们一家正在包饺子，一看来人，一时都愣住了。那个男的一步跨进门来，一手拉住我爸的手，一手拉住我妈的手，带着哭腔说："舅舅、舅母，我是元松啊，你们不认识我了吗？"我妈用袖子擦了擦昏花的眼，说："真的是元松，元松回来了！"

是的，元松回来了，带着他的媳妇回来看舅舅、舅母了。左邻右舍听说元松回来了，都围拢过来，有的是看着他长大的长辈，有的是从小玩到大的伙伴。堂屋里挤得满满当当的，大伙儿你一言我一语，好奇地询问：元松，你现在干什么工作？你姐怎么样了？元松说，自己现在是个厨师，在一家酒店工作。姐姐淑琴也嫁了人，丈夫待她不错。大家听后，都唏嘘点头。邻家大娘问："元松，还记得你小时候说的话吗？长大挣钱买果子给谁吃?"满屋子的人先是愣了一下，随后都会心地笑了，笑声传出了屋子，伴着纷纷扬扬的大雪，飘得很远很远……

（原载于 2021 年 7 月 18 日《宿迁日报》）

【阅读手札】写的是作者的表姐表哥。这是不幸的姐弟俩，又是幸福的姐弟俩。二姑母忍受不了家暴，投河自尽，姑父坐牢。父亲把两个孩子从浙江余杭挑回家抚养。姑父出狱后把淑琴送给人家做童养媳，父亲再度找回淑琴。落实政策后姑父返回余杭码头工作，表姐表弟随行。若干年后，表弟元松带上媳妇出现在家里。父母的善良，孩子的无辜，姑母的不幸，读来不禁泪目。（王清平）

# 再　婚

　　我的同事骆老师再婚的时候，快四十了，还拖着两个孩子，一个女孩十二岁，六年级；一个男孩八岁，二年级。

　　妻子去世五年了，五年来，老骆又上课又干家务，既当爹又当娘，苍老了不少。头两年有人劝老骆再娶，老骆没同意，他还没从妻子的病和死的阴影中缓过劲儿来，没有心思琢磨再婚这事，只想先把两个孩子拉扯大些再说。

　　跌跌撞撞，五年过去了，女儿到了青春期，儿子也淘得不行。老骆觉得家里还得有个女人，热锅灶、热炕头不说，女孩大了没个妈调教，怎么能行？

　　经媒人介绍，老骆认识了镇上的一个大龄女子，当地叫老大闺女。

　　媒人说，那老大闺女名叫葛琴，三十二了，十来岁时在姐姐家帮忙带孩子、做家务，姐姐家的四个孩子都长大成了人，葛琴倒把自己的终身大事给耽搁了。

　　见面那天，老骆剪了头，刮了脸，把平时很少穿的藏青色中山装从樟木箱子里翻了出来，用装了开水的搪瓷茶缸，把褶皱熨了熨，

岸上流年

穿在了身上。

葛琴下身蓝直贡呢裤子，上身花格子衬衣，齐肩短发上别着紫色发卡。一看也是精心收拾过的。

媒人家的方桌上，放着两杯热水，老骆和葛琴坐在方桌的左右两侧。媒人介绍完之后，借故躲了出去，屋里只剩下老骆和葛琴。

老骆是过来人，不局促；葛琴也老大不小了，不扭捏。两人不像相亲，倒像拉家常，你问我答或我问你答。

一顿饭工夫，问答完毕，媒人适时回来，两人各自回家。

葛琴刚一到家，姐姐就上前来询问："怎么样？"

葛琴说："不怎么样，太老气！"

骆老师确实老气，不到四十的他已经完全谢了顶，仅有的一圈头发，也都软塌塌的，没什么精神。唯一显出知识分子身份的是近视眼镜，可那眼镜腿上还缠着一圈胶布。

姐姐说："人老气了点怕什么？人家是个老师，吃公家饭，铁饭碗！你一个农村女子，也老大不小了，别再挑了，先处处看！"

葛琴听了她姐姐的劝，也就先处处看了。

骆老师对葛琴印象不错：个头不高，但很匀称；眼睛不大，但很清亮；别人说话，她专注地听；轮到她说话，清清爽爽，不拖泥带水。

媒人回话让先处处看，老骆知道还有希望，于是一有空儿就往葛琴姐姐家跑，遇到活帮着干活，收稻，割麦；遇到饭，让上桌，也不客气。大半年过后，葛琴觉得，骆老师是个实诚人，对自己一片真心，自己又一年大一年，就答应了骆老师的求婚。

都说后妈难做，葛琴结婚当晚就尝到了滋味。

老骆的儿子骆小乐，死了妈之后一直跟老骆睡，从没分开过。

老骆和葛琴新婚之夜，当办公室几个特能闹的年轻老师意犹未尽地离开的时候，老骆和葛琴才拖着疲惫的身子，稍稍洗漱了一下，准备上床歇息。可掀开被一看，儿子骆小乐蜷缩在里面，瞪着两只眼睛骨碌碌地看看他爸，又看看新妈。

老骆哭笑不得，说："小乐别闹！到你姐那屋去睡。"

小乐把头一拧，说："我不，我不跟女的睡，我要跟爸睡！"

老骆一把把小乐拽了起来，要把他抱到对面那屋，让跟他姐骆小婕睡一床，可小乐又是挣扎又是喊叫，赖在老骆的婚床上不愿意离开。老骆气得抬手要打小乐，葛琴连忙上前阻拦，说："别，半夜三更的，打孩子不好，让邻居听到，会怎么想？就在这床上睡吧。"

新婚之夜，小乐搂着他爸睡在床的一头，葛琴睡在另一头。

小乐在他爸婚床上赖了一个多月，直到觉得很无聊了，才同意在他姐那屋另铺一张床，自个儿睡。

男人带孩子到底粗枝大叶，只知道给吃给喝，洗澡、换衣不勤，葛琴发现虱子、虮子在两个孩子的身上、头上都做了窝。写作业时，老是抓抓身上，挠挠头上，有时挠着挠着，虱子掉到作业本上，到处乱爬。

葛琴跟老骆说起孩子身上生了虱子，老骆说："我明天去集上买根药虱子药，给擦擦，就行了。"

葛琴连忙摆摆手说："千万别用那个！听说有个孩子，家里图省事，用药虱子药直接擦在孩子头上和身上，孩子好动，一头一脸的汗，结果中了毒，没抢救过来，死了。"老骆听后，吓得再不提买药虱子药了。

周末，葛琴趁着天好，烧水让两个孩子洗澡、洗头，把他们换下来的衣服和床上的被单都放在大桶里搓洗，洗完用开水烫，烫过

岸上流年

在大太阳底下暴晒。

衣服、被单洗完晾好，小婕和小乐也洗好了澡，湿淋淋地满屋跑。葛琴让小婕坐在自己的身边，拿出篦子，把小婕的头放在自己的膝盖上，一下一下把她头上的虱子和虮子都篦了下来。

整天蓬着头、拖着鼻涕的一对脏小孩，经葛琴这么一梳洗打扮，精神多了。

一天，小婕捂着屁股，哭丧着脸从学校回来了，葛琴问小乐："姐姐怎么了？谁欺负她了吗？"

小乐说："姐姐生病了，姐姐屁股流血了。"

老骆和葛琴相互看了一下，明白是怎么回事，葛琴说："姐姐不是生病了，姐姐是长大了。你去那边玩吧，妈妈跟姐姐说会儿话。"

葛琴让小婕把内裤和裤子换下来，洗了。用针线筐里的一块棉布，给小婕做了个卫生带，教小婕怎么换、怎么洗。嘱咐她："别害怕，女孩都会来这个，来了这个，小婕就是大女孩了。"

小婕听了，说："我不怕，一点都不疼。"

葛琴说："不疼，说明我们小婕身体棒，可来了这个，小婕就不能喝凉水、吃凉东西了，不能像男孩子一样下河洗澡了。不然就会肚子疼。"

小婕刚开始也不太能接受爸爸娶新妈。小婕妈去世时，小婕已经记事了，她能清晰地记得妈妈的音容。五年前，妈妈因病突然离世，失去了妈妈温暖的怀抱，小婕觉得天都是灰灰的，做什么都提不起精神。

此后几年，爸爸带着他们姐弟，相依过活，生活虽然清苦，可没人给小婕姐弟罪受。现在爸爸给他们娶了后妈，书里说，后妈都会打小孩，小婕想，如果后妈像书上说的那样坏，她就带着弟弟离家出走。

抱着这样的想法，小婕对爸爸的再婚没说什么，说什么又能怎样呢？

爸爸结婚当天，小婕跑到妈妈的坟上待了大半天，直到天快要黑了才回来。到家后，婚宴还在进行，小婕看着爸爸兴奋的笑脸，觉得，原来爸爸这么善变，原先跟妈妈在一起，笑得也是这样欢，现在娶了新的女人，就把妈妈全忘了。

弟弟小乐在爸爸新婚之夜，可着劲儿地闹腾，小婕都听到了，可她没起来阻拦，只是躲在被窝里暗自高兴。

一段时间过后，小婕看新妈不像书里说的那么坏，就对弟弟说："看，新妈天天做饭给我们吃，比爸做的饭好吃多了，别再赖在他们的床上了，来姐这边，跟姐说说话，好不好？"

就这样，小乐才从他爸的婚床上"撤"了下来。

小婕将头枕在新妈的大腿上，任新妈给她篦去头上的虱子和虮子，新妈身上温热的气息，让她觉得好舒服，好温暖；新妈为她缝制卫生带，手把手教她怎么用、怎么换，嘱咐她注意什么，她都一一记下了。身上流血，开始时，她是很害怕很害怕的，现在一点都不怕了。

葛琴怀孕了。葛琴把这个消息告诉老骆时，老骆激动得不行，说："我能耐挺大嘛！"葛琴说："先别高兴得太早，俩孩子不知会怎么想。"

老骆顿时像被霜打了一般。

葛琴说："两个孩子刚刚接受了我，现在我有了自己的孩子，他们会不会觉得我会偏心？不然，过两年再要？"

老骆不同意，说："你现在生孩子，都算大龄，再过两年，更不容易生，既然怀上了，就要了吧。"

葛琴觉得也是，说："孩子那边，你说还是我说？还是我说吧。"

一天，葛琴趁给小乐剪头发的时候，说："小乐，新妈给你生个弟弟或妹妹，怎么样？想要吗？"

小乐头摇得像拨浪鼓，说："不要，我不要弟弟！不要妹妹！"葛琴手里的剪刀差点就碰到他的小耳朵。

小婕在旁边听到了这话，说："小乐！别乱动，剪头呢。有个弟弟或妹妹，就有人叫你哥哥了，你不想当哥哥吗？"

小乐想了想，说："我想当哥哥。"

葛琴看了看小婕，悄悄地给她竖了个大拇指。小婕脸一红，到里屋写作业去了。

葛琴心想，将心换心，小婕这孩子算是真正接纳了自己。

学校偏居街的西北，离集市远，师生买点东西要跑二三里地，学校研究面向全体教职工家属招标，开个便利店，十几个老师家属参加竞标，葛琴最终中了标。

葛琴会打算。她觉得全家四口都靠老骆那点死工资可不行，再说马上又要添丁进口，更得挣点钱，贴补家用。她把这些年的私房钱和出门子时姐姐给的陪嫁，拿出来做本钱。

葛琴一心一意经营着小商店，本着薄利多销、见利就走的原则，店里的生意还不错。

一次葛琴去外面进货，回来路上，天寒路滑，一下子从自行车上摔了下来，等到路人把葛琴送到了乡镇卫生院，孩子没保住，流产了。

面色苍白的葛琴看到匆忙赶到医院的老骆后，眼泪下来了，说："命中注定不该有这个孩子。刚怀上的时候，就想着把他打掉，这不，他走到半道上，觉得不受欢迎，就又回去了。"

老骆苦笑了一下，说："你好好养好身子，想要孩子，今后还有机会。"

一晃几年过去了，小婕考上了高中，小乐也升了初中。

几年都没动静的葛琴又怀上了。老骆从集上买了一瓶酒，又买了熏肉、炸虾、花生米，让葛琴炒了两个菜，一家四口围坐在一起，老骆举着一杯酒，葛琴和孩子举着橘子汽水，当四个杯子碰到了一起时，老骆说："为小婕考取高中，为小乐升入初中，为即将出生的宝宝，干杯!"

"干杯!""干杯!"小屋里传出了久违的欢笑声。

…………

此后我调到了县中，一时断了与骆老师一家的消息。再见到骆老师是几年以后，愈发苍老的他带着宝宝找我爱人（我爱人是县医院儿科医生）瞧病，一问才知，葛琴生宝宝时，产后大出血抢救无效，撇下了孩子撒手人寰。

我的同事骆老师又落了单……

【阅读手札】老骆丧偶，带一儿一女熬过五年，经人介绍，和大龄女子葛琴再婚。相亲——结婚——怀孕——生子——丧偶，看似平淡的经历，却蕴藏着人间真情。尤其是新婚时骆小乐占着婚床搂着爸爸睡觉、婚后葛琴帮继女继子灭虱等细节，貌似平淡，实质坚韧，看似平常，实则善良。时间跨度几十年，恍如隔世的沧桑感油然而生。(王清平)

# 见字如面

我代素梅写情书，是在上小学五年级的时候。

放学后，邻家大姐素梅来找我，见我家没有大人在场，神秘兮兮地说："玲子，姐求你个事，帮姐念封信。"说着，从口袋里掏出一封带着她的体温的信递给我。我接了信，疑惑地问："怎么不让三梅念？""她文化程度不如你，听她念信跟陷到烂泥窝似的难受。"素梅笑着说。

素梅把我带到她家屋后面的阴凉地，搬来一个长条凳，让我坐在她旁边，说："念吧，这儿没人。"我小心地打开信，满满的两页纸，字体很漂亮。

念完了信，这才知道素梅为什么要避开人，尤其要避开她那个快嘴的妹妹，原来这是一封情书，是一个陌生男人写给她的求爱信。

素梅红着脸，一边仔细折好信，装入信封，一边夸我念得就是比她家三梅好。

那时农村家家没通电话，与亲友联系，近的靠腿，远的靠信。

每当绿色邮政自行车的清脆铃声在某家门口响起时，这家人会撂下手里的活，跑出来迎接。邮差骑在车上，双脚点地，从邮包里抽出一封信，高声喊道："某某某，信！"这家人接过信，道声谢，转过身，找来识字的孩子给念念。

小学四年级以后，我就能给人家念信了。信中的悲欢，时而像秋日的露水，打湿听信人的眼眶，时而又如冬日的阳光，温暖听信人的笑脸。每每念完信，听信人意犹未尽，拿过信来，翻过来掉过去再把玩一番，尽管不认识上面的字，但透过信仿佛已然看到了远方亲友的笑容。

那时镇上识字的不多，念信和写信多数请人代劳。

邮政所门前有个黑黑瘦瘦的老先生专门代人读家书、写家书。印象中他常年戴着一副少了一条腿的老花镜，伏在一张老旧的木案上，用低沉缓慢的语调给人念信，用半文不白的词句给人写信。

小时候，放学经过邮政所门口，我会在邮政所高高的台阶上玩一会儿，或伏在木案旁，听那老头给人一板一眼地念信。"惠书敬悉""来信收悉"或"见字如面"云云，"书不尽意，余言后续"或"草率书此，祈恕不恭"等等，听得似懂非懂。

信写完，塞进信封，贴上邮票，投入邮筒，那信便如鸿雁、如信鸽飞向远方的亲友，给他们捎去信息或带去忧喜。

素梅不会把这种信让那老头儿代读。她把信小心地装入口袋，反复叮嘱我："玲子，这事千万别跟旁人说。"

此后，我把这事瞒得死死的，对谁都没说，连我妈问起，我都说是素梅在淮阴的大姑寄来的信。

几天后的一个晚上，素梅来我家串门，跟我妈聊了会儿天，对伏在饭桌上写作业的我说："玲子，作业写完到姐家来一下，姐有事找你。"

家里只有林大娘和素梅两个人，桌上油灯旁边平平展展地摆放着几张信纸和一支新钢笔。素梅递过来一个小板凳，让我坐下，说："姐再求你给前几天来信的人写封回信，好不好？"我听后忙站起身来，连连摆手说："我没写过，怕写不好……"没等我说完，林大娘忙说："你能写好，你不是经常帮谢奶奶写信？"

这倒是真的。谢奶奶的闺女嫁到外地，闺女孝顺，按月给她妈打钱，谢奶奶就隔三岔五给她闺女回封信。虽然谢奶奶有两个跟我差不多大的孙子，可他们对于"钱收到了""我身体很好，不要挂念"等颠来倒去的几句车轱辘话很不耐烦。无奈谢奶奶只好从他孙子作业本上撕下一张纸，踮着小脚，找我替她写回信。

代人写情书，还是头一回。

素梅说："玲子，姐就指望你帮忙了，谁让姐是个睁眼瞎呢！"

到了读书年纪，素梅爸妈没让她读书，让她在家里帮着做家务，干农活。她人勤快，手又巧，十七八岁以后，针线、茶饭、农活样样在行，有她的帮衬，家里日子过得板板整整的。

平时没觉得不识字有什么不便，不耽误吃不耽误喝的，如今素梅第一次为不识字犯了难。

素梅说："姐不瞒你，给我寄信的那个人，是我在客船上认识的。"素梅对我和盘托出。

原来前一段时间素梅乘船去淮阴她姑家，不是走亲戚，而是去相亲。

素梅到了谈婚论嫁的年龄，心气高的她不想再找个睁眼瞎，只想遇到个有文化的人才肯嫁，可总是高不成低不就，物色来物色去，不是对方年龄偏大，就是品貌不般配，没有合适的。一来二去，二十三四了，婚事还没有着落。家里人开始着急了，托在淮阴的她大姑帮忙看看，能不能在当地给找个合适的婆家。

素梅在她大姑家相亲不成，乘船从淮阴返回。船上，对面座位上的一个小伙子主动跟她攀谈起来。到了饭点，小伙子拿出从家里带的特产请素梅品尝，两个人越发熟络，从淮阴一直聊到皂河。交谈中，素梅知道他叫李存义，在煤矿工作，刚休假结束，返回单位。素梅到站了，那个小伙子还要北上。临别时，小伙子要了素梅的家庭住址。

没想到，几天后李存义按照素梅给的地址寄来了一封信，信中叙述了自己的工作近况和分别后的感受，说"冥冥中上天有意让我在船上与你相遇，留下了难忘印象"，问"是否可以继续交往，以便加深了解"，等等。

素梅将信纸推到我的面前，目光热切。我看了看林大娘，林大娘也是满眼期待。母女俩对小小的我如此倚重，我实在不好再推托，惶惶然拿起了钢笔：

"李存义，您好！来信收悉。犹豫数日，方才回复，敬请谅解！"我在邮政所里听来的几句文绉绉的话，今天终于派上了用场。

此后每隔十天半个月就能收到李存义的一封信，我也总是按照素梅的想法加工润色，直到素梅满意为止。渐渐地，开头的称呼从"李存义"变为"存义"，问候也从"您好"变为"你好"。因为李存义的信中，称呼从"林素梅"到"素梅"到"亲爱的梅"。当我把愈发滚烫的信读给素梅听的时候，素梅的眸子里流露出掩饰不住的羞怯，嘴角浅浅的梨涡如同盛着蜜，甜得快要溢出来了，那是年少的我看过的最美笑靥。

反常发生在半年之后。距离上次回信，已经半个月了，素梅期盼的信没有如期到来。又是一个月过去了，仍没接到李存义的信，绿色自行车每经过一次，素梅就失望一次。三个月、四个月、半年过去了，李存义仿佛人间蒸发，那段船上偶遇如同美丽的梦一样，渐渐随风飘逝。

是李存义发现写信的不是素梅本人，而是由一个小学生代笔，反悔了？

还是李存义本有妻室，现在良心发现，不想再瞒下去了？

还是李存义在煤矿上出了事故，残疾了或是——死了？

…………

那时的我参不透，至今仍觉这一切是个谜。

此后素梅再也没让我给她读信写信，究竟后来她与李存义是否联系上，我不敢问，也不好问。

素梅仍默默帮家里操持，一如往常。有人给她介绍对象，她也看，但总也看不上。

直到二十九岁那年，林素梅远嫁异地。

（原载于2021年11月7日《宿迁日报》，11月8日"学习强国"转发）

【阅读手札】"见字如面"是过去写信最常用的一句话。为人代念代写情书的一段美好经历，却终以有情人未成眷属结束，多少有点遗憾。不识字的素梅只因想找个文化人最终守到二十九岁远嫁异地。悲乎？怜乎？惜乎？（王清平）

# 一拃地

仲二奎是活活给憋死的。

从发病到去世的七天里，仲二奎没排出一滴尿，整个人肿得明晃晃的，像充了气一般。

当大夫束手，一家老小哭着把二奎抬回家时，庄人都赶过来看望。"这是得了什么怪病，肿成这样！"全庄人都觉得蹊跷。队长平成对仲二奎的大儿子刚子说："别光顾着哭，想想怎么给你爸准备后事吧！"

一家人一听这话，哭得更凶了。

太阳快落山的时候，仲二奎到了弥留之际。老婆孩子围在床边，二奎两眼直勾勾地盯着房梁，喘息一阵紧似一阵，喉咙里发出怪异的声响。二奎老婆忙让刚子去请平成。

平成撂下手里的活匆忙赶了过来，一看二奎快不行了，对着他大声问："二哥，还有什么事要交代的？赶紧对二嫂说！"

老半天，二奎气息微弱、断断续续地说："窑厂——钱——"二奎老婆知道二奎生病前在窑厂干活，工钱还没结，就附在他耳边说："放心吧，回头叫刚子去结。"又过了一会儿，仲二奎脑袋抬了抬，挣扎着似要起来，刚子连忙上前，伸出手托着他爸的头，只见二奎恨恨地说："到那边——再跟——跟那老东西算——账——"说罢，头一歪，就咽了气，可怜眼睛还是睁得老大。平成在二奎的脸上轻轻地抹了一把，二奎这才合上了眼。

一家人又哭成一团。

仲二奎至死都不肯放过的"老东西"是谁？庄上的人都知道，是庄东头的谢庆来。

谢庆来，瘦，有喘病，整天缩头弓背，像个猴子，绰号谢老猴。谢老猴无儿，只一个闺女嫁在邻村。平时，家里二亩地就谢老猴夫妻俩侍弄。

一个庄子住着，仲谢两家怎么结下这样的深仇大恨？

这话还得从一年多前发生在仲谢两家之间的那件惊官动府的事说起。

又到种麦时，仲二奎用平板车吭哧吭哧拉着粪肥来到地里，脱下外套，取了铁锹，往手上吐了口唾沫，一锹一锹地从车上将粪肥铲下来，撒到地里。

仲二奎种地是把好手，干活又不惜力，家里的几亩责任田，被他伺候得齐齐整整。他很少甚至不使化肥，他说："家里沤出的人畜粪肥足够用，种出的水稻和小麦，秆儿粗，穗儿大，关键能省下化肥钱。"

仲二奎会打算，农忙时忙地里的庄稼，农闲时，就领着大儿子、二儿子到窑厂干活。家里除了小闺女还在念书，没有人吃闲饭，日子过得跟铁桶似的。前段时间，三间草屋翻盖成砖墙瓦屋，还盖了偏屋，拉了院墙，居然没借什么钱。

谢老猴正在开挖垄沟。垄沟是仲谢两家责任田的界沟，有两拃宽，旱时，灌溉；涝时，排水。上一茬庄稼收过后，因风吹日晒雨淋，界沟变得模糊不清。老猴沿着若有若无的界沟痕迹，挖几锹，喘一喘，挖几锹，歇一歇。仲二奎一车粪肥卸完，老猴不过才开挖几丈长。

仲二奎收了锹，披上衣服，正要回去再拉一车。抬眼一看，发觉不对头，老猴开挖的垄沟，怎么看怎么觉得不在中间位置，往他家的地界斜过来差不多有一拃宽的地。一拃宽的地就能种两行麦子，南北几十丈长的两行麦子，能打十几、二十斤麦子，十几、二十斤麦子，就是两摞煎饼、两笼馒头。

"这不行！"他放下车把，几步跨到老猴跟前，直眉瞪眼地对老猴说，"老猴，你斜眼吊线，把沟都开到我地里了，你没瞧见？"

老猴一听，脸唰地撂了下来，挂着锹，喘了口气，说："怎么就开到你地了？我家是七米宽，你家九米宽，不信你用脚丈量丈量！"

两个人气哼哼地来到地头，仲二奎用脚一丈量，明显过界了；老猴用脚一丈量，就是没过界。两人争执不休，互不相让。队长平成在不远处的自家地里忙活着，听到这边吵吵嚷嚷，撂下手里的锹，赶了过来，问明情况，对两个人说："分地时，不是埋了五寸高的水泥界桩子吗？挖挖看，有没有？"

一句话点醒了两个人，两人你一锹我一锹地在地头挖了起来，挖了好几个一尺多深的坑，半天也没挖着。队长说："日子太久了，怕是沉到地底下了。别挖了，我再步步看。"说罢，迈开他的长腿，从东量到西，又从西量到东，说："我看老猴开的沟不算越界。"

谢老猴一听队长这么说，对着一脸失望的仲二奎说："看哪儿都是你家的地，争地边子争上了瘾，争那一星半点的地，省下钱，留着买棺材！"

岸上流年

仲二奎听到老猴提及他前段时间因盖房子跟邻居争地界打起来的事，这是当众揭他的短，便气不打一处来，趁人没注意，冲上前对着谢老猴当胸就是一拳，转过身，悻悻地拉着板车离开了。

老猴猝不及防被仲二奎打了一拳，仰面倒下，半天没爬起来。大家伙先是觉得老猴的话太阴损，一回头，看到老猴四仰爬叉，连忙上前扶起老猴。老猴连哭带骂，跟跟跄跄地还要上前，说让仲二奎有种就打死他。大家好劝歹劝，才把老猴劝回了家。

第二天一大早，谢老猴老伴和女儿鼻涕一把眼泪一把地找到平成，说让队长给他家做主。原来老猴回到家，说心口疼，没吃饭就上了床，直哼了一夜。打算天亮后再去医院瞧瞧，谁承想，还没来得及送医院，老猴就死在了床上。

平成脑袋轰的一下，心想：这下事大了，出了人命了。平成连忙报了警。

公安带着法医到了现场，经过一番探查，认定那一拳并不能置人于死地，只因老猴多年患有支气管哮喘合并肺心病，加上恼怒交攻，最终丧了命。仲二奎有过错但不构成刑事犯罪，需要民事赔偿。

老猴女儿听后，不服，说不是那一拳，父亲不会死，不顾众人劝阻，找来几个近亲，将老猴的尸体送到了仲二奎的堂屋里，摆设灵堂，烧纸哭闹，肆意作践。仲二奎一家有家难回，庄邻不得安宁。

公安会同村干部，找来谢家明事理的长辈，进行民事调解，最终责令仲二奎赔偿谢庆来家精神损失和丧葬费合计人民币一万二千六百元。三十年前，在城里，这都不是一笔小数目，何况是靠种地为生的农民。

仲二奎老婆从席子底下拿出多年积攒的六千多块钱，加上仲二奎东挪西借的六千块，凑了交给了公安，老猴的尸体才被谢家运回去，安葬下地。

经过这番折腾，仲二奎觉得一下子被掏空了，老了好几岁，整天不说不讲，只知道到窑厂死命地干活，想早点把窟窿补上。原先家里时不时会上街割点肉，给大人孩子打打牙祭，现在也都免了。一年下来，账才只还了一半。二奎找到窑厂厂长，要求白天出窑砖，夜晚在窑厂看大门，多挣一份钱。

冬天的一个夜晚，仲二奎躺在工棚里，突然发起了高烧，昏睡了过去，天亮后，被工友发现，紧急送到了医院……

仲二奎的葬礼是队长平成给张罗的。

尸体火化后，二奎老婆坚持不用骨灰盒，打了一口棺材，说："孩子爸盖好房子，没住多长时间，人就没了，到地底下，得让他住宽堂大屋。"平成找了几个身强力壮的举重人（抬棺人）和一班响手，吹吹打打送仲二奎下田。

当墓穴挖到一人深的时候，发现水泥界桩赫然立在仲二奎责任田的地底下……

【阅读手札】这篇文章写的是农村争地界的两户人家的矛盾。仲二奎让尿憋死了，还不忘讨回窑厂的工钱，更不忘隔壁谢老猴的仇，引出的两家矛盾原来在农村司空见惯，但作者塑造的仲二奎却是一个真正的争主儿。几个细节选择得漂亮。找不到水泥地桩，只好步量，仲二奎一量，准超；谢老猴一量，不超。心偏了，自然就超。最后，埋葬仲二奎时在自家地里挖出了水泥地桩，足以说明一切。（王清平）

岸上流年

# 落　红

妈正跟表姨说着什么，看见我，立马住了口。

表姨耷拉着脑袋，脸色蜡黄，眼角还有泪痕。很少上门的表姨父坐在表姨旁边，闷头抽着烟。

表姨收了悲戚神色，勉强挤出点笑，说："玲儿，放学啦？"我叫了声"表姨、表姨父"，见他们有事商量，不想让我听到，就一头钻到里屋去了。

外间，妈和表姨又喊喊喳喳起来，我在里屋支起了耳朵：

"俺家万喜这下娄子捅大了！"表姨带着哭腔说。

"愁也没用，能怎么办？只能听凭公家断。"表姨父说。

"事前，你们一点口风都没有？"妈问。

"要是得到一点信儿，还能落到今天这个地步？"表姨叹了口气，又说，"女方家张口就要一万元彩礼，谁能拿起，就是把我们全家都卖了，也凑不齐这个数。托媒人从中说和，女方父母坚持要一万元彩礼，不然，休想娶他家闺女。俺家万喜一听，赌气说，他们家不是嫁闺女，是卖闺女，一辈子打光棍也不娶他家闺女！我们家里情况你是知道的，东挪西挪、七凑八凑，到底没凑齐一万块。没法子，亲事就黄了。谁能想到，女孩竟然怀了孕，到头来还为生孩子丧了命……"表姨哽咽了。

正说话间，表姨家的大儿子万顺进了门，表姨父忙问："公家怎么说？"

我从里屋跑出来，跟大姨哥打声招呼。大姨哥点点头，坐下来，长舒一口气，说："婴儿救活了，还在医院保温箱里。女孩尸体暂时存放在医院太平间，等着处理。公家让两家大人现在就过去，协商处理这事。"

表姨父把手里的烟头扔了，用脚拧了拧，说："祖祖辈辈没出过经官动府的事，万喜这个孽子，闯下这么大的祸！"说着，拍了拍胸前的烟灰，和表姨一起往镇上派出所去了。

妈和我送他们出门，妈宽慰表姨道："别着急上火，先去看看什么情况，我在家里做饭等你们。"

表姨走后，我忙问："妈，到底怎么回事？放学时，就听街上人哄传，说有个黄花大闺女，在医院里生私孩子，生死了，没想到，是表姨家的事？"

妈点点头，叹口气说："要是在医院里生，不会送命的。半夜里觉得肚子疼，起来上厕所，在厕所里生的，大人死了，孩子还有一口气。"

"厕所里生的？这么大冷的天？"我瞪大了眼。

"谁说不是。细想起来，这孩子也真可怜，死之前，肯定又恨又悔。爹妈心太狠，为了点钱，毁了自己闺女。这女孩性子也够倔、也够烈的……"妈自言自语道。

做饭的工夫，妈给我讲了这事的来龙去脉：

女孩名叫杨英，睢县人，杨英表姑家在皂河。杨英她妈来皂河赶初九会，顺便让表姑留意，看看皂河街有没有合适的，给杨英说

岸上流年

个婆家，杨英都十八九了。

杨英表姑在庄前庄后物色来物色去，没有合适的。刚巧，一次杨英表姑拿棉花来店里加工，看到正在店里帮忙的万喜，觉得小伙子精精神神、壮壮实实的，手脚又勤快，嘴还甜，见人姨长姐短地叫。杨英表姑觉得介绍给杨英倒是不错，笑着对万喜说："小伙子，给你介绍个对象？愿意不？"万喜脸一下子红了，笑了笑，说："好，那就让姨费心了！"

没几天，又赶上逢集，杨英表姑来到店里，说杨英来了，在她家里，让万喜跟她过去见个面，成就成，不成就算。

万喜没想到会这么快，犹豫了一下，说自己没洗脸没梳头没换衣服，去相亲，怕不合适。杨英表姑说，不碍事，随意点，不要那么正式，只是见个面，相中了就先交个朋友，不合适，就拉倒。

万喜撂下手里的活，用手扑扑头，掸了掸身上的灰，跟杨英表姑去了。

不大会儿工夫，万喜就回来了，说女孩不错，就怕人家瞧不上自己。

第二天一早，杨英表姑来到店里，对万喜说，女孩没意见，问万喜什么态度，如果也没意见，就先处处。

女孩没有意见，还有什么说的？后来，两个年轻人就来往了。过了些日子，杨英带万喜去睢县见她父母，万喜买了点礼物就去了，杨英家也留了饭，席间，杨英父母听说万喜家不在皂河街，是在距离街上十几里地的乡下，家里弟兄四五个，就有点不大乐意。但看自己闺女想处，也没怎么阻拦。

交往了一段时间，到了谈婚论嫁时，杨英父母忽然提出要一万元彩礼。一万元可不是小数目，你表姨家，你是知道的，根本不可能拿得出。这样狮子大开口，要么是狠心想让亲事黄了，再不就是家里有难言之事。一打听，杨英家里还有个哥，都三十多了，还没娶亲，许是想用这钱给她哥娶亲。

"亲事黄了，怎么还怀上了孕？"我问。

"谁知道！听你表姨说，出了人命后，问过万喜。万喜一开始还不说，逼急了，万喜才说，亲事黄了之前，两人在一起是有过那么一两回……"妈顿了顿，又说，"男人插花行，女人落骂名……"

"都怀孕了，还能让亲事黄了？"我问。

"你表姨家不知道。连杨英家里人事先都不知道，七八个月，出怀了，才知道，那时亲事都黄了有小半年了。杨英父母觉得丢人，不想声张，只想悄悄把孩子生下来送人。"妈说。

"初九会，杨英跟她妈来皂河她表姑家赶会，兴许是想在皂河生。天亮时，杨英表姑上厕所，才发现，杨英和孩子都躺在冰冷的厕所里了，身边一摊血……"妈说不下去了。

"万喜呢？怎么没见他人！"我恨恨地问。

"他哪里还敢露面，一露面，还不挨娘家人打死！"妈说。

傍晚，表姨父和大姨哥先回了家，第二天再来接着处理善后。表姨在我家住一晚，没回去。

晚上，表姨跟我挤在一张床上，翻来覆去。我悄声地问："表姨，早要知道杨英怀了孕，是不是就该让万喜哥娶她？"表姨长长地叹口气，说："傻孩子，这还用问吗？"

表姨又说："到现在也不明白，杨英家为什么把杨英怀孩子的事瞒得死死的，不让我们知道。不就是嫌弃我们穷家破檐，不想让闺女便宜我们家！"

第二天协商处理结果下来了：男方赔偿女方丧葬费和精神损害

金，合计六千元。女方家放弃婴儿抚养权。

公家让男方家决定：是把婴儿送人，还是带回去抚养。表姨夫和表姨斟酌来斟酌去，还是把婴儿抱回了家，说大姨哥万顺只两个闺女，还没有儿子。

一天，大姨哥来电话通知我，他家小超结婚了，让我去喝喜酒。我问，哪个小超？大姨哥说：就是你万喜哥跟那女孩生的孩子。我脑海里立即闪现出二十多年前，那个冰冷的记忆——那个苦命的孩子，也到了娶妻的年纪？

驱车一个多小时，我来到大姨哥家。院外，喜乐高奏，人群簇簇；院内，灶火熊熊，菜香扑鼻。男客在外间抽烟闲谈，女眷在里屋拉呱说笑，姑娘小伙子们挨挨挤挤拥到新房看新娘子。我走到偏屋，大姨嫂正坐在床上，怀里抱着个小婴儿，看到我，她欠了欠身，招呼我在床边坐。我好奇地问："谁的孩子？"大姨嫂笑着说："今天结婚的新郎新娘的孩子，我的大孙子！"

身边的女眷们都笑了，我愣了一下，回过神来。当年杨英要是这么幸运，该有多好！

（原载于 2022 年 6 月 9 日中国作家网）

**【阅读手札】**时间跨度二十多年，二十多年前一个场景：表姨家摊上难事，儿子万喜相亲的对象杨英在厕所里生产死了，经公判案，赔偿丧葬费，抚养孤儿。二十多年后突然收到喝喜酒邀请，孤儿成了新郎，一家喜庆。回想起二十多年前那一幕，作者感慨："当年杨英要是这么幸运，该多好！"但人生无常，留下的不仅有遗憾，还有伤痛。（王清平）

**跋**

# 我家就在岸上住

二十多岁的时候，在完全没有准备的情况下，一家老小生活的担子重重地放到了我的肩头。

那时，我是刚工作没几年的年轻教师，是结婚没几年的妻子和年轻母亲，是同时病倒的父母的长女。彼时，瞬间，那一切都压到我不算坚实的肩上。

早上五点半起床，做好了饭给父母送去，喂饭，喂药。赶回家来叫醒孩子，穿衣，吃饭，送他上学，然后骑车一路猛蹬到学校，来不及跟孩子说拜拜，就又狂奔至单位。

中午接孩子，做饭，催促孩子吃饭，胡乱地扒拉几口饭，又要给父母送饭，喂饭，然后送孩子上学，自己再去上班。那段时间，我在病床、灶台、讲台之间奔忙，在父母、孩子和学生中间穿梭。

这样的生活持续了几年，直至父母在不到半年的时间内先后辞世……

父母合葬那天，作为长女的我，手捧父母的骨灰，领着不太长的送葬队伍，缓缓行进，凄厉的哀乐和着我的哭声在那片生我养我的故土上空回荡。几年来所承受的压力和痛失亲人的哀恸全都通过眼泪宣泄了出来。

年逾知天命的时候，在完全没有预期的情况下，我接手了学校的一切。

本打算再教几年书就离开讲台，像其他中老年朋友一样，练练书法，学学绘画，跳跳广场舞。彼时，瞬间，升学率，名校生，高品质，一份沉甸甸的担子压在我自感衰老的肩上……

早上五点半起床，赶到学校，看升旗，看早读，看宿舍，看食堂，看午休，看晚读，放弃了看电视，看手机，看菜谱；开班主任会、学科组长会、老师会，放弃了买早点，做中饭，做晚饭；跟主任交代工作，和老师谈心，给学生训话，放弃了陪婆婆逛街、与老公散步……

当一切步入正轨，当一切驾轻就熟，晚上十一点，检查完学生晚就寝，我独自躺在学校值班室的小床上，有一种所为何来的恍惚。但一觉醒来，太阳照常升起，一切仍如从前。

病倒后，手术恢复期，高考成绩揭晓，学期临近结束，期末总结会、党员大会、教职工代表会，会会要讲话，我强打精神，硬是撑了下来；老校长追悼会、市里一个启动仪式、与某大学研究生院签约，样样要参加，我拖着沉重的双腿，辗转于其中……

亲邻夸我是个孝顺的女儿，朋友说我是个事业有成的女人，其实一切都不曾预设，是遭际使然、责任使然，你不能推脱，无法拒绝，为了那份亲情，为了那种信任。

从学校岗位上退下来后，有了一些业余时间，工作之余可以做些以前想做但没有时间和精力做的事情，健健身，旅旅游，逛逛街，

跋：我家就在岸上住

273

等等，但很快发现，生命似乎少了点什么，心里空落落的，如同航船少了压舱石，轻飘飘的。

我出生在古镇皂河，家住运河南岸，初中毕业后到外地读书，大学毕业后又回到皂河中学工作了四年，在皂河度过了虽然清贫却欢乐的童年和少年时代以及刚参加工作的最初几年时光，可以说生命中最纯真、最美好的二十年留在了皂河。父母的养育之恩、古镇的纯朴民风也在那二十年深深地滋养和濡染过我。

步入人生之秋，随着生活节奏的放缓，我有了一些思考和反刍的时间，渐渐咂摸出一些生活的况味。于是我拿起笔，写了两篇关于家乡皂河的短文，尝试投到地方报纸，出乎意料，在《宿迁晚报》和《宿迁日报》副刊发表。那一刻，便觉得生活有了些许不同于健身和旅游的意义。

写点东西，给找寻意义的自己，给永远回不去的童年，给生我养我的皂河，给流淌千年的大运河……

短文一篇又一篇地变成报纸上的印刷体，副刊主编认为大运河和皂河古镇是个文化矿藏，值得深挖，有必要设置一个栏目，希望我写一写运河两岸的传说掌故和特定时期古镇的风土人情，栏目取名《皂河散记系列》。

我颇为忐忑。大运河边的皂河古镇历史悠久，文化厚重，需要生花妙笔和宏大叙事。普通人家的生老病死、鸡毛蒜皮，能否引起读者的一些些共鸣？我没有底。个人视角鼠目寸光，短浅狭隘，可否将运河边文化古镇的万千风情，表现出万分之一二？我更没有底。

不过受人之托，须忠人之事。我遵命一篇一篇地写了下去，一年多，便有了五十余篇。现辑录成集，取名《岸上流年》。全书以

岸上流年

大运河边皂河古镇普通人家的生活为背景，记录了一个古镇、一个家庭、一个人的时代记忆。能够结集成书，首先感谢胡继风老师，若非他的敦促，断不能有这几十篇文章。还要感谢王清平主席、陈法玉主席、姚卫伟老师为拙作写序言，做点评，字里行间，既有鼓励，亦有鞭策，我将铭记在心。

全书共分五个专辑：第一辑"古镇风情"，描写了古镇风土人情和人文地理；第二辑"枕河人家"，描写了古镇临河人家的生活日常和烟火人情；第三辑"音容蔼然"，描写了祖辈父辈师辈音容笑貌，讴歌他们平凡而美好的品格；第四辑"往事历历"，以"我"的视角，描写了记忆中那些难忘的瞬间，表达对逝去时光的追怀；第五辑"亦真亦幻"，以虚实相生的笔法，再现一群普通人的别样悲欢。我自感写不了古镇全貌，便写古镇风情的一鳞半爪；写不了运河岸上人家的大喜大悲，便写写我能感受得到的父老乡亲的一颦一笑。

我曾在《留在心底的乡愁》中这样写道：

"去码头上看看上行下行的船只，去集市上看看熙来攘往的乡邻。

"去街北的商店里打瓶酱油，去街南的邮局里寄封家书。

"去影剧院里看一场电影，去戏园子里听一出柳琴戏。

"去赵家喝一碗热乎乎的牛肉糁汤，去叶家吃一个香喷喷的乾隆贡酥。

"去皂河小学聆听我的恩师教我怎样刻苦向学、争取走出去，去皂河中学告诫我的学生即使走得再远，也别忘了桑梓……"

在梦里，在文字里，我曾经一次又一次地回到皂河，站在河岸上，在大运河的流波里打捞属于我的流年记忆，也打捞属于古镇皂河，属于大运河的沉甸甸的记忆，算是为家乡皂河，为大运河文化建设尽一份绵薄之力。倘能如此，余生便有了那么点意义和价值，生命的航船从此有了压舱之石。

**2023 年夏**

岸上流年